ハヤカワ文庫JA

〈JA1425〉

プロジェクトぴあの

〔下〕

山本 弘

早川書房

8491

目　次

プロジェクトぴあの

〔下〕

11 さあ、マッドになりなさい

二〇二八年一二月三〇日。

一年がまもなく終わろうとしていたその日、江東《こうとう》区有明《ありあけ》にある東京国際展示場（通称・東京ビッグサイト）で、大きなイベントが開かれていた。

コミックマーケット——通称・コミケ。毎年、夏と冬の二回開催される、日本最大の同人誌即売会で、今回が一一五回目。年末の三日間で、出展サークルは計三万五〇〇〇スペース、一般参加者数は五〇万人近くに達する。これでも最盛期に比べれば、参加者数は一割近く減っている。児童ポルノ法の改悪と、それに連動して、いわゆる「非実在青少年」にまで網《あみ》を広げた東京都の表現規制の強化により、成人向け同人誌の多くが販売できなくなったためだ。それでも規制対象外の同人誌を目当てに来る参加者は多く、この日も約一五万人が日本中から訪れ、広い会場は人の波で埋まり、冬だというのに熱気に包まれていた。

ARゴーグルの使用者が増えたことで、秋葉原と同様、コミケ会場も五年前からAR特区になっていた。展示ホールやガレリアの高い天井《てんじょう》は、様々な企業に貸し出され、美少女キャラクター、巨大ロボット、宇宙船、モンスター、企業のロゴなど、色とりどりの3D映像が風船のように浮かんでいた。ホールの壁面には、映画館のスクリーン並みの大きさの仮想モニターが投影《とうえい》され、新作のアニメやゲームのCMをエンドレスで流している。ARゴーグルも以前に比べて軽量になり、視界も広くなって、うっかり人に衝突することも少なくなっていた。もっとも、空中のAR映像に見とれて立ちつくす者が増え、通行のじゃまになるという、新たな問題も生まれていたが。

コミケで売られている同人誌はマンガだけではない。特に「評論系」「情報系」のサークルが配置されている一画では、活字ばかりの本の比率が多い。アニメやマンガの評論はもちろん、音楽評、映画評、物理学、数学、医学、電気工学、プログラム、鉱物、家電、カメラ、画材、フォント、政治、事件、法律、金、街、風俗、旅行、グルメ、飲料、文房具、ファッション、装飾品、生活、結婚、育児、ペット、釣り、古典文学、伝承、妖怪《ようかい》、格闘技などなど、ありとあらゆるジャンルの情報が集まっている。一般書店で買えない本や、ネットでの検索でも見つからないレアな情報も多く、それを目当てにコミケに来る者も少なくない。

この日、評論系の「島」（十数組のテーブルから成るサークルの集まりをこう呼ぶ）のひとつに、〈卓上マッド・サイエンティストの会〉という小さなサークルが出展していた。横長のテーブルの上に平積みで並んでいるのは、数種類のコピー本。両面コピーした紙をホチキスで製本しただけの簡素なもので、どれも稚拙《ちせつ》なイラストが表紙だ。

目立つ位置に積まれているA5判の本の横には、ユーモラスな字体で〈本日の新刊〉と印刷されたポップが立っている。本のタイトルは〈解明！　結城《ゆうき》ぴあのの永久機関〉。ぴあのを描いたと思われる、ステージ衣装の女の子のイラストが表紙だ。

「読んでいってくださーい」

「あの〈みらじぇね〉の謎《なぞ》、ついに解明いたしましたー」

二人の売り子が代わる代わる、テーブルの前を通過する人波に声をかけている。二人とも二〇代なかばの男性で、同じような眼鏡《めがね》をかけ、セーターの柄まで同じ。しかし、一方は長身でがりがりに痩《や》せていて、もう一人は小柄で猫背で小太り、「凸凹《でこぼこ》コンビ」という形容がぴったりだ。

痩せた男の方は猪口裕人《いぐちゆうと》。京都大学の大学院・エネルギー科学研究科の院生だ。小太りの男の方は、一年後輩の蓮見健《はすみけん》。彼らは学内で非公認のサークルを作っており、コミケには毎回、科学関係の同人誌を売りに来ていた。無論、京都からの旅費や宿泊費が、同人誌の売り上げで元が取れるわけがない。金儲《かねもう》けなど度外視《どがいし》した、純粋に趣味の活動だった。

「はたして熱力学の法則は破られたのか？　現代科学の常識は書き換えられるのか？」

「学会誌に投稿《とうこう》したものの突っ返された異端の論文です」

「まさにマッド・サイエンス」

「科学の歴史を変える論文。お買い上げになれば、後で価値が出るかもしれません」

呼びこみにもかかわらず、足を止める参加者は少ない。たまにいても、本を手に取ってぺらぺらめくるだけで、何の関心も示さず、無表情で去ってゆく。というのも、四八ページの本の大半が、難解な専門用語による解説や、数式、グラフ、回路図などで埋め尽くされていて、素人《しろうと》には理解不可能な代物《しろもの》だったからだ。

　今は正午近い時刻。二人とも一〇時の開場からずっと声を張り上げ続けていて、そろそろ疲れが見えてきていた。

「はあ〜」とうとう、猪口が大きなため息をついた。「まだ三冊か。予想をはるかに下回る売り上げやな」

「いやあ、三冊も売れりゃ十分っしょ」蓮見があきらめたように言う。「予想の範囲内っすよ」

「ぴあのの人気で、もうちょっと売れるかと期待したんやけどなあ。ツイッターやSNSでも、あんだけ宣伝したし」

「無理無理無理。芸能ブースやないんですから。こんな専門的な内容、がちがちの理系の奴しか買いませんって」

「ちくしょう。今朝の三時までかかってホテルで製本した努力は何やったんや……」

　そうぼやきながら、猪口はスマホで時刻を確認した。

「そろそろ飯食いに行ってええかな？」

「いいっすよ。もうじき木村の奴も買い物から戻ってくるやろうし」

「二時間ほど帰れんかもな。ついでに西ホールで企業ブース、見てきたいし」

「うわ、正気っすか？　今はいちばん混んでる時間帯っすよ」

「いや、『テルポム』の限定CD、あればいいなって」

「二日目のこの時間に、限定ものなんて残ってないっしょ？　まあ、死ぬ気なら止めはしませんけど」

その時、客がやって来た。

「わ……」

二人は思わず姿勢を正した。若い女性のペアだったからだ。一人は派手なゴスロリ・ファッションで身を固めていた。長髪には黒い鳥の羽の髪飾り。メイクで眼をくっきり大きく見せており、口紅は艶《つや》のある黒。首のチョーカーや、ブレスレットも黒だった。もう一人は対照的に、ろくに化粧《けしょう》もしておらず、野暮《やぼ》ったい丸眼鏡をかけ、黒いセーターに灰色のスラックスという地味な格好《かっこう》だ。二人とも立ち止まってテーブルを見下ろし、カタログの配置図と見比べて、「Lの19B……ここだね」「そうですね」とささやいている。

「見せていただいていいですか？」

派手な娘の方が明るい声で言う。猪口たちは慌《あわ》てて、「どうぞどうぞ」「ご覧になってください」と勧めた。

二人の娘はそれぞれ同人誌を手に取り、立ち読みをはじめた。派手な娘の方はぱらぱらとめくって、漫然《まんぜん》と眺《なが》めているだけだったが、地味な娘の方は熱心だった。忙《せわ》しくページをめくっては、ところどころで手を止め、真剣に見入っている。男たちはそれを緊張《きんちょう》して見守っていた。いったいこの娘たちは何者だ？　理系の大学生か？

「どう？」

派手な娘の方が訊《たず》ねると、地味な娘は小さくうなずいた。

「ええ――いいと思います」

彼女は最後に奥付の著者名を確認すると、二人の男に目をやった。

「これを書かれた猪口裕人さんって、どちらですか？」

猪口は、その声にどきっとした。

「あ、あの……俺ですけど」

「ツイッター、読みました。京都大学の院生さんなんですよね？」

「は、はい……」

「論文を学会誌に投稿したけど、リジェクトされたとか？」

「ええ……せっかく書いたのにもったいないから、同人誌で発表しようと……」

「やっぱり、熱力学の第二法則を破ってると書いたからですか？」

「それもありますけど、どうも〈みらじぇね〉は手品みたいなものとみなされてるらしくて……」

「そうですか。査読者《レフェリー》は見る目がないですね――これ、おいくらですか？」

「六〇〇円です」

蓮見が言うと、地味な娘は財布から五〇〇円硬貨と一〇〇円硬貨を取り出し、手渡した。

「ありがとうございます」

「じゃあ、がんばってください」

娘はそう言って微笑《ほほえ》むと、買った同人誌を手に、派手な娘といっしょに人波の中に消えていった。

「へえ、ああいう娘《こ》がこんな本、買うんすねえ」蓮見が感心してつぶやく。「それにしても、仲の良さそうなペアでしたね、ありゃ、百合《ゆり》っすかねえ？」

しかし、猪口の方はぽかんと口を開けたまま、娘たちが消えた方向をまだ見つめていた。

「ん？　どうしました？」

「さっきの女の子……」

「は？」

「声がぴあのそっくりやった……」

とたんに蓮見は大笑いした。

「結城ぴあの本人がお忍びで買いに来た？　いやいやいやいや、それはないっしょ。あんな有名人がコミケに来ますかって。だいたい、イメージ違いすぎるやないですか」

「でも……あの声……」

「猪口さん」蓮見は猪口の肩を叩《たた》き、言い聞かせた。「それ妄想《もうそう》ですって」

無論、妄想じゃなかった。同人誌を買ったのはボクたちだった。ネットで検索していたぴあのが、猪口の論文の話題を読んで、強い興味を示したからだ。

ちなみにボクは、会場の更衣室《こういしつ》で着替えたのではなく、上からコートを一枚着ただけで、マンションからこの格好で来ていた。ルール違反ではないと思う。ボクにとって女装はコスプレじゃなく、休日の普段着だからだ。

「で、どうなの？　今度こそ当たり？」

東ホールのガレリアの二階、フレンチドッグを買う列に並びながら、ボクは訊ねた。ぴあのはボクの横で、買ってきた同人誌を読みふけっている。

「今度こそ」と言ったのは、これまでにも〈みらじぇね〉が第二種永久機関だと考え、原理を解き明かしたと主張する者は、何人もいたからだ。だが、そのどれも、憶測《おくそく》のみで証明がなかったり、理論を展開する途中で致命的なミスを犯していたり、あるいは根本的に原理を誤解していたりして、ぴあのを失望させてきた。

「ええ、当たりです」ぴあのは嬉《うれ》しそうだった。「途中でちょっと脇道にそれたところもありますけど、最終的に正しい結論にたどり着いてます。ほら、この不等式、フォンタナの境界条件を基《もと》に、熱力学的時間の矢が成り立たなくなるサイズの限界を求めてます。それに、伝導電子スピン流がスピン波スピン流に変換されることで、熱ゆらぎを種として歳差《さいさ》運動が増幅されて、スピンポンピングを駆動《くどう》することを証明してます。このへんのランダウアー＝ビュティカー公式の展開は私のやり方と違ってますけど、結果は同じですね」

ボクは横から覗《のぞ》きこんだものの、ページを埋め尽くす数式の羅列《られつ》は、即座に理解できるものではなかった。

「あの猪口って奴、君と同じぐらい頭がいいってこと?」

「まさか。私に匹敵《ひってき》する頭脳を持つ人間なんて、地球上にいませんよ」

　さらりと言うぴあの。他の人間が口にしたら、誇大《こだい》妄想かジョークでしかなかっただろう。だが、彼女の場合は事実なのだから、異を唱《とな》えようがない。

「回路を走査《そうさ》型電子《がたでんし》顕微鏡《けんびきょう》で解析しただけじゃなく、実験を重ねて、温度による発電効率の変化を詳しくデータにまとめ上げてます。努力家ですね。それをヒントに原理を推測したんです。ヒントがなかったら、何年かかっても分からなかったでしょうね」

「それにしても、ずいぶん長くかかったもんだよね。〈みらじぇね〉を発表したのが去年の八月だから……」

「ええ。正解者が出ないんじゃないかと心配してました」

　杞憂《きゆう》とは言えない。何千個もばらまいた〈みらじぇね〉だが、ネットでの噂《うわさ》を見ると、予想通り、すでに大半が発電能力を失っているようだ。手で持ったり袋から出し入れしたりしているうちに、デリケートな皮膜《ひまく》が傷ついて、回路が水や空気にじかに触れ、酸化していったのだ。そのため「インチキだったんじゃないか」「小さなバッテリーを内蔵してたんじゃないか」と疑う声も上がっていた。

　ぴあのは、ぱたんと本を閉じ、何かを祈るかのように合掌《がっしょう》した。

「この人には、ご褒美《ほうび》をあげなくちゃいけませんね」

「ご褒美?」

「ええ。こんなよく書けてる論文が、頭の固いレフェリーのせいで葬《ほうむ》られるなんて、許せません。何かプレゼントして、苦労をねぎらってあげないと」

「サイン入り色紙とか？」

「いいえ。もっといいものがあります」

「何？」

「名誉です」


その日の夕刻、結城ぴあのの公式ツイッターに、謎めいた文章がアップされた。

〈京都大学の猪口裕人さん、あなたの論文、読ませていただきました。私が知る限り、最初に正解にたどり着かれましたね。おめでとうございます〉


それ以上の説明はなかった。フォローしていたぴあののファンたちは、首をひねった。それ以前のタイムラインには、猪口裕人などという名は一度も出てきていないのだ。

疑問を抱《いだ》いた彼らは、ただちに検索した。そして猪口のツイッターを発見し、彼が今年の秋、〈みらじぇね〉に関する論文を学会誌に投稿してリジェクトされていたことを知った。その論文の中で、〈みらじぇね〉が水の分子《ぶんし》運動、つまり熱を電気に変える装置であると証明していたことも。

さらに大晦日《おおみそか》の深夜、ぴあのの公式サイトに、「〈みらじぇね〉の原理公開」と題するページがひっそりと新設された。ページの冒頭にはぴあの自身による解説があり、猪口への控えめな賛辞が述べられ、これまで原理を秘密にしてきたのは、先入観を持たない第三者による検証に期待していたためで、猪口氏の論文によってその目的が達せられたことにより、公開に踏み切った……といったことも書かれていた。

内容は一年以上前にぴあのが作っておいたPDFファイルだった。タイトル通り、熱力学の第二法則が分子のスケールでは破れることを証明し、どうやって水の分子運動からエネルギーを取り出せるかを解説していた。発生する電力がきわめて小さいうえ、回路の寿命が短いので、実用には適さないことにも触れられていた。この原理は現代物理学の常識に反するものであり、科学界からは反発を受けるだろうということも。

猪口の論文と比べてみれば、方程式の書き方などのスタイルがまったく違うことは明白だった。見る人が見れば、どちらかがどちらかを模倣《もほう》したのではなく、二人の人間が独立して思索《しさく》を展開した末に、同じ結論に到達したことが分かるようになっている。

〈みらじぇね〉が第二種永久機関であることを、結城ぴあのが公式に認めた——このニュースは大晦日から元旦にかけて、ネットを駆《か》けめぐった。もっとも、読んでもぴんと来ない者の方が多かった。熱力学の第二法則を破るというのがどれほど革命的なことなのか、理解できなかったのだ。

しかし、理工系の人間の間では、大きなセンセーションが起きた。あちこちの掲示板やS

NSやツイッターで、感想や疑問や憶測が飛び交い、議論が戦わされた。ぴあのの発言を疑う者、論文の内容を知りたくて猪口に問い合わせる者も多かった。

だが、最も衝撃を受けたのは、猪口自身だった。

「あれ、やっぱり、本物《ほんまもん》やったんかー⁉」

元日の朝、彼は京都の上賀茂《かみがも》にある安アパートの布団《ふとん》の中で、スマホでツイッターを読みながら、興奮してのたうち回っていた。

二〇二九年一月下旬、周防義昭《すおうよしあき》教授を関西から招いて、スターマイン・プロダクションの会議室で秘密の会議が開かれた。もちろん、ぴあのも出席していたし、JEIT《ジェイト》の社長、越坂部京介《おさかべきようすけ》も招かれていた。ボクも、非専門家向けに、ぴあのや周防教授の発言を「翻訳《ほんやく》」する役として同席していた。

「サイトのあの文章、読んだよ」

ぴあのと二ヶ月ぶりに再会した周防は、開口一番、そう言った。たった一度の会見で、二人はすっかり打ち解けていた。

「実は私は、〈みらじぇね〉というやつの実物を見たことがなくてね。噂は耳にしてたんだが、ネットに流れる都市伝説みたいなものだと思っていたから……あそこに書いてあることは事実なのかね？」

「はい、すべて事実です」ぴあのは自慢する風でもなく、ごく当たり前のように言った。

「実は先生が興味を持たれると思って、実物を用意してあります」

会議室のテーブルの上には、熱帯魚用の水槽《すいそう》が用意されていた。部屋の明かりを暗くし、〈みらじぇね〉をひたすと、ダイオードが緑色に発光する。ボクや真下《ましも》らはすでに何度も目にしていたが、周防は初めてで、「面白い。いや、これは実に面白い」と、興奮を隠しきれない様子だった。その瞳《ひとみ》は、歳《とし》に似合わず、新発売のおもちゃを前にした子供のように輝いていた。

「どうしてこれ、前に会った時、見せてくれなかったんだね？」

「一度に二つは多すぎると思いまして」

しれっと答えるぴあの。周防は「なるほどなるほど」とうなずいた。

「いや、その通りだ。あの理論だけでも十分すぎるほど信じられないのに、そのうえ熱力学の第二法則を破ったと言われても……信じられる限度を超えてたな」

照明が点《つ》くと、周防はまぶしさに眼をこすりながら、「だが、今なら信じられる」とつぶやいた。

「二ヶ月かけて、あのとてつもない理論を入念に検討した後でなら……あれだけの代物を構築できる人間なら、物理法則をひっくり返すことも可能だと納得できる」

「では」と真下社長。「先生の目から見て、ぴあのの理論は……？」

「ええ、年寄りにはいい頭の体操になりましたよ」周防は微笑んだ。「細かい部分までチェックするのに時間がかかりましたが、明白な欠陥《けっかん》は何ひとつ見当たりませんでした」

「ということは――」

期待をこめて身を乗り出しかけた真下を、周防は「いえ」と制した。

「欠陥が見つからなかったというだけです。正しいと証明されたわけではありません。科学の世界では、正しいように見えたけれども結局は間違いだと分かった理論など、山ほどありますから」

「じゃあ、論文の共著者になっていただくというお話は……？」

「私もそろそろ引退する歳です。今さら何か失敗をやらかしたところで、将来に影響が出るわけじゃありません。ただ、やはり世間様に笑われるのは避けたい。もちろん論文は書かせていただきますが、できれば、それを発表するのは、理論が正しいと証明された後にさせていただきたいんです」

「つまり実証実験ということですね？」とぴあの。

「そうです。あの理論が予想する、タージオンがタキオンを一方向に放出するという効果――面倒なので『結城効果』と呼ばせていただきますが――それを証明する装置を作っていただきたいんです」

「すでに概念《がいねん》はできてます」

ぴあのは出席者全員に、ARゴーグルをかけるよう促《うなが》した。彼女が会議室のテーブルの上に出現させたのは、人間の身長ほどの大きさのマシンの3D映像だった。初めて目にする越坂部が、「ほう」と声を上げた。

幅が高さの半分ほど。円筒形で上下が半球になった、薬のカプセルのような形をしている。金属の光沢《こうたく》を帯び、一方の端《はし》にうねうねと湾曲したパイプが付いていて、自動車のエンジンのようでもあった。

ぴあのが指を振ると、マシンが半透明になり、内部構造が見えるようになった。タンクのように内部はがらんどうだ。厚い壁に埋めこまれた超伝導コイルの状態がよく分かる。

「前に見た図とは形が違うね」と周防。

「はい。体積に対する断面積を減らした方が、効率がいいと分かりましたんで」

「だったらもっと長くすれば？」

「いえ、あまり長くすると総質量に占めるコイルの割合が大きくなって、死重《デッドウェイト》になってしまいます」

「なるほど」

「これは実際のスケールですか？」

越坂部が興味深そうに、いろいろなアングルから立体を観察しながら訊ねた。

「はい。だいたいこの程度の大きさを想定しています。ただ、これも概念図です。これを基に検討して、ちゃんとした設計図を描き起こさなくてはいけません」

「これは？」越坂部は機械の下の端から伸びたケーブルを指し示した。「リモコンのケーブル？」

「いえ、外部電源につながってます。本来なら内部にバッテリーを格納するんですが、これは実証用の装置ですから、なるべく小型化するために、電源を外に置くことにしました」

「しかし、どうも信じられんなあ」真下が正直な感想を洩《も》らした。「こんなもんが空を飛ぶってのが」

「これは飛べません」とぴあの。「このサイズだと、推力はせいぜい五〇ニュートン程度でしょうから」

「ニュートン？」

「約五キログラム重です」ボクがすかさず解説をはさんだ。「つまり五キログラムのものを持ち上げられる力ですね」

「でも、この大きさだと、明らかに一〇〇キロ以上はある……」

「ええ。重さがいくらか軽くなるぐらいでしょう」

「じゃあどうやって実証するんだ……ああ、そうか、秤《はかり》に載せるか」

「その秤も、選ぶ必要がありますね」と周防。「電子的な秤の類《たぐい》はまずいでしょう。コイルが強い磁場《じば》を発生させますから、機械が狂って、正確な値が出ないかもしれない」

「じゃあ、昔ながらの体重計みたいなやつで？」

「それも金属だと影響を受けるかもしれません。いちばんいいのは天秤《てんびん》でしょう」

「天秤？」

「長い棒の両端から皿を吊《つ》るして、一方にこの装置を、もう一方に錘《おもり》を載せて、釣り合わせるんです。推力が発生すれば天秤が傾きます。もちろん、周囲の鉄骨とかと磁力で引き合わないように、注意しなくてはいけませんが」

「滑車《かっしゃ》で吊るして、バネ秤を引っぱるというのは？」とぴあの。

「ああ、それもいいかもしれません。この場合はアナログな方が信頼できる」

「何にしても」真下は腕組みした。「かなり本格的な設備が要《い》るな……」

「それに金もかかりますよ」と越坂部。「この機械を作るだけで、最低でも五〇〇〇万はかかるんじゃないですかね」

「そんなに!?」

「作るとしても、特注の部品ばかりになりますし。材料費だけじゃなく、実験施設を用意する費用も、もちろん人件費も必要です。ひょっとして、億単位もかかるかも」

「しかし、意味はあります」と周防。「結城効果を証明できれば、科学界にとって大きな前進です」

「いや、はっきり言って、科学界とかどうでもいいんですよ」真下は本音をぶちまけた。

「問題はこれが金になるのかってことです」

「もちろん、なりますよ」

　ぴあのは、この発明は世界を変えるのだと力説した。燃料も推進剤も要らない宇宙船が作れて、宇宙飛行のコストが大幅に下がる。もちろん作れるのは宇宙船だけではない。航空機、船舶、列車にも応用できる。この原理を利用して発電機を回せば、きわめてクリーンで安全なエネルギーが手に入る……。

だが、話が壮大すぎたせいか、逆に真下は感銘《かんめい》を受けた様子がない。「景気のいいホラ話だな」と笑い、「ビジネスの話は地に足の着いたところからはじめなきゃいかんぞ」と、ぴあのを戒《いまし》めた。

議論の主題は資金面の話になっていった。いったい誰が実験の費用を出すのか。分担するとしたら、そのパーセンテージは？

通常の科学研究なら、文科省に助成金を申請するという手もある。だが、この場合は難しいというのが、専門家である周防の意見だった。近年、科学の基礎研究のための予算は大幅に削減されており、助成金の審査もきびしくなっている。まして、理論を提唱したのが本職の科学者ではなくアイドルで、おまけに内容がマッドすぎる代物だ。役人は難色を示すに違いない。自分が後押ししたとしても、金が下りるまでにどれだけの時間がかかるか分からない……。

真下はというと、いまだにぴあのの発明の意義をよく理解していない。機械の重さが五キロぐらい軽くなったからってどうなる、と思っているのだ。それにスターマインはあくまで芸能プロダクションだ。科学の実験に金を出すことにためらいがある。

越坂部も同様に、二の足を踏んでいた。ぴあのの発明に興味はそそられているが、今ひとつ信じられないようだ。無理もない。古今東西、永久機関だの反重力装置だのを発明したと称し、研究資金を騙《だま》し取る詐欺《さぎ》は、たくさんあったのだ。だから彼は、「実験をやる前にまず、理論が正しいという確証が欲しい」と主張する。だが、この実験こそまさに、理論が正しいことの確証を得るためのものなのだ。

しかもこれは単なる実証実験にすぎない。ぴあのの目標は、人間を乗せて飛ぶ本物の宇宙船を作ることだが、それにはおそらく何百億という金がかかる。このプロジェクトに足を突っこんだが最後、実用段階にこぎつけるまでに、湯水のように金を注《つ》ぎこむ覚悟《かくご》が要るのだ。それを考えると、越坂部のようなチャレンジ精神旺盛《おうせい》な人物でさえ、なかなか第一歩は踏み出しづらい。

越坂部は周防に、ぴあのの理論が正しいと保証してくれと、しつこく要求した。だが周防は、「間違いは見つからない、としか言えません」というスタンスを崩さない。彼の立場も分かる。金のからんでいる問題だ。うっかり言質《げんち》を取られると、後で問題が発生した時に、責任を取らされかねない。

我々だけでは無理だ。もっと多くのスポンサーを募《つの》るべきではないか、という意見も出た。しかし、スポンサーをどうやって説得する。確かな材料が必要だ。そのためにはまず、この実験を成功させなければ。その費用は誰が出す……。

議論は一時間以上もループした。同席していたボクは、同じ人間から同じ主張を何度も何度も聞かされ、しだいに苛立《いらだ》ってきた。この会議に限ったことではない。社会人一年生だが、会議というやつに出席するたびに、なぜ会社という組織はこんなにも効率の悪いことをやっているのかと愕然《がくぜん》となる。最良の結果を目指すはずの議論が、意見が錯綜《さくそう》した挙げ句、ベストから三番目ぐらいの選択肢《せんたくし》に落ち着いてしまう場面も、何度も見た。人間というのはこんなにも頭の回転の鈍いものだったのか。

ボクはぴあのの顔色をうかがった。すでにARゴーグルははずしている。最初にこの発明の意義を説明した時の高揚《こうよう》は去り、今は明らかに失望の表情を浮かべていた。ボクでさえいらいらするのだ。普通の人間をはるかに上回る知能を持つ彼女には、どれほど耐えがたい状況だろうか。

突然、彼女は「ちょっと失礼します」と言って会議室を出ていった。トイレに行ったんだろうと思い、ボクは気にしなかった。

それから一分もせずに、ポケットに入れていたスマホから、ぴあのの歌声が流れ出した。ボクは狼狽《ろうばい》した。

「おい、会議中はケータイ切っとけよ！」

真下が怒鳴《どな》る。ボクは「す、すいません！」とぺこぺこ謝りながら、慌てて会議室を飛び出した。

慌てたのは、会議中にスマホが鳴ったからだけじゃない。この時間に鳴るはずのない着メロが鳴ったからだ。

ボクは就職を機に、ビジネス専用の新しいスマホを買った。ぴあのは貴尾根《きおね》すばるのスマホを見慣れている。彼女の前で同じ機種を使ったら、怪しまれるかもしれないと思ったのだ。古い機種も処分せずに使っている。こっちは家族や友人、特にぴあのとの連絡用だ。二台持っていると使用料がやや高くつくが、貴尾根すばるとして、ぴあのとの絆《きずな》は失いたくなかったのだ。

鳴ったのはその古い方の機種、歌はぴあのからの電話であることを示している。

廊下で話すのはまずい。幸い、トイレが会議室の近くにあった。ボクは男性用トイレに飛びこむと、個室に入り、通話ボタンを押した。

画面に三等身のピンクの髪の妖精《ようせい》が現われた。通信用アプリのひとつ、アバタートークだ。相手の画面に映るアニメーションのキャラクターが、こっちが喋《しゃべ》る言葉に合わせて口を動かし、表情を変える。キャラクターのデザインも、何十億通りもの組み合わせから、自分のイメージに合ったものを選ぶことができる。

『ごめんなさい、すばるさん。今、お忙しいですか？』

ピンクの髪の妖精が、小さい画面の中で、ぴあのの声で喋っていた。当然、彼女のスマホには、ボクのアバター――ゴスロリ・ファッションで三等身の魔法少女が映っているはずだ。

ちなみにぴあのには、IT関連の企業に就職したと嘘《うそ》をついている。

「まあ、忙しいっちゃ忙しいけど」ボクは女の子の声で言った。「いったい何？　こんな時間に」

『ごめんなさい。そうですね。ご迷惑ならかけ直します』

ぴあののアバターは悲しげな顔をしていた。アバタートークには、スマホのカメラで話者の表情を読み取って、アバターに反映する機能もある。

「あ、いや、迷惑じゃないよ。迷惑じゃない」

ボクは慌てて言った。仕事中かもしれないと知っていながら、ボクを頼ってかけてきたのだ。よほど思い詰めているのだろう。突き放すなんてできない。

「ちょっとぐらいならだいじょうぶ。今ちょうど、外回りの最中だから——どうしたの？　何か困ったことでもあった？」

事情を知らないふりをして話を聞きながら、ボクは直感していた。ぴあのはきっと今、壁一枚隔《へだ》てた女性用トイレの個室の中だ……。

『聞いてくださいよ、すばるさん！　今、例のプロジェクトの会議中なんですけど、私もう、いらついて、いらついて、いらついて！　あの人たちのもの分かりの悪さときたら！』

ぴあのがこんなにも強く不満をぶちまけるのを聞くのは初めてだった。

「あの人たちって、社長さんたち？」

『そうなんです！　みんなお金のことばかり！　そりゃお金は大事ですけど、これがどれほど大きな意味を持つかってことが、ぜんぜん分かってないんです！』

ぴあのはそれから五分間、猛烈な早口で、会議の出席者たちへの不満を並べたてた。彼女がこんなにも感情を剝《む》き出しにするのは珍しい。どんなことがあっても超然としているのかと思っていた。いよいよ宇宙への夢が叶《かな》いそうになっている時に、くだらないことで足止めを食わされて、よほどストレスが溜《た》まっていたのか。

思いがけず簞笥《たんす》にぶつけた小指が痛かったのか。

『周防先生だってそうですよ。もっと援護してくれたっていいのに。自分ではお金を出さないからって、傍観《ぼうかん》を決めこんでるんですよ』

「まあ、先生にもいろいろ事情ってものがあるんだろうね」ボクはふと、思いついて訊ねた。「会議にいるのはその人たちだけ？　他に君の味方になってくれそうな人、いないの？」

『ああ、もう一人、企画部の下里《しもさと》さんって人がいますけど、ぜんぜん頼りにならないですね。この会議でもほとんど発言してなくて、正直、何のためにいるのかよく分かんないんですよ』

ボクは胸にズキンときた。ぴあのの目には、下里昴《こう》は、「ぜんぜん頼りにならない」「何のためにいるのかよく分かんない」キャラと映っていたのか。まあ確かに、何もしていないのは事実だが。

『私、悔《くや》しいんです』ぴあのは涙声になっていた。『私は宇宙が好きなのに……好きで好きでたまらないのに……誰もこの想いを理解してくれないんです。みんな宇宙を見上げずに、目の前のお金の話ばかり……なんか自分の夢が汚《けが》されてる気がします』

ぴあのはすっかり落ちこんでいるようだった。画面の中の妖精も泣き顔になっている。

ボクは胸が苦しくなった。ボクにも彼女の夢は理解できない。彼女のように宇宙に恋してはいないからだ。それでも彼女が悲しんでいるのを聞くと、自分の胸がかきむしられているように感じる。何とかしてあげたい。

よし！　下里昴が頼りにならないってのなら、貴尾根すばるが頼りになってやろうじゃないか。

「それ、ちゃんとアピールした？」

「君がどれだけ宇宙が好きかってことをさ。もしかして、『この発明の人類にとっての意義』とか、そういう堅《かた》い話しかしてないんじゃない？　どう？」

『ええ、そうですけど……』

「冷静な話ばかりで、熱意が伝わってないんじゃないかな。宇宙が好きだってことを、もっと熱く語った方がいいと思う」

『だって、宇宙について語りはじめたら、私、止まらなくなりますよ？』

「ああ、そうだね」

『そんなことしたら、引かれるかも。だから我慢《がまん》してるんじゃないですか』

「君らしくないなあ。『変わってる』と思われるのが怖《こわ》い？」

『ええ。この場合は慎重《しんちょう》になる必要があると思うんです。越坂部さんや周防教授の信頼を損《そこ》ねたくないんで』

「あのね、怒らないで聞いてほしいんだけど、君ってとっくに『変わってる』と思われてるんだよ。それが結城ぴあのというキャラだよ。むしろみんな、君が普通の女の子じゃない部分に惹《ひ》かれてるんだと思う」

『かもしれません』

「だったらそれを武器に使った方がいい」

『武器に？』

『はい？』

「開き直るんだよ。エジソンやテスラが奇人だったって聞いたことがあるだろ？　ニュートンとかファインマンとか、君の好きなガロアだって……むしろいろんな奇行があるからこそ、天才のイメージが強まるって部分もある。『さすが天才は変わってる』って、世間の人は思うんだよ」

『信頼されるためには、逆に奇人として振る舞った方がいい？』

「振る舞わなくていいよ。ありのままの君を見せてやればいい」

『つまりすばるさんは、私が奇人だと思ってるんですね？』

まずい。ぴあののアバターが、何かすねたような顔をしている。さすがに気分を害したか。だが、ここで取り繕《つくろ》うのは、かえってよくない。

「ああ、そうだよ。君は奇人だ。マッドだ。でも、そのマッドなところが、たまらなく魅力的だ。だから自信を持ちなよ。誰も『まともな結城ぴあの』なんて見たくないんだよ。歌って踊《おど》れるマッド・サイエンティスト――このすごいアドバンテージを利用しなくてどうするの？」

ぴあのはしばし、沈黙した。アバターの表情は平板《へいばん》で、微妙な感情を読み取ることはできない。でも、これだけ長く沈黙するということは、その天才的頭脳の中で、ものすごいスピードで思考が回転しているんだろう。

『分かりました』やがて彼女は言った。『マッドで行くことにします。ありがとうございました』

「どういたしまして——ああ、ちょっと待って」

ボクはまずいことに気づいた。今、トイレから出たら、廊下でぴあのと鉢合わせするかもしれない。正体を見破られる危険は避けたい。

「もしかして、ちょっと泣いた？」

『ええ、少し』

「じゃあ、ちゃんとメイクを直してから戻った方がいいよ。さすがに流れたメイクは魅力的に見えないから」

『ありがとうございます。そうします』

「じゃあね。がんばって」

ボクは通話を切った。これで時間が稼《かせ》げた。すぐにトイレを出て、早足で会議室に戻る。まだ真下たちの議論は続いていた。

何食わぬ顔で席に着いていると、何分か遅れてぴあのが戻ってきた。ボクに言われた通り、メイクはちゃんと直していた。

「みなさん！」

いきなりぴあのが声を張り上げたので、全員がびくっと飛び上がった。ボクも驚いた。

「もし悪魔というものが実在して、魂と引き換えに願いを叶えてくれるのなら、私は迷わず悪魔に魂を売り渡します」

みんなの困惑《こんわく》を無視し、ぴあのは朗々と演説をぶちはじめた。

「悪魔が『処女を捧《ささ》げろ』と言うのなら、喜んでくれてやります」

おい、何を言い出すんだ。ボクははらはらして聞いていた。

「残念ながら、この世界には悪魔はいません。魂や処女と引き換えに、『宇宙に行きたい』という私の願いを叶えてくれる者なんて、どこにもいないんです。願いは自分で叶えるしかありません。私はそうしてきました。アイドルになったのもそのためです。お金を儲けて、支持者を集めるためです。人生のすべてをこのために――宇宙に行くという、たったひとつの目的のために捧げてきたんです。

お金なんかどうでもいいんです。アイドルとしての人気だって。正直、人類の未来も知ったこっちゃありません。私は宇宙に行きたい。ただそれだけです。このプロジェクトは、ようやくつかんだそのチャンスなんです。夢を実現するためには、あらゆるものを投げ出す覚悟です。これまでにアイドルの活動で稼いだお金を、全部このプロジェクトに注ぎこんでもかまいません。足りなければ借金だってします、一文《いちもん》なしになってもいいんです」

彼女はテーブルに手をつき、これまで見たこともないほど真剣で切実な表情で、越坂部をまっすぐに見つめた。

「この気持ち、理解していただけませんか？　リスクを心配するのは分かります。でも、すべてを投げ出す私のこの覚悟を、信頼してはいただけないでしょうか？　冒険してはいただけないでしょうか？」

越坂部も、他の出席者も、何も言えなかった。ぴあのの勢いに圧倒されていたのだ。

さて、下里昂としても、ここでちょっといいとこ見せておこうか。

「……確かにね」ボクは静かに言った。「越坂部さんもそうですけど……社長、さっきから社長らしくないですよ」

「何？」

真下がにらみつけてくるが、ボクは気にしなかった。

「前に俺に言いましたよね？『面白い人生が歩めるチャンスを逃《のが》すな』とかなんとか……これって、ものすごいチャンスじゃないですか。スケールでかいし、突拍子《とっぴょうし》もないし。何でためらうのか、俺には分かりませんね」

真下は顔を歪《ゆが》めた。「言うじゃないか、若造が」

「社長が若さを失いかけてるんですよ。守りに入ってるんじゃないですか？」

「悪いか？　下手《へた》打って、うちの会社を潰《つぶ》すわけにはいかんだろ」

「でも、守りに入って、面白いですか？」

真下は絶句した。ボクは追い討ちをかけた。

「俺はこの先にあるものが見たいです。ぴあのの夢が実現するのを。きっとそれは、ものすごく面白いものだと思うんですよ。それこそ世界がひっくり返るような——ねえ社長、このチャンスを逃しちゃもったいないんじゃないですか？」

会議室は静まりかえった。

「下里さん、ありがとうございました」

会議が終わると、ぴあのは立ち去るボクを追いかけてきて、礼を言った。

「礼なんか要りませんよ」ボクはかっこつけて言った。「ただ、面白いものが見たいと言っただけですから」

「でも、社長さんに楯突《たてつ》いて、もしクビにでもなってたら……」

「でも、その危険を冒《おか》す価値、あったでしょ？」

「はい、みなさんの心証《しんしょう》、だいぶ変わったように思います」

確かに、あの後、越坂部からは「前向きに検討させてもらいます」という言葉を引き出せたし、真下もしぶしぶとではあるが、プロジェクトの推進を承認した。

プロジェクト名はそのものずばり、〈プロジェクトぴあの〉だ。

「でも、まだこれからでしょう？」

「はい。まだ第一歩を踏み出しただけです。これからも難関はたくさんあるでしょうし」

しかし、そう言うぴあのの顔は、希望で輝いていた。

ボクは気づいた。彼女の笑顔はボクにとって最高の報酬《ほうしゅう》だ。その笑顔のために、ボクはいくらでもがんばれる。

ここで少し、話を日本から世界に向けよう。ぴあのの人生を語るうえで、どうしても必要なことだからだ。

二〇二九年は世界的な波乱の年だった。中国では一時は下火になりかけていた民主化を求める運動が、前年の後半あたりから活発化し、各地でデモや暴動が発生、多くの逮捕者《たいほしゃ》を出していた。ボスニアでは民族間の対立が激化し、放火や虐殺《ぎゃくさつ》事件が頻発《ひんぱつ》していた。オランダでは移民の排斥《はいせき》を訴える差別主義者の勢力がデモを繰り返し、民族の融和を求める勢力としばしば衝突していた。ブラジルでは経済政策の失敗が原因で、現政府の退陣を求める運動が激しさを増していた。中東ではイスラム過激派によるテロが続発していたし、ロシアでもモスクワで爆弾テロが起こり、市民を震憾《しんかん》させた。

しかし、何と言っても世界を驚かせた最大の事件は、アメリカでの「七州分離運動」の急速な盛り上がりだろう。

その直接のきっかけは、二〇二七年にニューヨークの養護学校で起きた銃乱射事件だった。ライフルと拳銃《けんじゅう》を撃ちまくり、教師二人と児童二五人を殺傷した末に警官に射殺された容疑者のバリー・ペンフィールドが、生前にツイッターに書いていた文章が注目を集めたのだ。彼は進化論について頻繁に言及していた。人類を「進化の頂点にある存在」であると論じ、特に健康な肉体と頭脳を持つ自分は「頂点のさらに頂点」「進化のチャンピオン」だと自負していた。その論はしだいに暴走し、障害者を保護する政策は人類を弱体化するものだと主張するようになる。ついには、人類を退化から守るために弱者を「淘汰《とうた》」するのが、チャンピオンである自分の使命だと信じるようになったのだ。

もちろん、それは根本的に間違った思想だ。倫理的に間違っているのは言うまでもないが、

「進化の頂点」などという概念は進化論学者は誰も支持していない。進化には方向性もゴールもなく、あえて言えば、今生き残っている種のすべてが「勝者」なのだ。亀もゴキブリも細菌も、何億年も繁栄を続けてきたという意味では「勝者」なのだが、誰もゴキブリを賞賛したりはすまい。

報道によれば、ペンフィールドは背が低く、ハンサムでもスポーツマン・タイプでもなく、二七歳なのにガールフレンドもいなかった。大学を出たものの就職先が見つからなくて、家でぶらぶらする毎日で、いつも両親から叱責《しっせき》されていたという。そうしたコンプレックスへの反動から、「自分は進化のチャンピオン」という妄想が生まれ、凶行に走らせたのだろうと推測される。

しかし、そう考えない者が多かった。かねてから進化論を敵視していた聖書根本主義派の勢力が、いっせいにこのニュースに飛びつき、「進化論は人を殺人に走らせる危険思想だ」というキャンペーンを繰り広げたのだ。教会で、ラジオで、テレビで、ネットで、宗教指導者や政治家や教育関係者らが同じ主張を展開し、大衆の不安を煽《あお》った。そのため、「進化論を学校で教えるべきではない」という世論が急速に高まった。無論、進化論を信じる人間に犯罪者が多いというデータなどどこにもなかったのだが、銃撃事件の続発におびえる人々の耳には、そんな論理的な説得など届かなかった。

かくして二〇二八年の合衆国大統領選挙では、進化論教育をめぐる主張が主要な論点となった。共和党のジョン・T・バードは、国教の樹立を禁じる憲法修正第一条の見直しを主張、イ《I》ンテリジェント・デ《D》ザイン論（生物は進化によって生まれたのではなく、高度な知性を持った存在によってデザインされたという説）を公立学校で教えるべきだと訴え、多くの支持を得た。もともとアメリカでは、進化論を信じる人は多くなかった。世論調査によれば、アメリカ人の約四〇パーセントが、「神が過去一万年以内に人間を今のような姿で創造した」と信じていた。

当然、信教の自由と科学教育が脅《おびや》かされることに危機感を抱く層も多く、アメリカを二分する議論となった。民主党の擁立《ようりつ》した大統領候補モリー・アップルゲイトは、憲法修正第一条の死守を掲《かか》げ、出身地であるカリフォルニア州を基盤に、西海岸の諸州で支持を獲得、バードと対立した。

こうした論争の背景には、世界的に拡大しつつあるＣＡＭ（良心的無神論運動）の影響もあった。

ドイツ出身のカトリック神父マックス・ラントシュタイナーは、布教活動のために赴《おもむ》いた中東やアフリカやボスニアで、宗教の違いに起因する対立が人々の憎悪《ぞうお》を煽り、テロや集団虐殺や内戦の原因になって、幼い子供までも犠牲《ぎせい》になっている現実を目《ま》の当たりにした。彼は苦悩の末、「聖書が憎しみをかきたて、無辜《むこ》の人々を殺す原因となるなら、私は聖書を捨てる」と宣言したのだ。彼は神の教えではなく、自らの良心に基づいて行動するよう人々に説いた。「あなたの内なる良心は、罪のない子供にまで銃を向けることを、本当に望んでいるのですか」と。

大統領戦の最中、ラントシュタイナーはアメリカを訪れ、各地を回って講演を行なった。

ワシントンでは冷笑で、アトランタやメンフィスではブーイングで迎えられたが、アップルゲイトのお膝元《ひざもと》であるサンフランシスコやロサンゼルスでは歓待を受けた。特定の宗教思想によって教育が侵食《しんしょく》されることを懸念《けねん》する人々にとって、ラントシュタイナーの言葉はまさに「福音《ふくいん》」だったのだ。

ラントシュタイナーは西海岸で多くの支持者を獲得した。巨大IT企業ライト・カスケード社のCEO、ロイ・メリディアンが、ラントシュタイナーと会見し、CAMへの転向を表明したのを筆頭に、科学者、コラムニスト、ミュージシャンなど、進歩的なことで知られる著名人が、続々とCAMを支持するようになった。だが一方で、「無神論」という言葉に激しい嫌悪《けんお》を示す人々も多く、皮肉にもID論をめぐる対立をいっそう激化させることになった。

二〇二八年一二月、バードがアップルゲイトを大差で下し、新大統領となった。彼は翌年一月の就任演説で、ID論の教育への導入を支持することをあらためて表明した。

この演説に対し、カリフォルニア、オレゴン、アリゾナなど、アップルゲイトを支持していた西部諸州がいっせいに反発、「合衆国から独立しよう」という声が湧《わ》き上がった。合衆国に属したままでは、公立学校で特定の宗教思想を押しつけられてしまう。信教の自由を守るため、子供たちの教育を守るために、別の国を作るしかないと。

合衆国は建国以来初めて、分裂の危機に直面していた。

だが、こうしたことが結城ぴあのの物語に関係してくるのは、あと何年か先のことである。

12 ピアノ・ドライブ

ぴあのの宇宙への夢がようやく前進しはじめた一方で、彼女に対するバッシングが勢いを増しはじめた。

ネット上で発表された〈みらじぇね〉の原理は、ほとんどの人間にとってちんぷんかんぷんの呪文《じゅもん》のようなもので、真偽《しんぎ》の判断などできなかった。物理学界もこの件に関しては慎重《しんちょう》に沈黙を守った。当然だろう。まともな専門教育を受けたことのない娘が、物理の基本原則である熱力学の第二法則を破ったなんて、そう簡単に認めるわけにはいかない。

そのため、疑惑がささやかれた。ぴあのがかつて、塩沼《しおぬま》の「真空《しんくう》エネルギー抽出《ちゅうしゅつ》装置」の嘘《うそ》を暴《あば》いたことは、記憶に新しい。今度は彼女が同様の詐欺《さぎ》を仕掛けているのではないか、というのだ。

騒ぎに油を注《そそ》いだのは、テレビで名を知られた科学者・綾崎義人《あやさきよしひと》の発言だった。彼はまだ四〇代で、ルックスも良く、話し方もスマートでユーモアもあり、特に家庭の主婦層に人気があった。穏《おだ》やかな発言だけではなく、しばしば強烈な毒舌《どくぜつ》も吐《は》き、政府や大企業、有名人を容赦《ようしゃ》なく批判した。

科学者と言っても、綾崎の専門は資源工学で、それ以外の分野にはうといはずだった。しかし、環境問題や資源問題について何度かテレビに露出《ろしゅつ》したのがきっかけで、インタビューを受けたり、番組出演を依頼されることが増えたのだ。メディアは彼を重宝《ちょうほう》し、様々な分野でコメントを求めた。原子力、レアメタル、大気汚染など、資源工学にいくらか関係のありそうなものから、食品添加物《てんかぶつ》、新型車、地震、喫煙《きつえん》、遺伝子治療、地球温暖化、異常気象、希少生物の絶滅など、まったく関係のない話題まで――どうやら、マスメディアに従事している者の多くは、「科学者には専門分野がある」という当たり前のことさえ理解できていないようだった。当然、一般市民にも同様の思いこみは広がっており、「科学者の言っていることだから」と、綾崎の発言を真《ま》に受ける者は多かった。

綾崎は巧妙に立ち回った。環境問題や健康問題について、大衆の不安を過剰に煽《あお》ったり、逆に不安を抱《いだ》いている人に誤った希望を抱かせるような情報を撒《ま》き散らした。その情報はしばしば間違っていたが、綾崎を信頼している人々はそんなことは気にしなかった。人々が求めているのは真実ではなく、「自分が聞きたい情報」であることを、綾崎はよく承知していたのだろう。

彼は週刊誌のインタビューに答え、「熱力学の第二法則は決して破れません」と断言した。強く非難することは避けたものの、結城《ゆうき》ぴあのは宣伝のために嘘をついていると示唆《しさ》したのだ。

以前から、ぴあののことを快く思わず、ネット上で罵詈《ばり》雑言《ぞうごん》を撒き散らしていたアンチたちは、綾崎のこの発言で、いっぺんに活気づいた。「ホラを吹いてファンを騙《だま》している」

「インチキだ」「誇大妄想《こだいもうそう》だ」と。一時、ネット上では、ぴあののファンとアンチが激論を繰り広げ、大荒れに荒れたらしい。

「らしい」というのは、ボクはその騒ぎの最初の方を見ただけでうんざりし、ウォッチングしようとは思わなかったからだ。どちらも相手を下品な言葉で罵《ののし》ったり挑発したりしているだけで、ただ不快なだけ。建設的な議論などまったく見られなかった。

そうした騒ぎに対し、ぴあのは慎重な態度を保った。決して自説の正しさを強く主張しようとはせず（説明しても理解されなかっただろう）、「いずれ真実ははっきりします」とだけ繰り返した。「〈みらじぇね〉には実用的な価値はまったくありません」とも強調した。〈みらじぇね〉で金儲《かねもう》けすることは考えていないし、そもそも利益を得ることは不可能なのだと。それでもアンチは納得しなかった。彼らはぴあのの言動のひとつひとつに対して勝手な裏読みをして、悪意や陰謀の証拠だと騒ぎたてた。

つくづく思う。真下《ましも》社長のポリシーにも一理ある。「アイドルは表面上、バカじゃないといけない」――顔が良くて歌が上手《うま》いだけではだめで、そうした長所を相殺《そうさい》するような何らかの欠点を持っていなくてはいけない。頭のいい人間、完全無欠な人間は嫌われる。頭が悪かったりドジだったり性格が変だったり、一般人より劣《おと》っている点があるのを見せることで、ファンは安心してアイドルに好意を抱けるようになるのだと。

ぴあのの場合、普段のピントのずれた言動のせいで、そうした敵意が和《やわ》らげられていた面がある。「ああ、ぴあのがまた変なことを言い出したぞ」と。もし彼女が、あの頭の良さに加えて、まともな性格だったら、アンチの数はもっと多かっただろう。

ボク自身、自分の心理を観察してみて思う。彼女があれほどユニークな（はっきり言えばマッドな）性格でなかったら、好きになっていたかどうか。あまりにも常識はずれで、何をやらかすか予想がつかず、見守っていないと危なっかしくてしょうがない女の子――そうした父性《ふせい》本能をくすぐるところが、結城ぴあのの魅力のひとつなのではないだろうか。


ようやくスタートした〈プロジェクトぴあの〉だが、なかなか思うように進まなかった。

予算は当初の予想である五〇〇〇万円をはるかにオーバーし、一億を超えるという試算が出た。何度もの折衝《せっしょう》の末、JEIT《ジエイト》が六割、スターマインが四割出すことで、どうにか話はついた。しかし、出費をなるべく抑《おさ》えようと、どちらも細かい要求をいろいろ出した。予算面の制約と、どうしても譲歩しようとしないぴあののこだわりの狭間《はざま》で、図面は何度も何度も描き直された。

ようやく完成したぴあのの図面は、まだ概念《がいねん》的なものにすぎなかったので、本職の技術者に渡し、精密な設計図に描き直してもらう必要があった。だが、ここでもいくつもの問題が起きた。従来のビスマス系超伝導コイルでは、ぴあのの要求したスペックを満たすのが難しく、新しい鉄系高温超伝導体を採用するしかないと判明した。また、パーツの一部に液体窒素《ちっそ》による低温脆性《ていおんぜいせい》の影響が考慮されていないという批判が出て、改良を余儀《よぎ》なくされた。装置の意味がよく分かっていない技術者が、パーツの規格に合うように勝手にコイルの配置を変更したことが判明し、設計図を一から描き直さなくてはならなくなったこともあった。そのたびにぴあのは、多忙な仕事の合間を縫《ぬ》って、技術者と徹底的に協議した。話し合いは深夜に及ぶこともあった。精神的にも肉体的にもつらい日々だったはずである。図面がようやく完全にぴあのの手を離れたのは、七月の初旬だった。

どこで実験を行なうかも問題だった。精密な測定を行なわねばならないが、小さな室内では、装置の発生する磁場《じば》が測定機器に与える影響を排除できない。磁場の影響を最小にするには、十分に広いスペースを確保する必要があった。

埼玉県の春日部《かすかべ》市に条件に合う施設が見つかった。倒産して操業を中止した機械工場で、小型飛行機が格納できそうなほどの床面積があるうえ、天井《てんじょう》までの高さが八メートルほどもあり、そこにまだ使用可能なホイストが設置されていたからだ。

製作がまたひと苦労で、パーツの多くはまったく新しいものを一から作らねばならず、引き受けてくれる工場を探すだけで難儀した。このあたり、JEITの越坂部《おさかべ》社長のツテを使いまくった。

予算がますます増えてゆくのを、ボクははらはらしながら見守っていた。真下社長がさすがに苛立《いらだ》っているのが分かった。ぴあのも不安を隠しきれない様子だった。あまりにも金がかかるようだと、スターマインがプロジェクトから手を引く可能性も考えられた。それは彼女の夢が潰《つい》えることを意味する。

不安をまぎらわそうとしてか、図面が手を離れて少し時間の空《あ》いたぴあのは、以前の趣味を復活させた——自宅のガレージでの実験を。

「新しい高温超伝導体を開発しようと思うんです」

ボク（貴尾根《きおね》すばるの方だ）に電話をかけてきたぴあのは、またしても突拍子《とっぴょうし》もないことをさらりと言った。装置の製作を妨《さまた》げている要因のひとつは、現在の超伝導コイルの臨界温度が低すぎることにある。もっと高温で使える超伝導材料を開発すれば、冷却機構が簡略化できて安上がりになるはずだ——というのだ。

無論、そんなのは詭弁《きべん》だ。本当に新しい高温超伝導体ができたとしても、実用化するには何年もかかる。今回のプロジェクトに間に合うはずがない。彼女としてはただ、何もせずに部品の完成を待っているのが耐えられなかったのだと思う。だからボクも協力してあげることにした。

八月のある日曜日、ボクは二年ぶりぐらいで、ぴあののガレージを訪れた。ボクが知らない間に何かの実験をやっていたとみえて、機材がさらに増え、狭いガレージは足の踏み場もない状態だった。要《い》らない機材は壁際にまとめて積み上げられている。中古の工作機械や電子機器類が無秩序に積み重なった様は、スクラップ置き場のようだった。大きめの地震が来たら崩れそうだ。

おまけに、強い酒の臭《にお》いがした。

「何これ？」

ボクが鼻を押さえながら訊《たず》ねると、ぴあのは平然と答えた。

「鉄系高温超伝導体の材料を、赤ワインで煮てました」

冗談ではない。それは二〇一〇年、NIMS（物質・材料研究機構）の高野《たかの》義彦《よしひこ》氏らのグループが行なった実験を再現したものだった。高野氏らは、鉄とテルルに硫黄《いおう》を添加した試料（それ自体は超伝導を示さない）を、赤ワイン、白ワイン、ビール、日本酒、焼酎《しょうちゅう》、ウイスキーにひたし、七〇度で二四時間熱したところ、超伝導体になることを発見したのだ。特に赤ワインが最も効率が良かったという。この風変わりな実験は、いかにもぴあの好みだった。試料を作るのも簡単だった。固相《こそう》反応法といって、細かく砕いて粉末にした材料を混ぜ合わせ、熱してセラミックにするというものだ。

無論、そのまま再現するのは芸がないので、ぴあのは試料にいろいろアレンジを加えた。鉄はそのままで、テルルではなくアンチモンやインジウムを試してみた。どれもうまくいかなかったそうだ。砒《ひ》素《そ》も試してみたかったが、素人《しろうと》が扱うのは危険だし、手に入りにくいので断念したという。

「固相反応法だと、どうも思い通りの結晶が作れませんね」ぴあのはぼやいた。「それに臭いがひどくて」

「だろうなあ」

ぴあのは酒に弱い。一度にいくつもの試料を煮ていると、ガレージ内に強烈な赤ワインの臭いが充満し、気分が悪くなるのだという。やむなく、ワインで煮るのをあきらめ、もっと堅実《けんじつ》な方法を試すことにしたのだ。

理想的な超伝導体を作るには、結晶を三次元的に規則正しく並べる必要がある。原子《げんし》一個分の厚みしかない薄膜を積み重ねるのだ。従来の鉄系超伝導体では、鉄と砒素から成る層とランタノイド系元素から成る層が、交互にミルフィーユのように堆積《たいせき》した結晶構造になっている。

薄膜を作る方法には、スパッタリング法、真空蒸着法《じょうちゃくほう》、パルスレーザー堆積法、化学気《き》相《そう》堆積法、有機酸塩塗布《とふ》熱分解法などがある。ぴあのが選んだのはスパッタリング法だった。加速したイオンをターゲットにぶつけて原子や分子《ぶんし》を叩《たた》き出し、それを基板《きばん》に浴びせて薄膜を形成する技術だ。真空蒸着法よりも強力な薄膜を作れるという利点がある。

ボクはぴあのが実験装置を組み立てる作業に協力した。まず、木製のテーブルの上を片づけ、新たな実験用のスペースを作った。実験に使うのは、電子レンジから取り出した高圧トランス、ガラス容器、真空ポンプ、高圧ダイオードなど、以前に核融合《かくゆうごう》実験をやった時のものを流用した。ぴあのはそれらを慣れた手つきで組み替え、魔法のようにスパッタリング法の実験装置を作っていった。ボクもハンダ付けやO《オー》リングの製作を手伝った。

実験に用いるターゲットは、サイコロほどの大きさの黄鉄鉱《おうてっこう》（二硫化鉄《にりゅうかてつ》）、それに錠剤《じょうざい》ぐらいの大きさのネオジム磁石だ。銀色のピアスは、表面がロジウムめっきされている。鉄と硫黄とロジウムの層と、ネオジムの層を、アルミの基板の上に何重にも積み重ねようというのだ。この組み合わせはぴあのが考えたものだが、どういう根拠があるのかはよく分からない。彼女の考えでは、これで超伝導体になるはずだというのだが。

密閉された夏のガレージの中は蒸し暑かった。屋根やシャッターが陽《ひ》を浴びて熱を帯びるからだ。隣のダイニングキッチンのクーラーをがんがんにかけ、ガレージとの間のドアを開け放したうえ、入口近くで扇風機を回してダイニングからの冷気を誘導していたが、あまり効《き》かない。ボクはキャミソールとミニスカートという薄着だったが、それでもうっすらと汗をかいていた。ぴあのも上はタンクトップ一枚、下はゆったりした綿のスラックスというラフな格好《かっこう》で作業をした。長い髪はじゃまになるので、頭の上にまとめ、バンダナを巻いていた。

ちなみに彼女は、夏のガレージの中ではいつもノーブラだった。ちょくちょく、汗で布が肌に貼《は》りつき、胸の形がはっきり見えて、ボクは目のやり場に困った。アイドルをやっていない時のぴあのは、まったく外見に無頓着《むとんちゃく》で、男の視線など気にしないのだ。

装置は完成に近づいた。一辺五〇センチほどの正方形の台座に陽極《ようきょく》を置き、その上に基板をセットする。そこに大きな円筒形のガラスをかぶせ、容器に取り付ける蓋《ふた》の裏には、二つの陰極《いんきょく》。ガラスと台座の隙間をゴム製のOリングでふさぐ。空気が入らないよう、容器の間にはガラス板でしきりを作る。黄鉄鉱とピアスを、もう一方にはネオジム磁石を固定し、両者の間にはガラス板でしきりを作る。ケーブルをトランスに、空気のチューブを真空ポンプに接続。ガラス容器の蓋を閉め、こちらもOリングで密閉。

真空ポンプを作動させ、容器内の空気を吸い上げる。気圧が下がり、真空に近くなったところで、電源を入れる。ぴあのは可変《かへん》抵抗器の大きなダイヤルを回し、電圧を調整した。

照明を落とすと、蓋の裏側の黄鉄鉱とピアス、それに磁石が、ピンクがかった紫色にぼんやりと光っているのが見えた。容器内にわずかに残った窒素原子が正電荷《せいでんか》を帯び、陰極に引き寄せられて、高速でターゲットにぶつかり、プラズマを発生させているのだ。肉眼では見えないが、ターゲットからは原子が飛び出し、容器内に飛散しているはずだ。その一部は陽極に置かれた基板に降り注ぐ。

厳密に言えば、二つの陰極は同時に発光しているわけではない。一秒間に何百回も切り替わっている。ある瞬間には、鉄と硫黄とロジウムが降り注ぎ、次の瞬間にはネオジムが降り注いで、基板の上に原子一個分の厚みの薄膜を交互に作ってゆくようになっている。見ているうちに、ガラス容器の内側が曇《くも》ってきた。陰極から飛散した原子がガラスにも付着し、コーティングしているのだ。

ガラスがすっかり不透明になったところで、ぴあのはスイッチを切った。

「これで新しい超伝導体ができているはずなんですけど……」

少し自信なさそうに言いながら、彼女は容器に手を伸ばした。空気を入れるため、バルブをひねろうとする。

その動作の途中、誤って横にあるトランスに腕が触れてしまった。まだ電気が残っていたらしく、バチッという音がして火花が散った。ぴあのは悲鳴を上げ、はじかれたように飛びのいた。

ボクが止める間もなかった。彼女の身体《からだ》は棚に激しくぶつかり、その衝撃で棚が揺れて、上の方に載っていた大きなコイルが落ちてきた。テーブルの上でワンバウンドし、ガラス容器にぶつかる。重い音がして、ガラスにひびが入った。

危ない！

ボクはとっさにぴあのに抱きつき、なかば押し倒すように、頭をテーブルより低くさせた。

ほとんど同時に、ボンッという衝撃音が響き、厚いガラスの破片がガレージ中にばらばらと降り注いだ。破片のひとつはボクの背中に落ちた。

じっとぴあのを抱き締めたまま、十数秒待った。これ以上、何も起こらないと判断して、腕をほどき、そろそろと顔を上げる。

ガラス容器は跡形もなく吹き飛んでいた。真空に近い状態だった容器が、ひびが入ったことで大気圧に負けたのだ。一平方メートルあたり約一〇トン、水面下一〇メートルに等しい圧力。容器は一瞬で潰れ、次の瞬間には、なだれこんできた空気がぶつかり合って逆流し、ガラスの破片を周囲に飛散させたのだ。顔を上げていたら怪我《けが》をしていたかもしれない。せっかくできた基板も、どこかに飛んでしまっていた。

振り返ってぴあのの様子を見たボクは、ぞっとなった。彼女は床にへたりこみ、小型旋盤《せんばん》の台に上半身を寄りかからせていた。誰かが一時停止のボタンを押したかのように表情は凍《こお》りついており、眼を大きく見開いて、ぽかんと宙を見つめている。

「だいじょうぶ!?　怪我はない？」

ボクは彼女の肩をつかんで揺さぶった。ぴあのは反応しなかった。ボクは心臓が締めつけられるような恐怖を味わっていた。慌《あわ》てて彼女の全身に視線を走らせる。右肘《みぎひじ》に放電できた小さな火傷《やけど》があるが、見たところそれ以外に傷はない。

「おい、しっかりしろ！　ぴあの！　ぴあの！」

何度目かの呼びかけで、彼女はようやく反応を示した。凍《い》てついていた表情が溶け、見開かれていた眼がすうっと細くなったかと思うと、唇《くちびる》に笑《え》みが浮かんだ。彼女は肩を震《ふる》わせ、くすくすと笑い出した。

数秒後、それは爆笑に変わった。

「お、おい……」

「あははははは、すごい！　すごい！　すごい！」ぴあのは腹を押さえて笑いながら、切れ切れに叫んだ。「い、今、一瞬だけど、〝向こう〟が見えました！　これ、臨死体験ってやつですかね？　ああ、こんなの初めて！　あははははは！」

バカ笑いを続けるぴあの。ボクは不安になった。もしかして、ショックでどこかおかしくなったのか？

「だいじょうぶ？　ねえ、だいじょうぶ？　救急車呼ぼうか？　ねえ？」

肩をつかんで必死の思いで呼びかけるうち、ぴあのはしだいに落ち着いてきた。やがて、いつもの表情に戻ると、初めて存在に気がついたかのように、ボクの顔をしげしげと見つめる。そして、不思議そうにつぶやいた。

「……下里《しもさと》さん？」

ボクは失敗に気がつき、頭がしびれるような感覚を味わった。動転していて、本来の声——

——男の声になっていたのだ。

「え？　ええー？　何のことかなあ？」

慌てて女の子の声に戻す。あまりにもわざとらしい。

見つめるぴあのの視線が痛い。ボクは観念した。

「……ごめん。騙してて」

「やっぱり……」

「いやあ、あっさりバレちゃうもんだな」

「あっさりじゃないですよ。一年以上も騙してたんじゃないですか」

「だから、ごめんって」

ボクは洗いざらい白状《はくじょう》した。本名が下里昴《すばる》だということ。IT企業に就職したというのは嘘で、真下社長にスカウトされてスターマインに入社したこと。社長の入れ知恵で一人二役を演じていたこと……。

「でも、なぜ？」

ぴあのにはまったく理解できないようだった。説明が難しいが、それでもどうにか説明しようと試みる。

「恥ずかしかったんだ……」

「恥ずかしい？」

「女装をはじめた頃は、女装するのが恥ずかしかった。でも、そのうち逆だって気がついた。

恥ずかしいのは、本当の姿の方を知られることなんだって」

ボクは悲しい気持ちで自分の身体を見下ろした。ミニスカートの下から伸びている脚《あし》は、いつも毛の処理を欠かさないし、筋肉がつかないように注意している。腰を細く見せるために、食事制限もやっている。メイクや服だけじゃなく、この身体そのものが、ボクが努力して作り上げた作品だ。

でも、それはやはり、本物の女の子の身体じゃない。紛《まが》いものだ。いうならば、本物のボクの上に、血肉でできた着ぐるみをかぶっているようなものだ。

ボクは性同一性障害じゃない。自分の本質が男であることは、決して否定できない。さっきもそうだ。ほんの十数秒ではあるが、ボクはぴあのを抱き締めていた。愛する女性の身体が——ARではありえない確かな質量を持った実体が、ボクの腕の中にあった。その柔らかい感触が、今でも残留磁気のように腕に沁《し》みついている。それは断じて、同性のものではありえない。

こんな格好をしていても、ボクはぴあのをはっきり「異性」として意識している。そのことを、あらためて思い知らされた。

「ボクの……男としての姿を知っている人に見られるのは、べつにかまわない。でも、君みたいに、女のボクしか知らない人に知られるのは……」

「恥ずかしい？」

ボクは小さくうなずいた。「裸《はだか》を見られてるような気がする」

そう、女の子の姿をかぶっている間は、自分の欲望を隠しておける。性など意識していないかのように、彼女の友人として振る舞える。それを剝《は》ぎ取られ、生身《なまみ》の自分をさらけ出すのは、苦痛であり、恥辱《ちじょく》だ。

「私は、すばるさんが男だろうと女だろうと気にしませんけど？」

彼女ならそう言うと思っていた。

「……ボクの方が気にするんだよ」

ボクはゆっくりと立ち上がった。「片づけなきゃ」と言って、軍手をはめ、散乱したガラス片を拾い集めてはゴミ箱に入れてゆく。ぴあのも小さなホウキとチリトリを使い、テーブルや床に散らばった小さな破片を掃《は》いて集めた。

片づけには一五分ほどかかった。ガラクタの隙間に入りこんだガラス片までは回収できなかったが、とりあえず見える範囲の破片は取り除いた。

「……難しいですね」

掃除《そうじ》が終わると、ぴあのはつぶやいた。

「何が？」

「人間です。私には六次元空間までイメージできます。でも、他の人の心の中はイメージできません。複雑な微分《びぶん》方程式を解けます。でも、他の人の心は解けません……」彼女は寂《さび》しそうに言った。「あなたの心理が分かりません。いえ、それを言うなら、社長さんや大畑《おおはた》さん、秋穂《あきほ》さんや理梨《りり》さん……他のどんな人の心理も」

「人の心は数式じゃ解けないもんだよ――月並みだけど」

「かもしれません」

ボクの方も同じことを考えていた。これだけ長くつき合っているのに、ぴあのが何を考えているのか分からない。彼女の心の中をイメージできない。彼女の心理は常人とは異質すぎる。

彼女がこんな趣味を持つボクに屈託《くったく》なく接しているのは、理解してくれているからや、寛容だからじゃない。おそらく彼女にとって、すべての人間は等しく理解不能だからだ。だから自分に理解できないものを排斥《はいせき》しようという意志すら起きないのだろう。それは自分以外のすべての人類を排斥することになるから。

同じ部屋にいて、同じ空気を吸っているのに、ボクたちの間には決して超えられない壁が立ちはだかっている。

「でも、それでいいんじゃないでしょうか」

「え？」

「理解できなくてもいいんです。私にすばるさんの心理が理解できなくても――すばるさんも、私の夢は理解できないんでしょう？」

「まあ……」

「それでもいいんです。力を貸していただけるのなら。ただ……」

珍しく、ぴあのが口ごもった。

「ただ、何？」

「これを言うと不愉快になるかもしれませんが、聞いてもらえます？」

「いいよ」

「前に、悪魔が宇宙に連れて行ってくれるのなら、処女をくれてやってもいいって言ったでしょう？」

「うん」

「もしも、あなたとセックスすることで宇宙に行けるなら、私は喜んでセックスします」

どう反応していいか分からず、ボクがとまどっていると、ぴあのはふっと悲しげな苦笑を洩《も》らした。

「でも、残念ながら、あなたは悪魔じゃありません。だから、あなたとはセックスしません。いえ、世界中の誰ともしません。愛もないのに肉体関係だけ持っても、たぶん重いだけだと思うからです――ごめんなさい」

ぴあのは頭を下げた。

「じゃあ……」ボクは急に不安になった。「もし、すごい金持ちが現われて、君をISS2まで連れてってやるって言ったら……？」

国際宇宙ステーションISSの2号機は、予定よりかなり遅れて、一昨年から建設が開始されたばかりだ。旧ISSよりひと回り大きなものになる予定だが、資金難を補うため、民間の宇宙旅行ツアーも受け付けている。一〇日間の滞在で三五億円ぐらいかかるらしいが。

「ああ、うーん……」ぴあのは顎《あご》に手を当てて、真剣に悩んだ。「処女の代償がたった高度四〇〇キロの周回軌道《きどう》までじゃ、安すぎる気がしますねえ」

君の処女はどんだけ高いんだ。

「じゃあ、どれぐらい？　月まで？」

「せめて一光年ぐらいまでは」

「贅沢《ぜいたく》だ！」

ボクは笑った。一光年は九兆四六〇〇億キロ。ＩＳＳ2の高度の二〇〇〇億倍以上。それは確かに、神か悪魔でもないと無理だ。

言い換えれば、その途方もない夢を自力で実現しようとしているぴあのは、神か悪魔ということになる。

「ああ、その話で思い出しました」

「何？」

「あの時、会議で私を助けてくださいましたよね。ありがとうございます」

「お礼はもう済んでるよ」

「下里さんにはお礼はしましたけど、すばるさんにはまだです」

「いっしょだろ？」

「いいえ、違いますよ」

それから急に、ぴあのは何かに気づいたらしく、小首を傾《かし》げ、考えこんだ。

「ああ、私の脳は、まだ下里さんとすばるさんを別人だと認識してるみたいです」

「慣れるのに時間がかかりそうだね」

「いえ、慣れる必要ないです」

「え？」

「ずっと別人でいてください。お仕事では下里さん、プライベートではすばるさん。私はお二人を別人として認識し続けることにします。その方が混乱しなくて済みますから」

混乱したのはボクの方だった。やっぱりぴあのの考えることは理解できない。


発注していたパーツがようやく揃《そろ》い、装置の組み立てが完了したのが一〇月下旬である。最終的に完成した装置は、長さ一・六メートル、直径八〇センチほどの円筒形になった。灰《はい》色の鋼鉄製で、表面には太い電源ケーブルや冷却用の液体窒素を通すパイプがごてごてと這い回り、無骨《ぶこつ》で重々しい印象だった。何となく昔の蒸気機関を連想させる。

それを天井から八本の太いワイヤーで吊《つ》り下げ、床から一メートルぐらいの高さに浮かせる。ワイヤーは装置の両側に四本ずつ、等間隔に取り付けられているが、垂直ではなく、長軸方向から見るとV字形に広がっている。この吊り方だと、短軸方向の揺れは抑えられ、長軸方向にだけ動ける。

装置の後ろには大きな白い板が立てられた。板の表面は碁盤のように方眼《ほうがん》が描かれている。装置の位置の変化を正確に測定するためだ。

実験はぴあのをはじめ、二〇人近い関係者を集めて行なわれた。ボクも（下里昂《こう》として）

立ち会った。

脚立《きゃたつ》に乗った作業員が、デュワー瓶《びん》から液体窒素を装置内に注ぐ。超伝導コイルを臨界温度以下に下げるのだ。この作業がけっこう手間取った。時おり、液体窒素が注入口からこぼれて、床にしたたり落ち、白い霧を発生させた。

周防《すおう》教授も関西から三人の学生を連れてきていて、装置をチェックさせていた。配線が図面通りか、異常な磁気の洩れとかはないか――そして、装置を引っぱる見えないワイヤーとかはないか。

最後の項目は、こちらから要望したものだ。トリックという可能性がないことを納得してもらいたかったのだ。

「そろそろ、このマシンに正式名称が必要なんじゃないですか?」

作業を見ながら、ボクは提案した。関係者の間では、製作中ずっと、〝アノ装置〟というふざけた仮称で呼ばれていた。秘密厳守の方針だったので、無関係の人間が名前を聞いても、何を作っているか分からないようにしていたのだ。しかし、いつまでも〝アノ装置〟じゃ変だろう。

「〝タキオン・エンジン〟じゃだめなんですか?」

ぴあのが怪訝《けげん》な顔をする。

「私はそれでいいと思うがね」と周防教授。「イオンを噴射するのがイオン・エンジン。タキオンを噴射するならタキオン・エンジンだろう」

「いやあ、どうですかね」ボクは首をひねってみせた。「〝タキオン〟という言葉には、どうも胡散臭《うさんくさ》い響きがある」

「胡散臭い？」

「SF的というか、嘘っぽい感じがするんですよ。超光速粒子《りゅうし》ってのがどうもね」

「しかし、げんにタキオンの反動で動くわけだし……」

「当方の希望を言わせてもらえば」真下社長が口をはさむ。「ぜひ、ぴあのの名前を入れさせていただきたい」

「私の？」ぴあのは驚く。

「意外か？　お前の発明だろう。しかも世界を変える代物《しろもの》だ。名前を後世に残すぐらいの栄誉はあってしかるべきだ」

「ああ、いいですね」ボクも同調した。「発明品に発明者の名前がつくことはよくありますよ。テスラ・コイルとかヴァン・デ・グラフ起電機とか八木アンテナとか」

「でも、ちょっとくすぐったいです」ぴあのは困惑《こんわく》していた。「私、べつに名誉が欲しくてやってるんじゃありませんし」

「おい、その発言は聞き捨てならねえぞ」真下が注意した。「アイドルが名前を売るのをためらってどうすんだ」

「でも……」

「お前に拒否権はない。結城ぴあのの名を日本だけじゃなく全世界に知らしめるチャンスだ。

最大限に利用させてもらう。そのために金を出してるんだからな」

この発明のニュースが世界に流れたら、結城ぴあのの知名度は高まり、彼女の歌をダウンロードする人間が増えるだろう――というのが真下の目論見《もくろみ》だった。

「じゃあ、結城エンジン？」

「エンジンってのもダサいな。どうしても自動車のエンジンを連想する、それに〝結城〟じゃなく〝ぴあの〟の方がしっくりくる」

「それなら」ボクはすかさず提案した。「ピアノ・ドライブというのはどうでしょう？〝ピアノ〟はカタカナで」

実を言えば、それは何週間も前から考えていた名前だった。どうしても〝ピアノ・ドライブ〟という名前にしたかったのだ。真下とも事前に打ち合わせていた。

もっとも、ボクの目的は真下とは違う。金儲けなんか考えていない。純粋にぴあのの名を後世に残したかったのだ。

やがて液体窒素の注入は完了した。技術者たちも、教授の指示で動いていた学生たちも、異状がないことを確認し、ピアノ・ドライブの周囲から撤退《てったい》した。宙吊りになった装置から半径五メートルには、床に黄色い円が描かれていて、実験中はその内側に立ち入り禁止だった。爆発や炎上などする心配はないが、念のためだ。

操作は黄色い円のすぐ外側に置かれたテーブルから行なう。装置の操作は、当然のことながら、ぴあのがやることになった。これは単なる実験ではなく、プロモーション・ビデオの撮影も兼ねているからだ。

実験開始の少し前から、五箇所《かしょ》にセットされたカメラが記録を開始していた。三台はピアノ・ドライブを取り囲む位置から、一台は天井から全体を見下ろす角度で。残り一台は、テーブルの後ろに着席したぴあのを斜め前から撮《と》っている。他にも手持ちカメラを持ったカメラマンが一人いて、みんなの表情やぴあのの顔のアップを撮っていた。

テーブルの上には、大きなナイフスイッチ、スライダック（可変式単巻《たんまき》変圧器）、電流計、赤いパトランプなどが置かれている。そんな高電圧を扱うわけではないから、本当はナイフスイッチなんて必要ないのだが、見栄《みば》えを重視したのだ。小さなボタンを押すだけじゃ、離れたところから撮っても絵にならない。スイッチを入れる動作がはっきり見えなくてはいけないのだ。パトランプも同様で、通電していることを分かりやすく示すためだ。

三〇秒前からカウントダウンが開始された。現場を仕切っている技術者が、「三〇、二九、二八……」と読み上げる。

「何でカウントダウンなんか必要なんだよ」真下がぼやいた。「まだるっこしい」

「気分の問題ですよ」とボク。「もったいつけなきゃ」

そう、成功すればこれは歴史に残る瞬間なのだ。もったいつけなくてどうする。

ボクたちはぴあのの斜め後ろに立っていた。ちらっとモニターを見る。ナイフスイッチのレバーに手をかけたぴあのは、さすがに緊張《きんちょう》しているように見えた。

「三、二、一……」

ゼロ、という声とともに、ぴあのはレバーを倒した。ブザーが鳴り、パトランプが点灯して回転しはじめる。

ピアノ・ドライブは微動だにしない。

「……おい」真下が心配そうにささやいた。「動かねえぞ」

「まだスイッチを入れただけです」とボク。「これからパワーを上げていきます」

ぴあのはスライダックのダイヤルをゆっくり回してゆく。別の場所で計器を見ていた技術者が、「二〇〇ワット、二五〇ワット、三〇〇ワット……」と、電力計の数値を冷静に読み上げている。最初のうち、なかなか変化は起きなかった。

やがて、ピアノ・ドライブが揺れはじめた。

「五〇〇ワット、五五〇、六〇〇……」

「動いてる……」越坂部が呆然《ぼうぜん》とつぶやいた。ボクも息を呑《の》んだ。錯覚《さっかく》ではない。ピアノ・ドライブの空中での位置が、わずかにずれてきている。長軸が東西を向くように吊るされているのだが、西の方向に動きはじめていた。

ぴあのは無言で、さらにダイヤルを回してゆく。

「一一五〇、一二〇〇、一二五〇……」

天井から装置を吊るしているワイヤーが、傾いてゆくのが分かる。鉛直《えんちょく》方向に作用する地球の重力に加え、水平方向から力が作用している証拠だ。真横から見たワイヤーは、二つの力の合力の方向を指す。

ピアノ・ドライブはタキオンを東向きに放射し、その反動で西向きの力を得ているのだ。

もっとも、肉眼ではタキオンはまったく見えない。ぴあのの理論によれば、タキオンは通常の物質とほとんど反応しない。空気だろうと人体だろうと壁だろうと、存在しないかのように通り抜けてしまうのだ。だからレーザーやプラズマのように、空気とぶつかって発光することがない。

「パワー最大です」

ダイヤルから手を離し、ぴあのが宣言した。ピアノ・ドライブは今や、本来の位置から二メートル近く離れたところに浮かび、ゆらゆら揺れていた。まるで見えない糸に西側から引っぱられているかのようだ。

「……こいつぁ、たまげた」

真下の声はかすれていた。

教授がぱちんぱちんと手を叩きはじめた。ごく自然に、ボクたちはそれをまねした。拍手はしだいに大きくなり、工場全体に響き渡った。

最初の驚きと感激が収まると、ボクたちは五メートル以内に近づかないようにしながら、ピアノ・ドライブの周囲を歩き回り、観察し、写真を撮った。教授の学生たちは、念のために放射線の計測も行なった。しかし、バックグラウンドの自然放射線を上回る数値は検知されなかった。

ボクはピアノ・ドライブの東側に立ってみた。この位置では、放射されているタキオンをもろに浴びることになる。もちろん、何も感じないし、肉体にも何の影響もない。しかし、無数の見えない粒子が光よりも速く肉体を貫通していると想像すると、不思議な感じがした。

学生たちは、ピアノ・ドライブの元の位置からのずれを正確に計測し、その数値から、作用している力の大きさを計算した。

「四六・七ニュートン、プラスマイナス〇・三です」

それはほぼ期待通りの数値だった。しかしぴあのは、「理論値より二パーセントほど小さいですね」と、満足していない様子だった。装置の構造に何か些細《ささい》な欠陥《けっかん》があり、効率を落としているようだ。

「極性を反転できるかね?」

教授が確認する。ぴあのは「もちろんです」と即答した。

「みなさん、いったん離れていただけますか?」

全員がピアノ・ドライブから離れると、ぴあのは慎重にスライダックのダイヤルを戻していった。ドライブはゆっくりと元の位置に戻っていった。

ぴあのはスイッチを切り替え、再びダイヤルを回した。ピアノ・ドライブはさっきとは逆、東の方向へと動きはじめた。

「ほう、バックもできるのか」真下は感心した。「電気のプラスとマイナスを逆にしたわけか?」

「そんな単純なものじゃありませんよ」と教授。「超伝導コイルに流れる電流の方向は変わっていません。モードを変えてＹ場の極性を反転したんです」

「Ｙ場？」

「結城効果の場です。周囲の空間とは独立した、一種の疑似《ぎじ》的な慣性系とでも言いましょうか。それがタキオンの自発的放射に不均衡《ふきんこう》をもたらすんです」

「前から思ってたんですが」越坂部は顔をしかめた。「それ、もう少し分かりやすく言い換えられませんかね？　素人向きに」

「無理です」

真下が舌打ちした。「プレゼンが難しいなあ……」

それが問題だった。プロジェクトをさらに進めるには資金が必要で、そのためにはできるだけ多くの人間を納得させる必要がある。周防教授が後押ししてくれるとはいえ、素人にピアノ・ドライブの原理を説明するのは難しい。どうすればこの発明が本物であることや、その重大な意義を理解させられるだろうか。

「だいたい地味だよなあ」ピアノ・ドライブを眺《なが》めて、真下がぼやく。「何かこう……もっと派手なパフォーマンスってないもんかな」

「派手なのをお望みですか？」とぴあの。

「できるのか？」

「踊《おど》らせてみます」

「踊る⁉」

「ええ――みなさん、もう少し離れていただけますか？　ちょっとだけ危険かもしれませんので」

ボクたちは慌てて、装置から一〇メートルほど後退した。ぴあのだけがテーブルから離れず、ダイヤルに手を置いている。

ぴあのはダイヤルを急に回した。推力が消滅し、ピアノ・ドライブは元の位置に戻ろうとして、振り子のように揺れはじめる。

ぴあのはその揺れの周期に合わせて、ダイヤルを操作した。推力を強くしたり弱くしたりを繰り返す。共振だ。ブランコを漕《こ》ぐように、揺れが増幅され、どんどん振幅が大きくなってゆく。

遊園地によくあるマジックカーペットという乗り物をご存知だろうか。あんな感じで、ピアノ・ドライブは大きく揺れていた。接続されている電源ケーブルが蛇《へび》のようにのたうち、ひと揺れごとに床を叩く。

「危険じゃないかね？」

さすがに教授が心配して訊ねた。ぴあのは「だいじょうぶです」と断言する。

「ケーブルが張力に耐えられることは計算済みです」

人間ほどの大きさのある機械が振り子運動を繰り返す様は、さすがに迫力があった。ボクはあらためて実感していた。ボクらはえらいものを作ってしまったんだと。

実験は大成功を収めた。ボクたちはその夜、居酒屋に集まって祝杯を上げた。

だが、成功のその先に、すぐ次の簞笥《たんす》が——小指をぶつけるいまいましい障害物が立ちふさがっていた。

それは他ならぬ真下社長たちだ。

彼らはピアノ・ドライブ開発のための新会社の設立を計画していた。そこで問題になるのは装置の特許だ。これが普通の発明なら、特許を申請すればいい。しかし、従来の物理法則に根本的に反するピアノ・ドライブでは、特許は認められない。周防教授はすでにぴあのとの連名の学術論文を書き上げていて、それを発表すれば特許も下りるかもしれないが、真下たちがその発表にストップをかけていた。

原子爆弾の歴史について考えてみよう。レオ・シラード、エンリコ・フェルミ、フレデリック・ジョリオ＝キュリーらがウラニウムの核分裂連鎖反応を発見したのは、一九三九年のこと。アメリカはそのわずか六年後に原子爆弾を完成させた。しかし、第二次世界大戦中、ドイツや日本も原爆を開発していた。人材や資材が足りなかったので完成に至らなかっただけだ。実際、一九四九年にはソビエトが、一九五二年にはイギリスが、一九六〇年にはフランスが、一九六四年に中国が……といったように、他の国も次々と原爆を開発した。理論が分かっていて、なおかつ必要な人材と技術さえあれば、どこの国の人間でも同じものができるのだ。

あるいは動力飛行機を発明したライト兄弟はどうか。彼らは今でこそ歴史に名を残しているが、飛行機メーカーとしてはさほど成功したわけではなかった。ライバルのグレン・カーチスらの卑劣《ひれつ》な工作で、「世界で初めて飛行可能な動力飛行機を作ったのはサミュエル・ラングレー」という偽《にせ》の歴史をでっち上げられ、一時は飛行機の発明者としての栄誉さえ取り上げられていた。栄誉が回復したのは一九四二年のことだ。その間にカーチスら後続の飛行機メーカーにすっかりシェアを奪われていた。弟のオーヴィル・ライトは一九四八年まで生きたが、晩年は飛行機を発明したことを悔《く》やんでさえいたと伝えられている。

真下たちが警戒していたのはそこだった。論文を発表すれば、それを基《もと》に、ただちに世界中でピアノ・ドライブの開発がはじまるだろう。特許を取っていない以上、それを阻止《そし》することは困難だ。豊富な資金や技術を有する他のグループに先を越されることは、十分にありうる。そうなれば、投資した金も戻ってこない。それどころか、世界には日本とは特許法が異なる国——物理法則に反した発明でも特許を取れる国がある。そうした国に特許を押さえられる危険すらある。

そこで真下と越坂部は、しばらく周防教授の論文発表にストップをかけさせた。教授からはとりあえず「本物だ」というお墨付きさえいただければいい。詳しい原理はしばらく秘密にしたうえで、ピアノ・ドライブの実演を多くの人に見せ、新会社への出資を募《つの》ろうというのだ。

公開実験を重ねるのは、他国に特許を取らせないためだ。どこの国の特許法でもそうだが、「公然知られた発明」では特許を取ることはできない。「車輪の発明」や「酒の造り方」など、すでに広く知られたものでは新規性が認められないからだ。つまりピアノ・ドライブの存在を世界に広く公表し、「公然知られた発明」にすることによって、逆に誰も特許を取れなくしようというのだ。

「何も永久に秘密にしておくわけじゃない」真下は力説した。「ずっとトップを独占し続けられるとも思っちゃいないさ。会社が軌道に乗って、ピアノ・ドライブによる利益が転がりこむようになるまでだ。とりあえず、何年か先んじて、他のグループに対する十分なアドバンテージさえ確保できればいいんだ。その時点で論文を公表する」

もちろん周防教授は強く反発した。学問の自由に反すると。一時は自分でネットにアップするとまで息巻いていた。しかし、こうしたビジネス面での交渉に関しては、海千山千《うみせんやません》の真下の方が上手《うわて》だ。秘密を洩らし、我が社の利益を損《そこ》ねた場合、訴訟沙汰《そしょうざた》に発展するかも……という脅《おど》しをちらつかせ、教授の舌鋒《ぜっぽう》を鈍らせた。

翌二〇三〇年一月、真下と越坂部は、とりあえず論文の内容を伏《ふ》せたまま、ピアノ・ドライブの公開に踏み切った。記者発表を行なう一方、ネット上に実験の動画をアップした。

発表の席には、当然、ぴあのや周防教授も並んでいた。しかし、この時の発表の映像を注意深く見れば、二人とも今ひとつ嬉しそうな顔をしていないことが分かるはずだ。

ピアノ・ドライブの詳しい原理自体は、まだ伏せられていた。しかし、負のエネルギーを有するタキオンを放射するものであることや、エネルギー保存則に反しないことなどは説明されていた。実用化すれば、宇宙飛行だけでなく、様々な方面に応用できるということも強調された。

この発表は世間の注目を集めた。多くのマスコミ関係者が、ピアノ・ドライブの実物を見学するために春日部市の工場を訪れた。彼らの前で、ピアノ・ドライブを動かす実演が行なわれた。

テレビのワイドショー、週刊誌、ネットのニュースなどが、いっせいにこの発明を取り上げた。

〈結城ぴあの、世界的な発明?〉

〈謎《なぞ》の新型エンジン、ピアノ・ドライブは本物か?〉

〈エネルギー問題も解決?〉

どのニュースも、まだ疑問符付きだった。いくら有名な大学教授のお墨付きがあるとはいえ、従来の科学をひっくり返すような大発明を、大学どころか高校も出ていない二二歳の娘が成《な》し遂《と》げたなどと、そう簡単に信じられるわけがない。だいたい、何もないところから無《む》尽蔵《じんぞう》にエネルギーを取り出せるなんて、話がうますぎる。

当然のことながら、「インチキだ!」という合唱が湧《わ》き起こった。その先頭に立ったのは、またも綾崎義人だった。

ワイドショーに出演し、司会者から科学者としての意見を求められた彼は、こうコメントした。

「光より速い粒子というだけで信じられない話ですけどね。投入したエネルギーを上回る運動エネルギーを得られるなんて話はね、これはもう絶対にありえない」

綾崎は「絶対に」という部分に力をこめた。

「エネルギー保存則は物理の基本原則なんですよ。それは人間の力ではどうにもならないんです。破れてもらっちゃ困る。それに、たとえタキオンが実在したとしても、それで推進力を得ることなんかできません。特殊相対性理論によれば、タキオンの質量は虚数です。虚数の質量なんてものを想像できますか？」

司会者は困惑した。「いえ……」

「そうでしょう？　虚数の質量のものを放射しても、その反動によって得られる運動エネルギーは虚数です。しかし物体が動くということは、実数の運動エネルギーを得るということです。虚数の質量のものをいくら放射しても、物体が動くわけがない」

もちろん、この説明は根本的に間違っていた。確かに特殊相対論の公式では、物体の静止質量が実数である場合、それを加速してV＞C、つまり超光速にすると、質量は虚数になる。だから「タキオンの質量は虚数」という誤解が生まれる。しかし、光速以下の物体を超光速まで加速することは不可能であり、「静止質量が実数の物体を超光速にまで加速したら」というのは、そもそもありえない前提なのだ。

ファインバーグらが提唱したタキオンは、光より速く運動し、実数の質量を持つ。もしそれが静止できるなら、その静止質量は計算上、虚数である。しかし、タキオンは光速より遅くなることは決してできないので、「タキオンの静止質量」などというものは観測できず、そんなものを論じる意味はない。

しかし、「タキオンの質量は虚数」という迷信は、かなり多くの人間に信じられている。

特に綾崎のように、なまじ相対論を齧《かじ》った人間ほど、あっさり信じてしまう。彼らは決して無知ではないだけに厄介《やっかい》だった。

「宇宙飛行が大幅にコストダウンされるってふれこみで、出資を募っているそうなんですけど？」

「いやあ、信用しない方がいいですね」

画面の中で振り子のように揺れているピアノ・ドライブを見て、綾崎は嘲笑《あざわら》った。

「何ですかこれ？　ただのブランコでしょ。こんな仕掛けで宇宙に行けるなんて信じるのは、まともな学校教育を受けてない人だけですよ」

「でも、物理学が専門の周防義昭《よしあき》先生という方が支持されているそうですが？」

司会者の指摘にも、綾崎は自信満々で動じなかった。

「科学者でも騙されることはありますよ。透視《とうし》とかスプーン曲げを信じちゃった物理学者だっているんですから。失礼ですが、周防先生はお歳《とし》を召しておられる。インチキな永久機関詐欺にひっかかったとしても、おかしくないんじゃないですかねえ」

「詐欺ですか？」

「ええ、以前にも、水を燃料にして走る車とか、放射能を除去する細菌とかの話があったでしょう？　あれと同じですよ。お話にならないニセ科学ですね」

彼は発言の最後をこんな言葉で締めくくった。

「そんなことができたら魔法です。この世に魔法なんてものはないんです」

13　世界に穴を

「それを知ってるかね？」

ロイ・メリディアンは、高級な白いスーツのポケットから手帳サイズの薄型タブレット端末を取り出し、カジノのディーラーのような手つきで、広いテーブルの上に滑《すべ》らせた。正面に座っているイアン・グラマトキーの前に、ぴたりと止まる。

ここは巨大IT企業ライト・カスケード社の本社ビルの会議室。窓の外には、冬のカリフォルニアの穏《おだ》やかな陽射《ひざ》しの下、様々な企業のビルが点在している。ここシリコンバレーは、かつてほどの熱い活気はないものの、今なおIT産業の歴史を象徴する地として、電子世界の聖地のような地位を保ち続けていた。

ライト・カスケード社のCEOであるメリディアンは、今年で五九歳。二〇代でIT業界に飛びこみ、様々なアイデアを成功させて、ライト・カスケード社を世界的大企業にまで育て上げた。この業界に多いインドア派のオタク《ギーク》ではなく、若い頃から週三回のフィットネスを欠かさず、スポーツマンのような体形を保ち続けており、髪も黒く染めている。だが、顔に忍び寄る老齢の影は隠しようがない。対するグラマトキーは、スタープレックス社のCE

O。メリディアンより八歳下なのに、だらしなく肥満した体形のせいで、年長のように見えた。他にも双方のスタッフが二名ずつ同席している。

「ああ」タブレットの画面を一瞥《いちべつ》し、グラマトキーは軽い侮蔑《ぶべつ》の笑《え》みを浮かべた。「見たことはあります。一部で評判になっているようですな」

YouTubeにアップされたその動画のタイトルは「ピアノ・ドライブ：新世代の推進システム」。工場の天井《てんじょう》からワイヤーで吊《つ》るされたピアノ・ドライブが、ブランコのように揺れている。

画面の隅《すみ》には、スイッチやスライダックを操作している若い娘――結城《ゆうき》ぴあのが映っていた。

「どう思う？」

「おとぎ話ですな」グラマトキーは一蹴《いっしゅう》した。「ディーン・ドライブと同じような」

ディーン・ドライブというのは、一九五〇年代、アメリカのノーマン・L・ディーンという人物が発明した装置だ。ニュートンの運動の第三法則（作用-反作用の法則）に反して、何も噴射することなく推進することが可能だと言われていた。ディーンが「運動の第四法則」を発見したのだと主張する者もいた。

当時、SF雑誌〈アナログ・サイエンス・ファクト&フィクション〉の編集長だったジョン・W・キャンベル（映画『遊星からの物体X』の原作者としても有名）は、ディーンの実験に立ち会い、装置を載せた体重計の針が下がるのを確認した。キャンベルは〈アナログ〉誌一九六〇年一月号でディーン・ドライブの特集を組み、これからは危険な液体燃料ロケットを使わなくても、ディーン・ドライブを潜水艦に取り付けて宇宙船に改造し、月や火星に行けると主張した。この号の表紙は、潜水艦が火星の上空に浮かんでいるイラストだった。キャンベルは他にも、ヒエロニムスマシン、ダイアネティクス、サイオニクスといった疑似《ぎじ》科学に傾倒していた。

実際には、ディーン・ドライブは実にちゃちな仕掛けだった。スイッチを入れるとモーターの力で錘《おもり》が高速回転し、その反動で装置全体が上下にがたがた振動する。そのため、体重計の針は正しい数値を示さなくなるのだ。無論、それから半世紀以上過ぎているのに、ディーン・ドライブが実用化したという話はない。

「だいたい、物理学者じゃなく、二〇代の歌手が発明したなんてのがバカげてる。たぶんこの娘のプロモーションでしょう」

「何か仕掛けがあると？」

「ええ」

「しかし、映像を見る限り、ワイヤーなどで引っぱってる様子はないようだが？」

「マジシャンが見せる空中浮遊もそうでしょう？　ワイヤーなんかないように見える」

「それもそうだな」

だが、その言葉に反し、メリディアンは完全には納得していない様子だった。グラマトキーは軽い不安を覚えた。もしかして、メリディアンが今回の契約を反故《ほご》にする気なのではないかと思ったのだ。それは困る。一年近くもかけて協議を重ね、ようやく今日の契約締結にこぎつけたのだから。

「まさかとは思いますが」彼はメリディアンの機嫌を損《そこ》ねないよう、おずおずと言った。「ディーン・ドライブみたいな魔法があると信じておられるのでは……？」

「まったくないと言いきれるかね？」

「NASAの画期的推進物理学プログラムでも、そうしたガジェットはどれも見こみがないと判定されていますよ。現代の科学で有人宇宙飛行を行なおうとしたら、化学燃料ロケット以上に効率のいい推進システムはないと」

画期的推進物理学プログラムは、NASAが一九九六年から行なっていたプロジェクトで、従来の宇宙船や無人探査機に用いられる化学燃料ロケットやイオンエンジンなどに替わる、まったく新しい推進方法を研究するというものだった。負質量推進、ワープ航法、真空《しんくう》エネルギー、重力制御《せいぎょ》などなど、従来の科学の枠を超えたSF的なアイデアが大真面目《おおまじめ》に検討されたが、一二〇〇万ドルを費やしたもののめぼしい成果はなく、二〇〇二年に終了している。

「私も本気で信じてはいないよ」メリディアンは曖昧《あいまい》に微笑《ほほえ》んだ。「しかし、もし『スター・トレック』のインパルス推進やワープ航法のようなものが本当にあったら、それに投資すべきだと思うね。安くて性能のいいものを採用するのが、資本主義の原則だ」

「もしあれば、です」

「うむ。残念ながら、今のところはないな。だからこそ、次善《じぜん》の選択として君たちに頼るわけだ」メリディアンはそう言いながら、高級な万年筆を取り出した。「そろそろサインといこうかね？」

グラマトキーはほっとして、横で待機していた部下に向き、無言でうなずいた。部下はうなずき返し、黒い頑丈《がんじょう》そうなアタッシェケースを開いて、数部の書類を取り出す。グラマトキーは文面を軽く確認し、一部ずつメリディアンに差し出した。スタープレックス社のロゴが入っていた。

何ページにもわたって契約内容や付帯条件がびっしり印刷された書類を、メリディアンは法律に詳しいスタッフに見せ、問題がないかどうかチェックさせた。部下が確認を終え、OKを出したら、サインしてゆくのだ。これは形式的な手順だ。その文面は何ヶ月も前からメールで大陸間を行き交い、テレビ電話や直接の会見で折衝《せっしょう》が重ねられ、議論され、検討され、手直しされ、完全に合意ができている。今さら問題点など見つかるはずがない。

「宇宙への切符か……」

契約書の最初の一枚にサインしながら、メリディアンは静かにつぶやいた。

「感慨《かんがい》深いな」

それはロシア極東のアムール州にあるボストチヌイ宇宙基地から打ち上げられる宇宙船に乗り、国際宇宙ステーションISS2を訪問するツアーの契約書だった。

こうした民間宇宙旅行ツアーは、旧ISS時代から行なわれている。ロシア連邦宇宙局が資金難を補うため、料金を払った民間人を、ISSに向かうソユーズ宇宙船に乗せるようになったのだ。最初に自費で宇宙旅行を実現したのは、アメリカの大富豪デニス・チトーで、二〇〇一年四月にISSを訪問、八日間滞在した。それ以後、二〇〇九年までに計七人の民間人がISSを訪れている。うち、ハンガリーのソフトウェア会社の社長チャールズ・シモニーは、二〇〇七年と二〇〇九年の二回、宇宙旅行を体験した。

その後、ISSに滞在する宇宙飛行士が増えたため、民間人を受け入れる余裕がなくなり、ツアーは中止された。しかし三年前、耐用年数の切れたISSに代わってISS2の建造が開始された。またも予算不足に苦しむことになったロシア連邦宇宙局は、民間宇宙旅行ツアーを再開することにしたのだ。スタープレックス社はその仲介をしており、世界各国の大富豪を対象にツアー客を募集している。

ちなみに料金は、一時間の船外活動体験も含めて、およそ三五〇〇万ドル。これはロケットの打ち上げ費用の一部負担や、ISS2の設備の使用料だけでなく、専用の船外作業服の製作（宇宙服は本人の身体《からだ》のサイズに正確に合わせて作らねばならない）、七ヶ月に及ぶ訓練の費用も含まれる。船外活動を希望しなければ、料金はもう少し安くなる。

メリディアンは三年前、二五万ドルを出して、ヴァージン・ギャラクティック社の宇宙旅行ツアーに参加し、翼を持つ小型船スペースシップツーに乗った。二〇〇四年に民間企業として初の有人宇宙飛行を成功させ、アンサリXプライズを獲得したスペースシップワンを発展させた機体で、全長一八・三メートルとジェット戦闘機ほどの大きさしかないが、二人のパイロットと六人の乗客が乗れる。双胴の母機ホワイトナイトツーの下に吊るされて、高度一万五〇〇〇メートルで切り離され、ハイブリッドロケットに点火して急上昇。大気圏を突破し、大きな放物線を描いて、高度一〇〇キロ以上の宇宙空間を飛び、無重力《ゼロG》状態を体験した。だが、大気圏のほんの少し外側、すぐに地球の重力に引き戻される五分間の弾道飛行と、窓から眺めるだけの宇宙は、メリディアンを満足させなかった。もっと長く宇宙を体験したかった。地球の周囲を回りたかった。窓から眺めるだけでなく、宇宙服を着て外に出てみたかった。

星の海に囲まれたい。

この全身で宇宙を体感したい。

子供の頃、『スター・ウォーズ』や『スター・トレック』に夢中になって以来、メリディアンはずっとその願望を秘めてきた。巨額の富を蓄え、数千万ドルの費用をぽんと払えるようになった今、ようやくその夢を叶《かな》えることができるのだ。

メリディアンの前にも、すでに二人の予約があった。一人はカナダの大富豪、もう一人はフランスの大物歌手。みんな同様の夢を持った者たちだ。メリディアンに順番が回ってくるのは来年になるだろう。

「そう言えば……」契約書にずらりと並んだ免責事項にざっと目を走らせながら、メリディアンはつぶやいた。「昨日、プレセックで、資源探査衛星の打ち上げが中止になったそうだね。ロケットのトラブルで」

痛い話題を持ち出され、グラマトキーは顔をしかめそうになった。だが、すぐに笑顔を取り戻した。

「あれはソフトウェアのトラブルです。アンガラA7P自体の欠陥じゃありません」

「分かってるとも」メリディアンの声に不安はなかった。「言ってみただけだ」

宇宙飛行に伴う危険は、彼も熟知している。スペースシャトルは二度も大きな事故を起こし、計一四名の犠牲者を出した。アメリカは問題の多いシャトルを退役《たいえき》させ、ジェミニ計画やアポロ計画の頃に逆戻りして、再び使い捨て型の宇宙船を開発した。ロシアのプロトン・ロケットも、過去に何度も爆発事故を起こしている。現在はプロトンに代わり、新型のアンガラA7Pロケットが有人宇宙船の打ち上げに用いられているが、まだ実績が少ないうえ、しばしば小さなトラブルを起こしており、安全性に疑問を呈《てい》する声もある。宇宙に飛び出す前、発射台上で爆死する可能性だって、コンマ何パーセントかあるのだ。

この契約書にも、万一、爆発や空気洩《も》れなどの事故が発生して、ツアー参加者が死亡もしくは重体に陥《おちい》っても、スタープレックス社やロシア連邦宇宙局は最低限の責任しか負わない旨《むね》が記載されている。安全性の向上には努めるが、雪山登山と同じで、一〇〇パーセントの安全は保証できない。危険性を十分に承知したうえで、この契約書にサインしてください——ということなのだ。

それでもメリディアンがロシアに頼るのは、他に民間人が宇宙ステーションに行く方法がないからだ。NASAは宇宙旅行ツアーを企画していない。ヴァージン・ギャラクティック社のように弾道飛行ツアーを実施している民間企業もあるが、地球周回飛行を実現している企業はまだない。周回軌道《きどう》に乗れる有人宇宙船を民間ベースで開発する計画はいくつもあったが、すべて頓挫した。

メリディアンはあせっていた。宇宙飛行には事実上、年齢制限はない。一九六二年、マーキュリー6号で宇宙を飛んだジョン・グレンなど、その三六年後、なんと七七歳で、スペースシャトルに乗って宇宙を飛んでいる。しかし、一週間以上に及ぶ宇宙での滞在となると、事前にきびしい訓練を受け、加速度や無重力酔いや減圧に耐えられるかどうかテストされる。テストをパスできなければ、宇宙船には乗れない。メリディアンはフィットネスの習慣を続けているものの、やはり歳《とし》のせいで体力が落ちてきているのを痛感していた。あと何年かしたら、宇宙に行く資格を失うかもしれない。

行くとしたら、金があり、健康な今のうちしかない。そう思って、スタープレックス社の仲介するツアーに申しこんだのだ。幸い、と言っていいのかどうか、妻のライラとは四年前に離婚している。まだ結婚していたら、夫が三五〇〇万ドルも散財すると知ったライラは、何を言い出したことか。同じぐらいの額のアクセサリーやら新車やらを欲しがったかもしれない。

しかし、いくら財産が潤沢《じゅんたく》にあるといっても、三五〇〇万ドルも出すのには、さすがに少しばかり勇気が必要だった。もっと安く宇宙に行ける方法があるのなら、そっちを選びたいところだ。だが、あのピアノ・ドライブとやらが本物だとしても、実用化するのに何十年かかるか分からない。ロバート・ゴダードが最初の液体燃料ロケットの実験に成功してから、ユーリィ・ガガーリンが宇宙を飛ぶまで、三〇年以上かかったではないか。そんなには待てない。

あるいは、老化を遅らせる方法が完成したらいいのだが。それなら画期的なテクノロジーが実用化するまで、じっくり待つことができる。

最近、何かとニュースのネタになっている「遺伝子コーディネート」という言葉が頭に浮かんだ。一〇年ほど前から、アルツハイマー症の治療のため、アデノウイルスをベクターとしてNGF（神経成長因子《いんし》）を神経細胞に組みこむ療法が、世界各国で行なわれており、成果を上げている。すでにアルツハイマーを発症している患者の症状の進行を抑《おさ》えられるだけでなく、若いうちにこの処置を受ければ、脳の老化を大幅に遅らせることができると言われている。

脳だけではない。現在では加齢《エイジング》のメカニズム、特に遺伝子がエイジングに果たす役割はほぼ解明されている。全身の遺伝子に手を加えることで、老化の速度を三分の一とか四分の一に遅らせられる可能性があるのだ。二〇歳ぐらいでこの処置を受ければ、五〇歳や六〇歳になっても、外見はせいぜい三〇代ぐらいで、寿命は現在の倍以上に延びる——などという夢のような話が、大真面目に語られている。

しかし、病気の治療以外の目的で遺伝子を操作することについては、反発の声も大きい。特にこのアメリカでは、ジョン・T・バードが大統領に就任して以来、ID論がいっそう活気づいている。進化論を否定し、人間は神によって創造されたと信じる人々にとって、遺伝子は進化の産物ではなく神の作品であり、それに手を加えるのは冒瀆《ぼうとく》だという声が強かった。

マックス・ラントシュタイナーに感銘《かんめい》を受け、CAM（良心的無神論運動）の信奉者《しんぽうしゃ》となったメリディアンにとって、それは腹立たしいことだった。老化という忌《い》まわしい現象を回避する方法があると知りながら、それを拒否し、肉体が朽《く》ちてゆくのを受け入れる者がこんなに多いことが、彼には信じられなかった。彼の考えでは、老化とは先天的な疾患《しっかん》であり、「治療」できるなら積極的にやるべきなのだ。だが、今のアメリカでは、それは許されそうにない。状況が変わるとしても、ずっと先のことで、その頃にはもはや手遅れなほど老齢になっているだろう。

だからメリディアンはあせっていた。人生はとっくになかばを過ぎた。残された時間はあまり長くない。やりたいこと、可能なことは、今のうちに全部やってしまいたい。宇宙ステーション滞在と宇宙遊泳は、やってみたいことのリストのトップにある。その夢を実現するためには、少しぐらいの危険は覚悟のうえだし、三五〇〇万ドルを出す価値はあると思っている。ある意味、メリディアンも結城ぴあのと同じタイプの人間——宇宙に憑《つ》かれた人間だった。

同じ頃、日本では、綾崎義人《あやさきよしひと》の発言がきっかけで、ぴあのへのバッシングがいっそう過熱していた。

問題を厄介《やっかい》にしたのは、綾崎の発言に激怒したぴあのの熱心なファンの大学生が、ツイッター上で、「綾崎の講演会に爆弾を仕掛けてやる」と書いたことだった。もちろん本気ではなかったのだが、おかげで綾崎は講演を中止しなくてはならなくなった。その大学生は、日常のツイートの内容から、たちまち大学名や本名を特定され、威力業務妨害《ぼうがい》で警察に逮捕《たいほ》された。事件はマスコミで大きく報じられた。

この事件がきっかけで、他にもぴあののファンの奇矯《ききょう》な言動がいくつも槍玉《やりだま》に挙げられ、「結城ぴあののファンはみんなイタい奴」という嘲笑《ちょうしょう》がネット上に広まった。どんな人気アイドルにも問題行動を起こすファンは何人かいるものだし、ほんの一部のファンが愚かなことをやっただけで「みんな」と言われるのは納得いかないが、世間の評判というのはそういうものだ。そして、ひとたび火がつくと、それに便乗して騒ぐ者が急増する。ぴあののアンチだけではなく、それまで彼女に興味がなかった層までも、彼女自身やそのファンを叩《たた》いて楽しむようになった。そうした騒動に嫌気が差したのか、「結城ぴあののファンをやめる」と宣言する者も現われはじめた。

宇宙への夢を実現する前に、ぴあののアイドル生命が危機を迎えていた。

真下《ましも》社長は頭にきて、綾崎を名誉毀損《きそん》で告訴すると息巻いていた。アイドル業に毀誉褒貶《きよほうへん》はつきものとはいえ、「詐欺《さぎ》」「ニセ科学」などというのは、明らかに行き過ぎた暴言だと。

だが、ボクもぴあのも、綾崎を責める気にはなれなかった。科学者に対して、現代科学に反する現象を信じろというのが無理な話だ。あれは暴言というより、常識的な人間の示す健全な反応ではないだろうか。それどころか、講演会妨害事件のせいで、今はこっちの心証《しんしょう》が悪くなっている。裁判沙汰《ざた》になど発展させたら、世間の評判は決定的に悪化するだろう。真下ほど長くこの業界で生きてきた人間が、そんなことも分からないのが不思議だった。ピアノ・ドライブが生み出す巨万の富に目がくらんで、冷静さを失っているのか。

「H《ヒット》P《ポイント》が削《けず》られてゆく気がします」

ある日、ぴあのは憂《うれ》いの表情を浮かべ、ボク（下里昴《しもさとこう》の方だ）に心情を打ち明けた。彼女は宇宙に行くために支持者を増やそうと、アイドルになった。ファンが減ることは宇宙への夢が遠ざかることを意味している――せっかくピアノ・ドライブの実験に成功し、夢の実現に近づいたというのに。

問題は、真下社長たちがぴあのの夢を理解しておらず、ピアノ・ドライブが秘めている意義も分からず、金儲《かねもう》けの道具としてしか見ていないことにある。バッシングにしたって、トラブルを惹《ひ》き起こした根本原因は、真下らが理論の公表をしぶっていることにある。ピアノ・ドライブの構造を秘密にして、利益を独占したいのは分かるが、誰にも信じてもらえず、出資者が現われないのでは、本末転倒《ほんまつてんとう》ではないか。

ぴあのはこっそりボクに語った。小指にぶつかってくる簞笥《たんす》――とりあえず排除すべき目の前の障害は、綾崎なんかではないと。ボクも同意見だった。

では、どうすればいいのか。ボクはぴあのがこの状況を突破するのをサポートするため、何か参考になるものはないかと、ネットで検索し、宇宙関係の特許や発明に関連する情報を読みあさった。

そうしたら、意外な事実にぶつかった。

その日、ぴあのはバラエティ番組に出演するため、大阪に出かけていた。ボクはすぐに彼女にメールを送り、発見したページのＵＲＬを教えて、目を通すように伝えた。

その時刻、ぴあのは大阪のテレビ局の楽屋《がくや》にいた。マネージャーの大畑《おおはた》は煙草《たばこ》を買いに外に出ていた。出番まではまだかなり時間があり、ぴあのはスマホで科学関係のニュースを検索していた。

ドアがノックされた。

「どうぞ」

ぴあのが言うと、ドアが開いて、青梅秋穂《おうめあきほ》が顔を見せた。「はあい」とにこやかに笑い、手にした小さな紙袋を振る。

「ああ、お久しぶりです」

「そうだね」

「今日はどうして？」

「べつに。たまたま同じ日に同じ局で仕事が入ってるって聞いたから、あいさつぐらいと思って――」秋穂はリボンのかかった愛らしい紙袋を差し出した。「これ、差し入れ」

「ありがとうございます」受け取ったぴあのは、紙袋に印刷されたアルファベットを読んで首を傾《かし》げた。「オー・コノ・ミャーキ……って、何語ですか？」

「お好み焼きよ」秋穂はなぜか得意げに言った。「大阪の新名物、お好み焼きケーキ」

「お好み焼きのケーキ？」

「ちゃんとお好み焼きの粉使って、キャベツも入ってる本格派よ」

「それは斬新《ざんしん》ですね」

「気に入ったら宣伝しといて。うちの実家で作ってんの」

「そう言えば、秋穂さんって関西でしたね」

「うん」

秋穂はぴあのの前のスツールに腰を下ろした。

「ほんと、久しぶりだね。一年ぶりぐらい？」

「そうですね——ああ、『南の彼女、北の彼』、大ヒットだそうですね。おめでとうございます」

『南の彼女、北の彼』は、青梅秋穂の三本目の主演映画だ。ますます女優として磨《みが》きがかかってきたと、批評家の間でも評価が高い。

秋穂は意地悪い笑みを浮かべた。

「『そうですね』……ってことは、まだ観《み》てないんだ？」

「ごめんなさい。私、基本的に、宇宙の出てくる映画しか観ませんので」

「徹底してるなあ！　つーか、そこは嘘《うそ》でも、『私も観ました。感動しました』とか言うもんでしょ？」

「私、嘘がつけないもので。それに、たぶん、恋愛映画なんか観ても感動しないと思うんですよね」

「はー、その失礼なとこ、ぜんぜん変わってないな」秋穂はあきれながらも笑っていた。

「まあ、変わってなくて、逆に嬉《うれ》しいわ——あたしは観たよ、『スターエンジェル』」

それはヒットした同題のテレビアニメの劇場版だ。ぴあのはその主題歌を歌っており、ゲストで登場する異星人の少女ミオの声も当てている。

「ありがとうございます」

「いやあ、ひどかったねえ！」秋穂は笑いながら、力をこめて言った。「何、あの棒読み。ジャンキッシュ時代からぜんぜん進歩してないじゃん」

「私もあまり乗り気じゃなかったんです」ぴあのはしゅんとなった。「感情表現は苦手だからってプロデューサーの方に言ったんですけど、『ミオは人間的な感情は決して見せないんだ。だから逆に君の喋《しゃべ》り方がぴったりなんだ』って押し切られて……」

「いや、『感情を抑制《よくせい》したキャラクターの喋り方』と『感情をこめる演技ができない喋り方』って、ぜんぜん違うでしょ」

「私もそう思います。またファンが離れたんじゃないかと心配で……」

「そう言えば……」秋穂は陰険《いんけん》なことでも企《たくら》んでいるかのように、にやにや笑った。「最近、ネットでずいぶん叩かれてるよね？」

「はい」

「ちらっと読んだけど、かなりひどいこと書かれてるね」

「はい。でも、叩かれることには慣れてますんで」

「ああ、そうか。あんたは叩かれても感じないいんだ……」

「何も感じないわけじゃないですよ。私だってそれなりに、傷ついてるつもりです」

「『つもり』かよ」

「まあ、普通の人より感じにくいんだとは思います。でも、やっぱり痛みは感じてますよ。人間ですから」

そう言ってからぴあのは、ふと、寂《さび》しげな笑みを浮かべた。

「いっそ、人間的な部分を全部切り落とせればいいんですけどね。ミオみたいに。そうすれば痛みも感じなくなるのかも……」

「うわ、なんか気持ち悪い考え方」秋穂は汚物《おぶつ》でも見るように顔をしかめた。「あんたねえ、そういうとこが人間らしくないっていうのよ」

「人間じゃなくなることを望むことがですか？」

「そう」

「でも私、自分が普通の人間じゃないと思ってますから。『人間らしくない』って言われても、悪口のように聞こえないんですよね。犬に向かって『犬』と言ってるみたいなもので、そんなの当たり前じゃないかなって」

「信じられない。ほんと、あんたって異星人だわ」秋穂はため息をついた。「まあ確かに、攻撃されて心が痛むってことはあるけどさ。あたしは痛いところを切り離したいなんて思わないな。だって、その痛いことも含めて人間なんだし……」

ぴあのは、秋穂が何について語っているのかに気がついた。

「そう言えば、秋穂さんも叩かれてましたよね？」

「やっと思い出したのか」

「もしかして、私に会いに来たのは、『同病相憐《あいあわ》れむ』ってやつですか？」

「違うよ！　つーか、あれだけ叩かれてるのにあんたが平気な顔してるの見てると、かえってむかつくわ」

秋穂は前の年の暮れ、若い男性モデルとの熱愛が週刊誌にすっぱ抜かれていた。記事には、二人がラブホテルから出てきたところの写真まで載っていた。ファンの中には「裏切られた！」「秋穂は清らかだと思っていたのに！」と怒っている者も多い。

「いやあ、ファンってのがあんなに純情なものだったなんてねえ」秋穂は苦笑した。「何でみんな、あたしに彼氏がいないなんて信じてたのかねえ？　あたし、もう二〇代なかばだよ？　こんなかわいい女が、二〇歳《はたち》をいくつも過ぎるまで処女だなんて、常識的にありえないじゃない。ねえ？」

「私は処女ですけど？」

「あんたはいいんだよ。人間じゃないんだから」

「……かなり悪意のこもった言い方ですね？」

「あんたは『人間らしくない』って言われても傷つかないんでしょ？」

「まったく傷つかないわけでもないんですけど……」

だが、秋穂はその抗議を無視した。

「アイドル——偶像って言葉の意味、実感させられるよね。あたしらは自分たちが肉体を持った生きた人間だってことが分かってる。トイレにも行くしエッチもする。でも、ファンにはそれが分からない。それこそアニメキャラみたいに、おしっこもうんちもしないし、永遠に処女だと思ってんだよね。で、その思いこみを否定されると、『裏切られた』って怒り出す……」秋穂はかぶりを振った。「勝手なもんだよねえ」

「はい。でも、その幻想を維持するのがアイドルのお仕事なんじゃないでしょうか？　ファンの夢を裏切らないというのが。私はそう割り切ってますけど」

「それはあたしに対するあてつけか？」

「はい」

「あっさり肯定《こうてい》かよ!?」

「やっぱり気をつけるべきだったと思います。社長さんもよく言ってるじゃないですか。『恋をするなとは言わないが、絶対バレないようにやれ』って」

「いいんだよ。あたしはもうアイドルは卒業。女優なんだから」

「なるほど、アイドルじゃなくなれば、エッチしまくってもいいわけですね」

「『しまくる』ってあんた……」

「でも、週刊誌によれば、もう三年越しのおつき合いだそうですよね。ということは、ジャンキッシュ時代から、もうずいぶんな回数、肉体的接触が……」

「ほっとけよ！」

「それはファンは怒りますよね」

秋穂はむっとした。「あんたはどうなの？　秘密にしてる恋人とかいないの？」

「いません」

「ほんとに？」秋穂は顔を近づけ、ささやき声で言った。「……ねえ、ここだけの話、ほんとにいないの？」

「私が恋をするような人間だとでも思ってるんですか？」

「すごい言い方だ！」

「でも、そうですよ。秋穂さんは『人間らしくない』とか言いながら、まだ私を甘く見てます。『やっぱり普通の人間みたいに恋をするんだろう』とか思ってるんじゃないですか？」

「うわあ、すげえ。信じられない。ほんっとに気持ち悪い」

「これが私ですから」

「なるほどなあ。あんたは幻想を維持する必要がないんだな。素《す》のまんまでファンタジーだもんな」

「その言い方も悪意がこもってる気がしますね」

「こもってるよ。当然だろ」

そこで二人の話題はしばらく途切れた。気まずい沈黙が流れる。「……ところでさあ」

先に沈黙を破ったのは秋穂だった。

「はい」

「あのピアノ・ドライブってやつ、本当に本物なの？」

「はい、本当に本物です」

「仕掛けとかなし？」

「はい」

「あれで宇宙に行く気？」

「はい、その気です」

「はー、すごいなあ」秋穂はしみじみと言った。「実現したらノーベル賞もんじゃん。あんた、頭いいって思ってたけど、ほんとにたいした奴だったんだねえ。あたしにはとても……」

そこまで言って秋穂は、ぴあのが眼を見開き、まじまじと自分を見つめているのに気づいて、どぎまぎとなった。

「な、何!?」

「秋穂さんが私を褒《ほ》めてくださるなんて……」

「ち、違う！　べつにあんたを評価してるんじゃない！　あたしはあんたなんか好きじゃないんだからね！」

「……ツンデレ？」

「ちゃうわい！」思わず関西弁が飛び出した。「いい？　あんたとあたしは互角なの」

「互角？」

「そう。確かにあんたには科学の才能がある。歌もあたしより上手《うま》い。でも演技では断然、あたしの方が勝ってる。つまり互角ってことよ。だからぜんぜん羨《うらや》ましくなんかない」

胸を張る秋穂。ぴあのは黙って彼女に両手を突き出し、右手の指を二本、左手の指を一本立てた。

「な、何よ？」

「互角じゃありません。私は科学と歌、秋穂さんは演技。二対一で私の方が勝ってます」

「うっわー！　嫌な奴！」秋穂はのけぞった。「ものすげー嫌な奴！　あんたなんか大嫌いだわ！」

「そうですか？　私は秋穂さんのこと、けっこう好きですけど」

「はあ!?　何で!?」

「だって」ぴあのは笑顔で言った。「こんな風に罵《のの》り合える相手って、秋穂さんだけですから」

秋穂はぽかんとなった。

「親しい人はいますけど、悪口を言い合える仲じゃないんですよね。さっき言ったことと矛《む》盾《じゅん》しますけど、私、やっぱり、人とのつながりを求めてる部分があります。私の中にわずかにある人間の部分が――喧嘩《けんか》相手でもいいんです。気取らずに本音をぶつけ合える相手がいるって、楽しいことですよ」

「……あたしはあんたの娯楽なんかじゃないんだけどな」

その時、ぴあののスマホがメロディを奏《かな》でた。曲は〈サイハテ〉だ。彼女は「失礼」と言って、着信したメールをチェックした。

「下里さんからです。緊急の要件みたいですね。何でしょう？」

ぴあのはメールに貼《は》り付けられたURLにタッチした。表示されたサイトの画面に読みふける。その表情に驚きの色が現われた。気になって、秋穂は横から画面を覗《のぞ》きこんだ。

「何これ？　『飛翔体《ひしょうたい》特許』？」

表示された文章は堅苦《かたくる》しく、内容も秋穂の理解力を超えていた。

「何かすごいものなの？」

「ええ、すごいものです」ぴあのは興奮を隠せなかった。「現状を打開する鍵《かぎ》になるかもしれません」


ぴあのからボクのスマホに、興奮した口調の電話がかかってきた。

『信じられません！　こんなのが特許を取ってたなんて』

「やっぱり知らなかったの？」

『アイデア自体は中学の頃から知ってました。その頃、読みあさってた本のどれかで紹介されてたんです」

ボクはぴあのの家の台所で見た、疑似科学関係の本の山を思い出した。そう言えば、反相対論とかフリーエネルギーとか常温核融合《かくゆうごう》とかの本に混じって、UFOの飛行原理についての本も何冊かあったと思う。

『でも私、原理にしか興味がなかったもんで、ぱっと見て望みがなさそうと思ったから、背景を詳しく調べようと思わなかったんですよね。あの頃はリフターとかサール効果発電機の方に関心が向いてて』

「どう？　社長を説得する材料になると思う？」

『そうですね。使い方によっては』

二日後、また越坂部《おさかべ》がスターマインを訪れる予定になっていた。綾崎の件も含め、ネットで流れる悪評への対策を話し合うことになっている。

「よし、明後日《あさって》の会議でこれ、ぶつけてやろう」

『協力していただけますか？』

「もちろん！」

ボクは高揚《こうよう》を覚えていた。困難ではあるが、可能性を見つけたことで、大きな希望が見えてきた。

世界は巨大な古城のように堅牢《けんろう》な構造物だ。「常識」とか「偏見《へんけん》」とか「予算の問題」とか「大人の事情」とかいった頑丈な材料が、がっしりと組み合わさって、大きな壁を形成している。この社会で生きている者なら誰でも、その壁の高さと厚さを実感しているはずだ。しかし、決して突破できないわけではない。穴さえ見つければ、そこから突き崩せる。

壁を破ること、限界を超えることの楽しさを、ぴあのは教えてくれた。

二日後、ボクたちは会議の開始時刻に、わざと五分ほど遅刻した。劇的効果を狙《ねら》ってのことだ。会議の途中で話題を切り出すより、会議室に乗りこむなり本題をぶちまけた方が、ドラマチックでインパクトがあると考えたのだ。さすがにドアを蹴破《けやぶ》って乱入したりはしなかったが。

「遅くなって申し訳ありません！」ボクは息を切らせているふりをしながら、ぴあのに代わって謝り、続けて早口でまくしたてた。「我々のこれまでの戦略に重大なミスが発見されたので、詳しく調べ直していました」

「重大なミス？」案《あん》の定《じょう》、真下は遅刻を叱《しか》るのも忘れていた。

「現代科学の常識に反する特許は取れない……そう思いこんでいました」ぴあのがボクの説明を引き取る。「でも、調べてみたら違いました。前例があったんです。一九九九年、日本の南善成《みなみよしなり》氏が、空間駆動《くどう》型推進装置の特許を取得しています」

真下は困惑《こんわく》した。「空間駆動……？」

「これです」

ボクはぴあのの脇から身を乗り出し、特許公報のコピーを一部ずつ、真下らの目の前に並べてみせた。

「出願日は平成三年の一二月二四日。出願から二〇年以上過ぎてますから、もう期限は切れてます。特許番号２９３６８５８号。特開平５‐１７２０４０。名称は『飛翔体の推進装置』。発明者は南氏ですが、特許権者は南氏が勤めていた日本電気株式会社です」

「日本電気って……ＮＥＣ？」

「はい。当時、UFOマニアの間で、『NECがUFOの飛行原理の特許を取った』と話題になったとか」

「実際には『UFO』という言葉は使われていません」とぴあの。「でも、飛翔体の特徴として、『空中の静止状態から全方向に対する急発進、急停止、直角旋回《せんかい》、ジグザグ旋回及びV字旋回等任意の航法が可能となる』と述べられています。騒音や噴射ガスを出さないし、『爆発物である燃料を積載していないので、安全性が高い』とも」

「つまり、音も立てず、ガスも出さず、空中で静止したり急旋回したりできる……？」

越坂部はコピーを見つめ、ぽかんとなっていた。特許明細書に添えられた図には、飛翔体の概念図《がいねんず》が描かれている。上から見ると円形、側面から見ると楕円形《だえんけい》で、まさにUFOそのものだ。

こんな発明が特許を取っていたとは。

「はい。それで『UFOのようだ』と思った人が多かったようです」そこでぴあのは、悔《くや》しそうに顔をしかめた。「もっと早く気づくべきでした。私も原理は知ってたんですが、ぱっと見て実現は無理そうだと思ったんで、忘れてたんです」

「どういう原理なんだ？」

呪文《じゆもん》のような専門用語で埋め尽くされた文章を見つめ、真下は顔をしかめていた。

「重力が空間を歪《ゆが》めることはご存知でしょう？」ぴあのはさも常識のように言う。「同じことを磁力でやろうと考えたんです。超伝導マグネットを球状に配置して、パルス状の強磁場《きょうじば》を発生させることにより、空間の曲率成分の変化を準反対称に制御し、重力と等価な空間歪み力を――」

「SFに出てくる反重力みたいなものです」ボクはぴあののお喋りを遮《さえぎ》り、素人《しろうと》向けに分かりやすく〝翻訳《ほんやく》〟した。「大気圏内を飛行できるだけでなく、一〇〇Gの加速度で、宇宙空間を高速で飛ぶことが可能だと主張されています。ピアノ・ドライブと同じように、宇宙船内のすべての原子《げんし》に均等に加速がかかるので、乗員はGを感じないとも。火星まで一一時間で到着できるとされています」

「そんなことができるのか？」真下は疑わしげだった。

「原理的には」とぴあの。「確かに既存《きぞん》の科学の範囲内です。ただ、技術的な問題が大きすぎます。この特許の明細によれば、直径一五メートルの機体に加速を与えるには、八〇〇億テスラの磁場が必要で――」

「八〇〇億テスラ⁉」越坂部が眼を剝《む》いた。

「エンジン一基の最大推進加速度は三六G、供給電力は六七テラワットです」

「話にならん！」

「すごいエネルギーなのか？」科学にうとい真下は、きょとんとしていた。

「六七兆ワットです」とボク。「全世界の発電量を軽く上回ってます」

「それに、最も強力なMRIの磁場が、せいぜい九テスラぐらいです」とぴあの。「八〇〇億テスラなんて強力な磁場を発生させるコイルを、直径一五メートルの機体に収めるのは、どう考えても不可能です」

「調べてみましたが、NECも申請をして金も払ってはいますが、この装置の実験をやったという記録がありません——まあ、やろうとしても無理ですけどね」

「それはおかしい」越坂部がすぐに気がついた。「確か特許法では——」

「はい。特許法三六条で、発明の詳細は、『その発明の属する技術の分野における通常の知識を有する者がその実施をすることができる程度に明確かつ十分に記載したものであること』と定められています」ボクは手元のタブレットに表示された文章を見ながら答えた。

「つまり誰にも再現できないような代物《しろもの》では特許は取れないんです。実際、この特許は一度、拒絶されています。審査官によれば、『もし容易に実施し得る程度に記載されていると主張するのであれば、実験成績証明書、または、権威のある研究者による実施できることの証明書を提出されたい』とのことです」

「まあ、当然だろうな」と越坂部。「しかし、実験ができないんじゃ、実験成績証明書も書けない」

「はい、そこでNECは、『権威のある研究者』の証明書を添付して再提出しました」

「誰だ？」

「元東北大学工学部教授の早坂秀雄《はやさかひでお》氏です。早坂氏が『実現可能な方式である』と評価したことで、審査官もようやく特許申請を認めたようです」

「有名な人物なのか？」と真下。

「最も有名なのは」とぴあの。「一九八九年の『右回転ジャイロによる重力減衰《げんすい》』という論文です」

「重力減衰？」

「はい。右回りのコマは軽くなると発表して、当時、センセーションを巻き起こしました。反重力が存在する証拠だと言われて。でも、すぐに、当時の通産省工業技術院の計量研究所が――」

「今の産業技術総合研究所です」とボクが補足する。

「追試を行なって、早坂氏の実験結果を否定しました。でも早坂氏はあきらめきれず、二〇〇九年に亡くなるまで、生涯、『反重力を発見した』と主張し続けていたそうです。他の人と共著で、『相対論は間違っている』と主張する本を何冊も出しています。晩年は『反重力推進の宇宙船を作って他の惑星に移住しよう』と提唱していました」

「ちなみに」とボク。「早坂氏が反重力の研究をするようになったのは、昭和三二年に千歳《ちとせ》空港でUFOを目撃したのがきっかけだそうです」

「それって……」

真下は笑ってしまって、後の言葉が続かなかった。代わりに越坂部が言った。

「つまり、特許庁の審査官は、元大学教授という肩書きを持つ人物の言うことを信じて、実現不可能な発明の特許を認めた……？」

「信じるのも無理はないでしょう。東北大教授だったのは事実ですし」

「それじゃあ……」ようやく真下は飲みこめたようだった。「周防先生が証明書を書いてくれれば、ピアノ・ドライブの特許も認められるかも……」

「それは断言できません」

「なぜだ？」

「このＮＥＣの特許の場合、審査官が不注意だったせいもあります。もっと頭の固い審査官なら、拒絶していたかもしれません」

「それじゃ、だめじゃないか！」

「いいえ。許可される可能性も十分にあります。それに、特許を出願したという事実そのものが重要なんです。つまり、これは特許が取れる発明——科学的にありうる発明だというアピールになります。同時に、過去にＮＥＣの発明が受理されたことがあると世間に知らせれば、みんな『今度も特許を取れるかも』と思ってくれるはずです。そうすれば……」

真下は考えこんだ。「出資者が現われる……」

「そうです」

「そのためには」とぴあの。「まず周防先生の論文を公表することです。さすがに公表されていない理論では特許は取れませんから」

「しかし、理論そのものでは特許は取れないんだろう？」

「はい」ボクはうなずく。「自然法則自体は『発明』とはみなされませんので、特許は取れません」

「じゃあ、理論が発表されたとたん、世界中で特許が出願されるんじゃ……？」

「いえ、パリ条約による優先権制度というものがあります。パリ条約に加盟している国のいずれかで――この場合は日本ですが――特許を出願してから、一年以内であれば、他の加盟国で特許出願すると、その新規性や先願性に関して、最初の国に出願した日を基準に判断されるんです」

「ということは……？」

「たとえば中国人の誰かが、中国国内でピアノ・ドライブの特許を出願したとしても、こっちが先に日本で特許を出願していれば、中国でもこっちの優先権が認められるんです」

「そのパリ条約ってのは、どれぐらいの国が加盟してるんだ？」

「世界の主要国のほぼすべてです」

「いや、待て。我々はもう何度も公開実験をやってるぞ」越坂部は慌てた。「もしかしたら、新規性がないと判断されて、俺たちも特許を取れないんじゃ……？」

「いえ、それもだいじょうぶです。特許法三〇条の『発明の新規性の喪失の例外』というのがあります。発明者が研究を発表してから六ヶ月以内であれば、この規定が適用されます。今ならまだ、出願すれば特許は取れます」

「ということは、我々だけが特許を取れる？　世界の誰かに特許を押さえられる可能性はない？」

「理論上は」

それでも越坂部は疑わしげだった。

「しかし、我々が特許を取れなかった場合はどうなる？　みんなが同じスタートラインに着くだけじゃないのか？　そうなると結局、豊かな資金を持つ者がリードすることになる」

「その場合でも、我々には大きなアドバンテージがあることをお忘れなく」

「何だ？」

「私です」ぴあのは凜《りん》とした声で言った。「私は世界に一人しかいません」

会議室に集まった者たちの視線が、ぴあのに集中した。彼女はたじろぐ様子もなく、むしろ不敵な笑みさえ浮かべ、背をぴんと伸ばして先を続けた。

「ピアノ・ドライブのことを何よりも知っているのは私です」彼女の口調は自信にあふれていた。「設計図も私が描きます。他のどの国の誰が設計したものより信頼されるはずです。それだけではありません。私は他にもいろいろなものを生み出せます」

その言葉には大きな説得力があった。論理的な説得力が半分。もう半分は、ぴあのの外見と堂々とした態度から滲《にじ》み出る説得力だ。

「しかし……」

それでもなお判断をしぶっている越坂部に、ぴあのは最終兵器を投げつけた。小さなビニール袋に入った、幅一センチほどの薄い銀色の金属片だ。それは越坂部の眼前のテーブルに落ちた。

「調べてみてください」

「これは……？」

越坂部はビニール袋を不思議そうにつまみ上げた。

「私が発明した、新しい鉄系超伝導体です」ぴあのは重大なことをさらりと口にした。「従来のものより、臨界温度が一〇ケルビンほど高くなってます」

それはほんの数日前、ぴあののガレージで、彼女の理論に基づいて生み出されたものだった。越坂部たちに突きつけるタイミングを見計らっていたのだ。

「そんな……」案の定、越坂部の顔色が変わった。「本当だとしたら……」

「本当です。計測しましたから」

「これだけで十分に価値がある！」

「はい、そうですね」ぴあのはにっこり笑った。「でも、これは出資者を集める材料のひとつにすぎません。私にはこういうものを作れる能力があると示すための」

「『海老《えび》で鯛《たい》を釣る』ってやつですよ」とボク。「もっともこの場合、海老自体もけっこう高価なんですけどね。それよりさらに高い鯛を釣ろうってわけです」

真下たちは顔を見合わせた。

ボクたちのプランは上手くいった。真下と越坂部は説得され、周防教授の論文を公表することと、ピアノ・ドライブの特許を出願することを決定した。

またひとつ、ボクたちは世界に穴を開けたのだ。

14　ほんの62マイルが

論文の発表が決定した後は、それまでのあせりや困難が嘘《うそ》だったかのように、プロジェクトはとんとん拍子《びょうし》に進んだ。

本来なら、学術論文は学会誌に投稿し、査読《さどく》を受けたうえで掲載してもらうのが正しい手続きだ。だが、今回は二つの理由でそれを避けた。第一に、〈プロジェクトぴあの〉が前進するために、一刻も早い理論の公表が必要だったこと。第二に、猪口裕人《いぐちゆうと》の書いた〈みらじぇね〉の論文がリジェクトされたことを、周防《すおう》教授が問題にしたこと。周防教授の目から見ても、論文はきちんとしたものだった。査読者《レフェリー》は内容を理解せず、「熱力学の第二法則は破れない」「アイドル歌手がこんなものを発明できるわけがない」という思いこみから拒絶したとしか思えない。今度の論文も、そうした無能なレフェリーに当たったら、リジェクトされる可能性がないとは言えない。

歴史的にも前例があることだ。かの天才数学者エヴァリスト・ガロアは、一六歳の時、難関で知られるパリ高等理工科学校の入学試験を受けた。ガロア自身も、彼の才能を知る仲間たちも、彼が合格するのは当然だと思っていた。しかし、彼は試験に落ちた。二年後、ガロアは一八歳で再び同じ学校の入学試験を受け、またも落ちた。

最初の試験の経緯は不明だが、二回目の試験に関しては、口述試験でチョークや黒板消しの使い方に慣れていなかったのと（ガロアは問題を頭の中で解くタイプだった）、担当した試験官たちの頭が固かったためだと言われている。当時最高の頭脳を持った天才少年が目の前にいるのに、それを見抜けなかったのだ。試験官の一人など、ガロアの数学の能力に疑念を表明した。絶望したガロアは、試験官の顔に黒板消しを投げつけて退場した。

アインシュタインが一九〇五年に書き上げた論文『運動している物体の電気力学について』（のちに「特殊相対性理論」として知られるようになる）も、博士号を取得するために大学に提出されたものの、受け入れられなかった。物理学界全体に受け入れられるのには、さらに時間がかかった。アインシュタインが一九二一年にノーベル賞を受賞したのは、相対性理論ではなく、光電《こうでん》効果の理論によるものだ。

周防教授とぴあのの論文『超光速領域における光双曲面《そうきょくめん》の物理』（ボクらは面倒なので〈ぴあの論文〉と呼んでいたが）は、相対性理論と同じぐらい画期的で非常識で奇天烈《きてれつ》な代物《しろもの》だ。レフェリーによっては理解できず、受けつけないかもしれない。物理学者の中には、超光速そのものをタブー視している者もいるからだ。リジェクトされて「やっぱりインチキだった」という評判が立つのは避けたい。

「私としては学会の評価など求めてはいないんだ」

周防教授はそう言いきった。あの理論はすべてぴあのが考えたもので、自分がやったのはそれを検証したことと、論文にまとめたことだけ。それで評価されては、まるで彼女の功績を横取りしたようで良心が痛む……と。

「少数のレフェリーに見せて拒絶される危険を冒《おか》すより、多くの人間に見せて理解を求めるべきだ。世界には私と同様、あの理論の真価を理解できる者はきっといる」

こうして論文は周防教授の公式HPにアップされた。教授は物理学関係の知り合いに、メールでそのことを報《しら》せた。

それを支援するため、ボクらスターマイン・プロダクションのスタッフは、ひそかにステマを展開した。物理学関係の掲示板に、「ピアノ・ドライブの原理が公開されたらしいぞ」と、部外者を装って情報をアップしたのだ。日本だけでなく、海外のサイトにも情報を流した。思った通り、閲覧者《えつらんしゃ》の数は毎日何千人というペースで増えていった。

無論、論文を読んだからといって、即座に理解できた者はほとんどいなかった。物理の知識のない素人《しろうと》は、最初の数行を目にした瞬間に挫折《ざせつ》する。物理学を専攻する大学生でも、なかなか歯が立たない。本職の物理学者でさえ、内容を嚙《か》み砕き、飲みこむのに時間がかかる。難解であるだけでなく、展開されている概念《がいねん》が途方もなく奇怪で、これまでの物理学の常識に反するものだったからだ。

だから発表された最初の週は、反応はほとんどなかった。理解できなかった大多数の者は、理解できた人間が解説してくれることに期待した。理解できた少数の者たちはというと、混乱し、オーバーヒートした頭を冷やすのに時間を要していた。

科学のパラダイムを根底からひっくり返す新しい概念だ。物理学者たちは内心、理論の正しさを予感しつつも、長年親しんできた古い固定観念に死刑を宣告することをためらった。簡単に受け入れていいものか。明白な欠陥《けっかん》は指摘できないものの、あまりに複雑な理論なので、どこかに重大な穴があるのを見落としていないとも限らない。支持する声を上げたら、後で恥をかくのではないか……。

アンデルセン童話の『裸《はだか》の王様』のように、口火を切るのには勇気が必要だ。だが、ひとたび火がつけば、爆発するのは早い。

最初に〈ぴあの論文〉についてコメントしたのは、ケンブリッジ大学の物理学教授ジャック・M・ファーニバルだった。彼はツイッターでこう発言した。

「スオウ‐ユウキの理論は突拍子《とっぴょうし》もないが、無視できない何かがある。物理学の世界に生きる者すべてに訴えたい。この論文は真剣に考察するに値すると」

次にレニングラード大学のミハイル・ポドヴィッチ。

「私はこの一週間、このけしからん論文を叩《たた》き潰《つぶ》してやろうと、悩みに悩んだ。しかし、忌々《いまいま》しいことに、何ひとつ瑕疵《かし》が見つからない。降参だ」

続いて、よく奇矯《ききょう》な理論を唱《とな》えることで知られる、サンフランシスコ大学のデヴィッド・コーンフィールド。

「スオウ‐ユウキの理論はとてつもなくマッドだ！　そして、とてつもなく私好みだ！　バンザイ！」

専門家による賛同の声は、ぽつりぽつりと増えていった。ボクたちは海外の反応もこまめに監視していたので、それらをいち早くキャッチし、日本語に訳してネットに上げていった。目的が出資者の獲得であるとはいえ、ボクたちは決してストレートに「ピアノ・ドライブに投資しよう」とは訴えなかった。騒ぎ立てるのも避けた。そんなことをしたらかえって反発を受けるだけだ。ただ事実を拡散し、ネット内に「やっぱり本物かも」という空気が醸成《じょうせい》してゆくのを待った。

正直に告白しておくが、ダーティな手をまったく使わなかったわけではない。綾崎義人《あやさきよしひと》はあれからもピアノ・ドライブ批判の発言を続けていたし、ぴあののアンチはたいてい綾崎を持ち上げていた。そこでボクたちは、彼のイメージを失墜《しっつい》させる陰険《いんけん》な工作を展開した。「逆ステマ」だ。

前にぴあののファンの奇矯な言動が笑いものになったのを、逆転させてやろうと考えたのだ。いくつものアカウントを使い、綾崎義人の熱狂的支持者のふりをして、あちこちの掲示板にピアノ・ドライブを「インチキだ」「詐欺《さぎ》だ」と糾弾《きゅうだん》するコメントを書きこんだ。その際、主張の中に必ず故意に重大な科学的間違いを混ぜた。「タキオンの質量は虚数」というのもそのひとつだ。その間違いを指摘してくる者に対しては、冷笑的な、あるいはヒステリックな態度を取り、決して間違いを認めなかった。ボクらの書きこみを見た者たちは、綾崎支持者の頭の悪さに愕然《がくぜん》となったはずだ。

「綾崎の話を信じるのはおかしな連中ばかりだ」

そんな偏見《へんけん》を広げていったのだ。綾崎自身を直接攻撃することなく、その人気を落としていったのである。もちろん、実際に頭が悪かったり口汚く罵《ののし》る綾崎支持者も大勢いたので、僕らの工作もその中に自然に溶けこみ、疑われることはなかった。

単純な作戦だったが、びっくりするほどうまくいった。ほんの三ヶ月ほどのうちに、ネット上での評価は逆転した。綾崎支持者を敬遠する雰囲気《ふんいき》が急速に高まる一方、世界の物理学者たちの支持の声が紹介されるにつれ、ピアノ・ドライブを本物だと信じる者が着実に増えていったのだ。それでも批判者はいなくならなかったが、しだいに押され、肩身が狭くなっていったのは確かだ。

こんな簡単に世論操作が成功していいのかと、仕掛けたボクたち自身、不安を覚えたものだ。政治家が政敵を貶《おとし》めたり、反対意見を圧殺するために、同じようなテクニックを使ったらどうなる？　いや、もしかしたら、これまでネット上で盛り上がった世論の中には、こうして何者かに操《あやつ》られていたものがあったのでは……？

これも明言しておかなければならないが、こうしたダーティな戦術には、ぴあのはまったく関与していなかった。ボクらがそうやって〈プロジェクトぴあの〉を陰で支援していたことを、彼女は知らなかったはずだ。

「私は嘘はつけませんから」というのが彼女の口癖だ。嘘をつくのが下手《へた》というだけでなく、誰かを騙《だま》すこと自体が嫌なのだと。だから彼女は、正々堂々、自分の最も得意とする方法で大衆にアピールした――歌だ。

ぴあのは宇宙に関する歌をいくつも発表した。〈ほんの62マイルが〉〈射手座を貫いて〉〈月を売った娘〉〈Destination : Space〉〈解き放てアンドロメダ〉……それらの多くは、ぴあの自身の作詞だった。宇宙に興味のない作詞家の知識やセンスでは、彼女の内に沸騰《ふっとう》する想いを表現しきれないことが露呈《ろてい》してきたからだ。

ステージで、テレビで、PVで、ぴあのは熱唱した。宇宙への憧《あこが》れ。地球の重力に縛《しば》られている苦しみ。星の海を飛翔《ひしょう》する解放感。荒涼たる真空《しんくう》。渦巻く木星の大赤斑《だいせきはん》。土星の空にかかるアーチ。未知の惑星の夕暮れ。美しい散光星雲《さんこう》や球状星団や渦状《かじょう》銀河……歌を通して、宇宙の壮大なイメージと、それに魅入《みい》られているぴあのの心理が、ファンの心に深く焼きつけられていった。

宇宙に行きたい。

その願いはもはやぴあのだけのものではなく、多くのファンが共有するようになっていた。


無論、ボクたちは、ピアノ・ドライブ自体の広報活動も地道に展開していた。実験映像をネットにアップするだけでなく、見学希望者を広く募《つの》り、週に一度は公開実験を行なった。

最初のうち、マスコミの取材は殺到《さっとう》したものの、企業関係の見学希望者は少なかった。やはりいかがわしく思われていたのだろう。だが、特許を申請したことが公表されたことから、急に関心が高まった。

ボクらはここでもステマをやっていた。例の「飛翔体特許」の話をネットに拡散し、こういうものが特許を取れた実例があるのだから、ピアノ・ドライブも特許を取れる可能性が高い……と匂《にお》わせたのだ。

見学者の数が増え、「確かに本物らしい」という声がクチコミで広まると、さらに関心を抱《いだ》く者が増えていった。特許申請から三ヶ月が過ぎる頃には、一回の見学者の数は二〇〇人を超え、あのボロ工場はかつてないほどの賑《にぎ》わいとなった。

ぴあのが新しい超伝導体を発明したことも注目を集めた。それは方法さえ分かれば簡単に作ることができたので（何しろ彼女はガレージで作ったのだ）、越坂部《おさかべ》が知り合いの町工場に頼んで同じものを大量に作ってもらい、見学にきた企業関係者にただで配った。無論、その製法はすでに特許申請していた。〈ぴあの論文〉はさっぱり理解できなかった者たちも、超伝導体を実際にテストしてみて、これまでの材料より一〇度も臨界温度が高いという驚くべき事実を見せつけられては、ぴあのの超天才ぶりを信じないわけにはいかなくなった。

出資者が集まりはじめた。

これもまた「裸の王様」と同じだ。みんな一番手になるのをためらっていただけで、誰かが金を出す決断をすれば、追従する者が続出する。集まった金の総額が週ごとに億単位で増えてゆくのを、ボクらは興奮して見守っていた。努力した甲斐《かい》があったというものだ。

こうして二〇三〇年六月、新会社「リーチ・フォー・ザ・スターズ」が発足した。略称は「R４☆」。代表取締役は越坂部である。その目的は、有人宇宙船を民間ベースで開発すること。

技術協力してくれる企業もいくつも現われた。特にカガシマ工業が参入してくれたのがありがたかった。ここは深海潜水艇を造った経験がある。外からの水圧に耐える設計の潜水艇と、内側からの気圧に耐えねばならない宇宙船では、コンセプトは逆ではあるが、そのノウハウは役立つはずだ。

他にも、貴重なノウハウを持つ企業が次々に参入してきた。超伝導コイル、金属加工、金属溶接、アンテナ、通信機器、カメラ、ARシステム、航法システム、空気循環システム、放射線計測器、宇宙食……どこも長く続く不況で収益が低迷し、このプロジェクトによる一発逆転に賭《か》けていた。

当面の目標は、人間一人を乗せ、浮上できる試験機を作ることだ。基本となる設計図はぴあのが描いた。前回のピアノ・ドライブ一号機製作をめぐるごたごたから学んで、本格的に機械設計を勉強し（彼女は宇宙に行くためにはどんな努力も厭《いと》わないのだ）、大雑把《おおざっぱ》な概念図ではなく、最初から実用的な図面を作り上げた。

六月二〇日、品川プリンスホテルの宴会場で行なわれた説明会に集まった四〇〇人以上の関係者の前で、その3Dモデルが公開された。

解説はARで行なわれた。会場にずらりと並んだ立派な背広姿の人々が、揃《そろ》ってARゴーグルをかけている光景は、舞台の袖《そで》から見ていると、ちょっと異様なものがあった。

「これが私たちが当面の目標とする試験機——仮に〈むげん〉と名づけています。ピアノ・ドライブによる浮上の実証と、実用的な宇宙船を建造するために必要なデータ収集のためのマシンです」

自らもARゴーグルを装着して映像を操作しながら、ぴあのは説明した。壇上《だんじょう》に表示されたその立体映像は、全高が人の背丈《せたけ》の倍ほどもあり、直径は一メートルほど。圧搾《あっさく》空気を詰めるボンベのように、両端が丸みを帯びた円筒形で、下部にはアポロの月着陸船のような四本の細い着陸脚が付いている。窓はない。真っ白な船体の側面には、縦に〈MUGEN〉と書かれているだけで、無駄《むだ》な装飾は何もない。実用性のみを追求した末にたどり着いた、シンプルなデザインだ。

「会場の関係で、この図は二分の一スケールで表示されています。実際は全高六・八メートル、直径二・三メートルを想定しています。コストダウンのため、ぎりぎりの大きさまで切り詰めました。これは人間を乗せて浮上できるマシンとしては、現在の技術で実現可能な最小限の大きさであるとご理解ください。ただ、これでも推力比は一を上回っていますので、地球重力に逆《さか》らって浮上は可能です。気密が完璧《かんぺき》なら、大気圏外にまで出られます、つまり宇宙船ということです」

ぴあのが指を振ると、垂直に立っている〈むげん〉の後ろに、鉄パイプを組み合わせて作られたジャングルジムのような構造物が現われた。宇宙船よりひと回り大きく、実際は三階建てのマンションぐらいの高さだろう。中央がえぐれていて、前から見ると凱旋門《がいせんもん》のような形をしている。下部には小さな車輪が付いていて、それでゆっくりとレールの上をスライドして前進、宇宙船を内側に収容した。アームが左右から伸びて、宇宙船をはさみこんで固定する。

「これはガントリーです。宇宙船はこのように縦長で不安定な形をしていますので、地震などの揺れで倒れないよう、発射直前までこうした構造物で支えておく必要があります。ガントリーはマシンのメンテナンスにも用いられます。乗員もガントリーを用いて乗りこみます」

ぴあのが話している間に、説明会場の床を、大人の腰ぐらいの高さの女の子の人形がひょこひょこと歩いてきた。身体《からだ》にぴったり合った赤いパイロットスーツを着ている。頭が大きく、顔はぴあのを模しているが、マンガ的にデフォルメされていた。もちろんこれもARによる立体CGである。

人形は壇に上がり、ガントリーの前で立ち止まって振り返ると、聴衆《ちょうしゅう》に向かってぴょこんと一礼した。人々の間から笑いが洩《も》れる。

人形は小さな身体でガントリーをよじ登りはじめた。最上部まで来ると、その上のキャットウォークを歩いて、宇宙船の真上まで移動する。宇宙船の頂部のハッチが開く。

「出入口はこのように最上部、つまり宇宙船の先端部に付けました。ピアノ・ドライブの構造上、側面を開放しようとすると構造が複雑になるので、なるべくそれを避けたかったからです。出入口は宇宙船の端《はし》に取り付けるのが、最も構造が簡単で済むという結論になりました」

宇宙船の外壁の一方、聴衆の方に向いている側がガラスのように透《す》き通り、内部が明らかになる。船殻《せんこく》が二重構造になっているのが分かる。船首には釣鐘型《つりがねがた》をした小さなコクピット。その下には、宇宙船の尾部《びぶ》までぎっしりと、様々な機械やバッテリーが詰めこまれている。

人形がハッチを通り抜け、コクピットに降りてきた。立ち上がることもできないほど狭く、一人しか入れそうにない。人形は床に設置されたシートに座り、ハーネスを締め、ARゴーグルを装着する。

「このコクピットは、初めて宇宙を飛んだユーリイ・ガガーリンが乗ったボストーク1号のものより、さらに小さいです。実験機なので快適さは考慮されていません。パイロットは飛行中、このシートから離れることはできません。窓もありませんので、マシンの外側の二〇基のカメラが撮影した映像を、ARゴーグルで見ながら操縦します。三六〇度、死角はありません。それから――」

船殻の外壁と内壁の間が、赤く明滅した。

「ここにあるのがY場コイル、つまりタキオン放射に偏向《へんこう》をもたらすように配置された超伝導コイルで、ピアノ・ドライブの最も重要な部分です。しかし、コイル自体が推力を発生させるわけではありません。このコイルに囲まれた内側全体がピアノ・ドライブなんです」

宇宙船の内部から、光り輝く青白い微粒子《びりゅうし》が放射されはじめた。それは船の内壁、機械類、さらに乗員である人形など、船内のあらゆるものから発生し、壁を突き抜けて外へ逃げてゆく。逆に周囲から降り注《そそ》いでくる粒子もある。

「これは負《ふ》のエネルギーと正《せい》の運動量を持つタキオンです。実際には目に見えません。あらゆる原子《げんし》から常に放射されており、光より速く飛び去ります。このため、空間はタキオンで満たされています。それが観測されないのは、ニュートリノのように透過力がきわめて大きいからです。ですから人体にも無害です。しかし、わずかな確率ですが、タキオンは原子と衝突しています」

　3D映像の一部がズームアップする。原子の模式図が現われた。青い球体で示された原子の周囲を、青白い微粒子で表現されたタキオンが無数に飛び交っている。原子はタキオンを頻繁《ひんぱん》に放出する一方、周囲から降り注ぐタキオンと衝突しており、絶えず揺れ動いていた。

「このように、原子は常にタキオンを放出したり吸収したりしています。銃を撃《う》つと反動があるように、タキオンを放出すると、原子は反動で反対方向に動きます。負のエネルギーを持つタキオンを放出することで、運動エネルギーが増加するんです。反対にタキオンを吸収すると、運動エネルギーは減少します。つまりブレーキがかかります。このため、原子のエネルギーは常に増減しており、見かけ上、エネルギーの不確定性を生じています。しかし、全体としてほぼ同じエネルギーを保っています」

　映像がさらにアップになり、スローモーションになった。原子がタキオンを放出し、反対方向に少し突き飛ばされる。するとその先で別のタキオンにぶつかり、ブレーキがかかる。その繰り返しで、原子はほぼ同じ位置に留《とど》まっている。

「ただ、このアニメーションはあくまで説明のためのアナロジーで、実際とは違うということをご理解ください。自動車の衝突事故を考えてみれば分かります。走っている自動車は、後ろから追突されるより、正面衝突された方がダメージが大きいですよね？　もしタキオンが車のようなものなら、動いている物体に後ろからぶつかるより、前からぶつかってくる方が運動エネルギーが大きいはずです。つまり真空中を運動している物体にブレーキがかかることになります。実際にはそんなことは起きません。というのも、光がどんな観測系から見ても同じ速度であるように、空間を満たしているタキオンは、物体がどんな速度で運動していようと、常に周囲から同じエネルギー、同じ衝突確率で降り注ぐからです。この原理の説明は専門的になるので省略しますが、光双曲面物理学の根本とも言える概念です。真空中の物体は、タキオンの影響を受けながらも、等速直線運動をするんです」

ボクは舞台の袖から、居並ぶ企業のお偉方の顔色を観察していた。だんだんと説明についてこられなくなってきたらしく、口許《くちもと》を歪《ゆが》める者が増えはじめている。これでも事前にぴあのとさんざん打ち合わせをやって、素人に理解できないような難解な用語は避けているのだが。

「Y場コイルはそのタキオンの放射に偏向を与えます。ある方向にしか放射できなくするんです」

原子の模式図が消え、また宇宙船が現われる。ロックがはずれ、ガントリーが後退する。コイルの色が青く変わると、それまで四方八方に放射されていたタキオンが、下に向かって放射されはじめた。

「この反動によって、宇宙船は上向きの推進力を得ます。これは、いわゆる永久機関と違い、エネルギー保存則には反しません。宇宙船は負のエネルギーのタキオンを放出することによって正の運動エネルギーを得ますので、エネルギーの総量は増えないんです」

背景が青空になる。宇宙船は床を離れ、ゆっくりと空中に浮き上がった。聴衆の間から「ほう」という感嘆の声が洩れる。

「推進に用いるY場コイルのエネルギー消費は、きわめて小さいものです。バッテリーの容量にもよりますが、標準的なペイロードを搭載した状態で、推力比一・三で八時間連続して加速可能というスペックを目指しています」

映像がズームバックする。小さくなった宇宙船は、青空の中をぐんぐん上昇してゆく。

「重力に逆らって上昇する場合、最初の一秒で高度一・五メートル、一〇秒で一五〇メートル、一分で五三〇〇メートル。空気抵抗を考慮に入れても、五分以内に高度一〇〇キロ——定義上の宇宙に到達します。この時点での速度は第一宇宙速度に達しており、衛星軌道《きどう》に乗ることが可能です」

宇宙船のバックが暗くなった。今や宇宙船は星空の中を飛んでいる。

「ピアノ・ドライブは加速、または減速にしか使えません。姿勢制御《せいぎょ》は船体中央のジャイロで行ないます」

再び宇宙船の内部構造が表示される。船体の中央にある球状の区画が点滅した。三重のリ

ングで構成されている。リングは互いに直交していて、それぞれ独立して回転するようにな
「モーターの力でジャイロを回転させることにより、反動で船体の姿勢が変わります。ロール、ヨー、ピッチ……」

　ぴあのの説明に合わせ、宇宙船は宇宙空間で様々に姿勢を変える。

「宇宙空間で静止状態から加速した場合、九〇分で一八万六〇〇〇キロ、つまり月と地球のほぼ中間点に達します。さらに九〇分かけて減速すれば、月に到達します——つまり理論上、月まで三時間で行けることになります」

　会場がざわついた。

　他にも宇宙船の技術的ディテールについていくつか解説してから、ぴあのは「何かご質問は?」と会場に問いかけた。

　いちばん前の席に座っていた、恰幅《かっぷく》のいい男が手を挙げた。ボクはゴーグルに来場者のプロフィールを表示させていた。男の胸のところに、氏名と会社名、所属を示すテロップが出る。大手電機会社の重役だ。

「この宇宙船で月まで行くということなんですか?」

「いいえ。先ほども申しましたように、これは試験機ですから、実用的な宇宙飛行は計画していません」ぴあのはよどみなく答える。「理論上は月まで飛べる性能があるというだけです。月周回飛行も月着陸も想定していません。そもそも、まだ航空法の問題がクリヤーでき

ていないんです。現在の日本の航空法では、飛行機、ヘリコプター、グライダー、飛行船の四種類を『航空機』と定義しているんですが、有人宇宙船はそのどれにも当てはまりません。法律上は気球と同じ扱いなんです」

　会場から笑い声が起きた。宇宙船が気球と同じとは！　しかし、しかたのないことだ。これまで日本では有人宇宙船を飛ばしたことがなかったから、それに対する法整備も必要なかったのだ。

「たとえ定義ができたとしても、はたして航空局が認可してくれるか、まだ分かりません。当面、高度一〇〇メートルより上には昇らないことにしています。地上から数十メートル浮上できる実験機で実験を重ね、安全性を証明したうえで、より完全な二号機の飛行の認可を求めるという手順になると思います」

　次に手を挙げたのは、航空機関係の会社のエンジニアだった。

「二号機の構想はすでにあるんですか？」

「はい。大雑把なものですが」

　ぴあのは最初の宇宙船〈むげん〉の横に、もう一隻《せき》の宇宙船を出現させた。基本的によく似ているが、大きさは三倍ぐらい違う。重量を支えるため、着陸脚も頑丈《がんじょう》そうだ。

「これが構想中の二号機です。全長二〇メートル。六人乗りを考えています。最大加速度は四〇G」

　その数字に、また会場がざわめく。「ありえないだろ」と言っている者もいる。そう考えるのは当然だろう。重力の四〇倍の加速度。普通の人間なら死んでしまう。

「ご心配なく」ぴあのは笑って言った。「ピアノ・ドライブは船内のすべての原子を均等に加速します。地球の四〇倍の重力の天体に向かって落下しているところを想像してみてください。四〇Gで加速していても、内部は無重力なんです」

「月に行くのに、なぜそんな加速度が必要なんですか？」とエンジニア。

「誰が月に行くと言いました？」ぴあのはおかしそうに言った。「人類は月にはもう行ってるでしょ？」

「だったら……？」

「とりあえずは火星ですね。人類初の有人火星着陸をやってみましょう。金星は高温高圧なので、降りるのはちょっと難しいです。次に目指すとしたら、木星の衛星ガニメデか、土星の衛星タイタンあたりでしょうね。もちろん天王星や海王星、カイパーベルト天体に足を伸ばすのもいいです」

ピクニックの話でもするかのように、気軽に語るぴあの。そのスケールの大きさに、聴衆はあっけに取られていた。しかし、ボクには分かっていた。ぴあのにとって、太陽系なんて狭い前庭みたいなものなのだ。

彼女の目標は太陽系外だ。

質疑応答はさらに続く。鋭い質問、的《まと》はずれな質問、疑わしげな質問、専門的な質問、皮肉のこもった質問……それらにぴあのは的確に答えていった。

何番目かに手を挙げたのは、コンピュータ関連の会社を経営する中年の女性だった。彼女は怪訝《けげん》そうな口調でぴあのを問い詰めた。

「最初からずっと疑問なんですが、なぜ宇宙船なんですか？　飛行機ではなく。ピアノ・ドライブというのは、普通の飛行機のエンジンとして応用できないものなんですか？」

「いいえ、できます」

ぴあのは別のCGを空中に映し出した。新型の航空機の想像図だ。従来の旅客機に似ているが、主翼の下にジェットエンジンの代わりにピアノ・ドライブを抱《かか》えている。

「あなたが想像しておられるのは、こういうものでしょう？」

「ええ」

「もちろんピアノ・ドライブを使えば、こういう飛行機を作ることもできます。飛行機だけじゃありません。船や列車も――それにこういうものも」

また別の3DCGが出現した。太いアームの両端にピアノ・ドライブが付いている。それが作動すると、アームがプロペラのように回転しはじめた。

「二基のピアノ・ドライブで大きなアームを回転させ、発電機を回します。火力や原子力と違って、有害な廃棄物《はいきぶつ》が何も出ないし、爆発事故や大気汚染が発生する危険もありません。もちろん、燃料が不要ですから、コストはすごく安くつきます」

会場がひときわ大きくどよめいた。環境を汚染しない低コストの電力――産業界の人間なら誰でも、その意味するものの大きさを理解できるはずだ。

「だったら……」

「まずこういう実用的なものから作った方がいい？　宇宙船なんか後回しにして？　ええ、そうですね。筋《すじ》が通ってます。大人の考え方ですね」

そこでぴあのは、一拍《いっぱく》置いて、不敵に微笑《ほほえ》んだ。

「でも、そんなの面白くありません！」

会場がどっと受ける。

「せっかく宇宙船が作れるんですよ？　作りましょうよ。ピアノ・ドライブの秘めている可能性を世間にアピールするのに、これ以上のものがありますか？　飛行機や発電機なんかより、よっぽど一般受けするじゃないですか。

それに、日本が初めて有人宇宙船を打ち上げたら――しかもそれで火星や木星にまで行ったら、日本人はみんな熱狂しますよ。いえ、全世界の人が熱狂するはずです。それが景気につながるとは思いませんか？

考えてみてください。これは小さなひとつの会社の儲《もう》け話じゃないんです。全人類の儲け話です。もうみなさん、可能性に気づいているはずです。ピアノ・ドライブは輸送や発電のコストを下げ、産業を活性化させます。世界中が空前の好景気になります。社会全体が豊かになり、ものが売れ、雇用も増大します――それがみなさんにとっての最大の利益じゃないんでしょうか？」

「でも」女性経営者はまだ疑っていた。「それはあなたにとっての目的じゃないんじゃないですか。あなたの歌は聴きました。宇宙が大好きであることもよく分かりました――宇宙船を作るというのは、単にあなたの個人的欲望を満たしたいだけで、そのために私たちを利用しようとしてるんじゃないですか？」

「え？　そんなの当たり前じゃないですか」

ぴあのの即答に、会場は爆笑に包まれた。

「私は宇宙が大好きです。みんなそれを知っていますし、私も隠したりはしません。嘘をつくのが苦手ですから、はっきり言います。そうです、私は欲望のためにみなさんを利用しようとしています。でもそれは、みなさんにとって悪いことですか？　不利益になりますか？　私は正直言って、お金なんか要《い》りません。というか、なぜ世の中の人がお金を欲しがるのか、それが理解できないんです。私の関心は宇宙にしかありませんから。でも、みなさんの金銭的欲望も否定しません。ですからみなさんも、私の欲望を理解していただかなくて結構です。ただ、二つの欲望が嚙み合えば、それでいいはずです。

私はみなさんの欲望を最大限に利用します。みなさんも私を利用してください。ピアノ・ドライブを使って、互いの欲望を満たしましょう。それがベストの選択――みんなが幸せになれる道です」

堂々たる演説――聴衆が確かに感銘《かんめい》を受けたのが、ボクには感じられた。

こうして〈プロジェクトぴあの〉は本格的に動きはじめた。

必要な資金が集まり、製作のノウハウを持つ企業も見つかったので、試験機〈むげん〉の製作が開始された。これまで使っていた工場では手狭《てぜま》だったが、カガシマ工業が川崎市にある工場の敷地を提供してくれることになった。JR川崎駅から車で数分、海の近くにある。事業縮小で使われなくなった工場施設の有効利用だ。パーツ類は各地の工場でばらばらに作られ、ここで組み立てられることになった。

プロジェクトにはずみがつき、加速しはじめたことで、ぴあのは目の回るような忙しさになった。技術者との話し合い、設計図のすり合わせ、必要な部品の検討、航空局との談判《だんぱん》……。

その合間に、回数は前より減ったとはいえ、コンサートやテレビ出演もきっちりこなし、プロジェクトのアピールに努めていた。はたから見ていると、ぶっ倒れるんじゃないかと思える過密スケジュールだ。だが、本人はまるで苦にしている様子がない。むしろ楽しくてしかたがないようだ。

秋までには工場の体制が整い、試験機の製造が開始された。潜水艇製作のノウハウを利用するため、船体は横倒しの状態で作られる。まず円筒形の二重船殻とY場コイルを製作し、内部にバッテリーやジャイロなどを設置してゆく。最後に密閉し、クレーンで起こして垂直にするという手順だ。

ボクたちは作業の進捗《しんちょく》具合を見るため、ほぼ毎週、工場を訪れた。最初のうち、空っぽだった作業用の台座の上に、何枚かの湾曲した鋼板が載り、それらが組み合わさって、しだいに円筒形が形を現わしてゆく。何もなかったところから設計図通りのものができてゆくのを見るのは、まさに「夢の実現」という表現がぴったりだった。

ぴあのの途方もない夢は、確実に現実になってゆく。

そんなある日、PVの撮影のために訪れたフィリピンのセブ島で、ちょっとした騒ぎが起きた。ぴあのがホテルから失踪《しっそう》したのだ。


「た、た、た、大変だ！」

ボクたちスターマイン・プロダクションのスタッフとPVの撮影班が、セブシティのホテルのバーで夜遅くまで飲みながら業界の噂《うわさばなし》話に興《きょう》じていると、何気なくスマホでメールをチェックしていたマネージャーの大畑《おおはた》が、いきなりうわずった声で叫んだ。

「どうしたんです？」

「こ、こ、これ」

大畑は震《ふる》える手でスマホをボクたちに差し出した。

「ぴあのちゃんの現在位置……！」

スターマインでは、アイドルを管理するため、彼女たちの持つスマホの現在位置のGPS情報を、マネージャーが確認できるようになっている。本来は親が子供の位置を確認するためのサービスで、今では日本国内だけでなく、海外のほとんどの地域で利用可能だ。もちろんアイドル自身の了承を得たうえで、そのように設定しているのだ。スマホの電源を切っても、その時点での位置がメールで自動的に送信される。

「このホテルじゃない！」

ボクたちは頭を寄せ合ってスマホの画面を覗《のぞ》きこんだ。そこに表示されている地図は、このホテルどころか、セブシティから一〇キロ以上も離れた海岸地帯だ。ボクたちは首をひねった。

「こんなところに何しに？」

「観光名所なんか何もないぞ。それにこんな真夜中に」

「歩いて行ける距離じゃないな。たぶんタクシー使ったんだ」

ボクは地図を拡大した。電源が切られた時点での位置は、道路から何十メートルも離れている。ということは、車を降りてから電源を切ったのか。

「他にメールは？」

「このちょっと前に入ってる」

メールには音声ファイルが添付《てんぷ》されていた。それを再生してみる。

『えー、ちょっとおでかけしてます』ぴあのの愛らしい声が流れる。『朝には帰りますので、心配しないでください。以上』

無理に言わされている様子ではない。どうやら誘拐《ゆうかい》されたとかいうわけではなさそうだ。

「犯罪がらみじゃなさそうですが……？」

「ああ、もう、まただ！」大畑は髪をかきむしった。「しばらくやらかさなかったから、すっかり油断してた！」

「『また』って……前にもあったんですか、こんなこと？」

「まだジャンキッシュのメンバーだった頃にな。沖縄ツアーで、やっぱり真夜中にいなくなったことがあったんだよ。あの時は俺が早く寝てたもんで、メールに気づかなかった。朝になって、部屋にいないことが分かって大騒ぎになったけど、何もなかったみたいにホテルに帰ってきて……」

沖縄とセブ島――その共通点に、ボクはすぐに気づいた。

「星、ですね？」

「そうだよ！『海岸で星を見てただけです』って、けろっと言うんだよ！信じられるか!? 若い娘がたった一人で海岸で夜明かししたんだぞ！」

「あー……」ボクたちはうなずき合った。

「それはいかにも……」

「ぴあのらしい……」

「天然だなあ」

「のんびりしてる場合か!?」

大畑は苛立《いらだ》って大声を上げた。バーの他の客たちの注目を集めていることに気づき、慌《あわ》てて声をひそめる。

「……何かあったらまずいだろ」

大畑の心配はもっともだ。セブ島は治安がいいと言われているが、それでも通りすがりの男にレイプされる可能性はゼロじゃない。

「でも、無理に連れ戻すのもまずいんじゃ?」とボク。「そんなことしたら、へそ曲げますよ」

「ああ、くそ、そうだよなあ」

大畑は舌打ちした。ぴあのの異常な宇宙好きは、彼も骨身に沁《し》みているはずだ。星を見ているのをじゃまされたら、不機嫌になるのは間違いない。

「それに、ここんとこ超過密スケジュールじゃないですか。彼女なりの骨休めも必要なんじゃないですか?」

「しかし、危険だろ。真夜中に女一人って」

「そうですねえ……」

ボクはちょっと考えてから言った。

「二人ぐらいボディガードにつくっていうのは?」


「まったく、こんなところまでロケに来る必要なんかなかったんだよ」

タクシーを呼んで、GPSに表示された場所まで移動する間、大畑はずっとぼやいていた。

「みんなスタジオで済むじゃないか。グリーンバックで撮影して、本物の風景と合成したって、観《み》てる人間に分かりゃしないよ」

「言ったってしょうがないじゃないですか、そういう方針なんだし」ボクは苦笑した。「本物を求めているファンもいるんですから」

大畑の言う通り、今なら実際のセブ島ロケと変わらない映像を、日本にいながら作れる。素材の実写映像すら必要ない。本物とまったく見分けのつかないCGで、セブ島の海岸をまるごと再現できる。かつてはCGが苦手とした水の表現も、マシンパワーの向上とソフトウェアの進歩で可能になっている。波打ち際で水と戯《たわむ》れるぴあのの映像なんて、その気になればいくらでも作れるだろう。ただ、そうなると厄介《やっかい》な問題に突き当たる。

もう本物のぴあのすら必要ないんじゃないか。

ぴあのもCGにしてしまえば、スタジオで撮影する手間さえ省《はぶ》けるのではないか。

実際、ボーンクラッシャーPをはじめとするアマチュアの動画作者たちが、CGのぴあのを使って、PVを作りまくっている。それはすでに何百という数に達しており、質の高いものもたくさんある。それらがいくらでも無料で視聴できるというのに、わざわざプロがCGでPVを作る意味がどこにある？

それはアイドル業界が直面している大きな問題だった。ボカロ曲やアニメの主題歌がオリコン上位に食いこむことが、もはや当たり前になった時代、バーチャル・アイドルに対するリアル・アイドルの優位性は大きく揺らいでいる。それに青梅秋穂《おうめあきほ》のように、リアル・アイドルのスキャンダルが何度も起き、ファンを幻滅させて、バーチャル・アイドルへの傾斜を加速させていた。

もはやリアル・アイドルの長所は、「リアルである」というその一点だけ。ぴあのがもてはやされるのも、彼女自身がユニークなキャラクターであるからだ。容姿や歌はコンピュータで表面だけ模倣《もほう》できても、ぴあのの本質——人間であることだけは誰にも模倣できない。それはメカぴあのとの対決で立証されている。

だからこそ、今回のPVも、オールロケでCGを一切使わない方針にこだわったのだ。本物の結城《ゆうき》ぴあのが、本物のセブの海岸で撮影することに意味があると。さらに今回は、かなり大胆《だいたん》なビキニも披露する。すでにCGではきわどい衣装なんか見慣れているが、本人が実際にそういう格好《かっこう》をするのはまた別だ。ファンの需要はあるだろう。

少なくともボクは、撮影現場に立ち会って、リアルであることとの重要性を実感した。五年前、初めて出会った頃の初々《ういうい》しさに比べ、二二歳になったぴあのは、すっかり「女」になっていた。ビキニ姿ですぐ隣に立たれた時、こっちが思春期の少年のようにどぎまぎしてしまったぐらいだ。

「このへんだな——ストップ、ストップ」

スマホの画面を見ていた大畑が、運転手に指示した。金を払い、車を降りる。遠くに街の灯《ひ》が見えるものの、タクシーのライト以外に近くに人工の明かりはない。月も出ていないので、足元さえよく見えない。宇宙空間に立っているような、不安な気分になる。

タクシーが走り去る。眼が慣れてくると、だんだんあたりの様子が見えてきた。色彩はまったくなく、椰子《やし》の木も道路も暗い灰色一色に染まっている。その向こうにあるはずの海は、ビロードを敷き詰めたように真っ黒だ。波の音が聞こえてくる。

そして、空には無数の星々。

ボクは息を呑《の》み、立ちすくんだ。生まれてからずっと都会で暮らしてきた。星は見たことがあっても、大気汚染や人工の光に蝕《むしば》まれていない星空がどんなものかなんて、まったく知らなかった。「肉眼で見える星の数は約六〇〇〇個」などという基礎知識はあっても、実際にそんなにたくさんの星をいっぺんに目にしたことなんかない――プラネタリウムは別だが。

本物の星空は、まさに圧倒的だった。プラネタリウムにはない無限の奥行き。見上げる視界のどこにも、無数の星がびっしりと輝いている。あまりに多すぎて、星座を見分けることもできないほどだ。うっすらと白く見える帯が空を横切っているのにも気づいた。あれが天の川か、と呆然《ぼうぜん》となった。天の川を目にしたのも生まれて初めてだった。

昔のSFに、夜のない惑星の住民が初めて星空を目にして恐慌に陥《おちい》るという話があった。そんなバカなと思ったが、今なら実感できる。このものすごい数の星は、まさに恐怖だ。とてつもなく恐ろしく――そして美しい。

これが宇宙だ。

それまでボクは、ぴあのを魅了《みりょう》しているものの正体を、本当の意味では知らなかった。「宇宙」という単語、本で学んだ概念だけで、理解したつもりでいた。あるいはアニメや映画に出てくる架空《かくう》の「宇宙」でイメージしていた。

だが、今こそ知った。幼い彼女をひとめ惚《ぼ》れさせたもの――言うならばボクの恋敵《こいがたき》が、こんなにも大きく、恐ろしく、美しいものであったということを。

勝てる気がしない。

しかし、大畑はまったく心動かされている様子はなかった。ボクと違って田舎《いなか》育ちなので、星空など見慣れているのかもしれない。スマホを片手に、ホテルから持ってきた懐中電灯であちこち照らしながら、「このへんのはずなんだが……」と、ぶつぶつ言っている。

「あっ、あれじゃないか」

彼は海岸の方を指差した。闇《やみ》の奥に小さな赤い光点が見えた。ボクたちは懐中電灯で足元を照らしながら、草むらをかきわけ、その光点を目標に、慎重《しんちょう》に歩いていった。

砂浜に出た。懐中電灯で照らすと、砂の上に袋のようなものが横たわっていた。薄手のシュラフだ。その横には小さな皿が置かれており、蚊取《かと》り線香が点《とも》っている。赤い光点の正体はこれだったのか。

「ぴあの」

近づきながら声をかけると、シュラフから顔だけ出したぴあのは、不快そうに眼をそむけた。

「明かり、消してもらえます？　まぶしいので」

ボクと大畑は、ぴあのの左右に腰を下ろし、懐中電灯を消した。

「ありがとうございます」

「こんなところで寝たら危ないだろ」大畑が優しく注意する。

「虫除《むしょ》けスプレーはたっぷり使ってますし、蚊取り線香も点《つ》けてます」

「いや、そういうんじゃなく……」

「護身用のスタンガンも用意してますよ——あ、虫除けスプレーはそこのバッグの中にあるので、使っていいですよ」

ボクたちはシュラフの横に置かれたバッグからスプレーを取り出し、手足にたっぷり噴きつけた。

「こんなものを用意してきたってことは、計画的だな」とボク。

「はい。このところ宇宙分《うちゅうぶん》が不足してましたんで」

「宇宙分?」

「塩分とか糖分とかみたいに、私の生命《せいめい》を支えるのに必要な要素です。都会の空やプラネタリウムじゃ、どうしても足りないんで、せっかく南の島に来た機会に、たっぷり補充しておきたかったんです」

「塩分も糖分も、摂《と》りすぎると毒だぞ」大畑が嫌味を言う。

「はい、分かってます。というか、私の場合、もうどっぷり毒されちゃってますけどね」ぴあのは闇の中でくすっと笑う。「そう、私は宇宙中毒なんです。これは禁断症状だと思ってください」

「まあ、麻薬よりはましだけどな」と大畑。「いや、麻薬より厄介かもな。麻薬は金を出せば手に入るが、宇宙はなあ……」

最初は叱《しか》りつける気でいたが、「宇宙分」を補充しているぴあのの幸せそうな声を聞いていると、どうでもよくなってきた。ボクたちは三人で寝転がって星空を見上げた。

「手が届きそう……って感じだよなあ」

大畑が星空に手を伸ばしてつぶやくと、ぴあのは「はい、そうですね」と答えた。

「でも、届かないんですよ。定義上の宇宙である高度一〇〇キロ。東京駅から沼津《ぬまづ》ぐらいまでの距離――ほんの六二マイルが」

それはぴあのが作詞した歌のタイトルだった。〈ほんの62マイルが〉――星空を見上げ、宇宙の入口である高度まで達することの困難さ、もどかしさを表現した歌だ。

「でも、もうじき届きそうじゃない？」とボク。

「はい――まだ入口ですけど」

「星を見ながら、何を考えてたの？」

「今ですか？」

「うん」ロマンチックな答えを期待していたボクは、まだぴあのの性格を見くびっていたことを思い知らされた。

「うんちのことです」

「はあ!?」

「長期の宇宙飛行では再循環システムが必要不可欠です。水の再循環は現在の技術でも可能です。問題は固形の排泄物《はいせつぶつ》をどうするかです。微生物を使って分解して、食糧として再利用しようという研究もありますけど、あまり進んでないようなんですよね」

そりゃあ、うんちから作ったものなんて、誰も食いたくないだろうからな——いや、ぴあのはそういうのにこだわりがないのかもしれないが。

「でも、何年にも及ぶ宇宙飛行だと、絶対に必要になります。食糧をそんなにたくさん持っていくわけにはいきませんから」

「何年にも……って、つまり太陽系外ってこと？」

「はい」ぴあのはため息をついた。「でも、まだまだ克服《こくふく》しなくちゃいけない問題がいくつもあります。最も大きい障害は放射線です。宇宙ステーションでも一日に約一ミリシーベルトの宇宙線を被曝《ひばく》するんですが、太陽系外、つまり太陽風と外宇宙の星間粒子がぶつかって生じる衝撃波面《ショックフロント》の外側では、銀河放射線の量は地球低軌道の三倍から七倍にもなると言われています。一年間の飛行で被曝量は一〇〇〇ミリシーベルトを超えます。隣の太陽系であるケンタウロス座α《アルファ》星まで、光速でも四・三年——到着する頃には、確実に致死量《ちしりょう》に達してます」

「光速に近づけば、船内の時間は遅くなるんじゃ……？」

「同じですよ。主観的な時間経過が遅くなるだけで、被曝量が少なくなるわけじゃありません。速度に関係なく、宇宙を四年間飛べば、四年分被曝します」

「ああ、そうか……じゃあ、遮蔽《しゃへい》が必要だな。分厚い鉛《なまり》の壁が」

「鉄やなまりみたいな重い元素《げんそ》は、かえって危険です。宇宙線との相互作用で中性子《ちゅうせいし》を発生しますから。地球の大気と同程度の放射線遮蔽能力を得るには、厚さ四メートルのポリエチレンが必要とされています。でも、そんなもので宇宙船を覆《おお》ったら……」

「ものすごい大きさになるなあ」

ボクは笑った。建造中の試験機〈むげん〉はもちろん、ぴあのが構想している二号機でも、とうてい実現不可能だ。

彼女はまだ、太陽系外には出られない。

「でも、やってみせます」ぴあのはつぶやいた。「いつかは必ず実現します……」

15　太陽の怒り

　様々なトラブルや試行錯誤《しこうさくご》があって、予定より大幅に遅れたものの、二〇三一年二月末、ついにピアノ・ドライブ試験機〈むげん〉は完成した。

　三月三日月曜日、正式なマスコミ発表を行なう前に、まず関係者だけを集め、初の浮上試験が行なわれた。場所は川崎市にある工場内。組立中は横倒しだった〈むげん〉は、天井《てんじょう》からホイストで引き上げられ、直立させられた。四本の着陸脚を持つカプセルの表面は、純白に塗装《とそう》され、すっかり宇宙船っぽくなっていた。側面には〈MUGEN〉の文字。

　機体の各所には、直径一〇センチほどのリングが取り付けられていた。工場のあちこちから十数本のワイヤーが伸び、カラビナでリングに接続されている。着地している今の状態では、ワイヤーはかなり弛《ゆる》んでいた。浮上した際に、コントロールが利《き》かなくなって天井をぶち破ったり、機体がバランスを崩して転倒するのを防ぐためのものなのだ。もっとも、その心配はあまりないと考えられていた。その構造上、ピアノ・ドライブは暴走することはありえない。また、機体後方の四本の着陸脚が錘《おもり》となって機体を安定させているし、姿勢を制御《せいぎょ》するジャイロもある。

今回の実験は無人で行なう。〈むげん〉は機首のコクピットで操縦《そうじゅう》するが、外部から遠隔操作もできるようになっている。コントローラーは市販のゲーム機のそれを流用した。スイッチのオン・オフ、前進と逆推進、推力の強弱、それに三軸の姿勢制御だけなら、航空機のような複雑な操縦システムなど必要ない。十字キーとジョイスティック、それに四個のボタンで、ゲーム感覚で操作できるのだ。

数十名の関係者が見守る前で、コントローラーを手にしたぴあのは、「では、行きます」と宣言し、スイッチを入れた。

ボクたちはモニターに表示された二段のデジタル数字に注目した。上の段はピアノ・ドライブの推力をキログラム重の単位で示したもの。下の段は推力比、つまり推力を機体重量で割ったもの。最初はどちらもゼロだった。

ぴあのがコントローラーを操作すると、数値に変化が生じた。推力の数値が増加するにつれ、推力比も上がってゆく。

「〇・〇五」オペレーターが冷静に推力比の数字を読み上げる。「〇・一……〇・一五……〇・二……」

ボクたちは固唾《かたず》を呑《の》んで見守っていた。まだ〈むげん〉には何の変化も見られない。推力が重量を下回っているから、浮き上がらないのだ。何の物音もしないので、本当にピアノ・ドライブが正常に作動しているのか、重量が軽くなっているのか、ボクたちには分からない。

「何か効果音をつけるべきだな」沈黙に耐えかねたのか、越坂部《おさかべ》が冗談を洩《も》らした。「波動砲の発射の時みたいな、ウィンウィンウィンウィンってやつ」

だが、誰も笑わなかった。

「〇・七五」オペレーターの声だけが工場内に響く。「〇・八……〇・八五……〇・九……〇・九五……」

そして、「一・〇」という声が発せられた瞬間——

「おおっ⁉」カガシマ工業の年配の技術者がしゃがみこみ、〈むげん〉の着陸脚の先端を指差した。「浮いてる！」

みんながいっせいにしゃがみこんだ。彼の言う通りだった。着陸脚がコンクリートの床から離れ、数ミリの隙間《すきま》ができていた。

静かなどよめきが起きた。人々は「浮いてる」「浮いてる」とささやき合う。スマホやタブレットPCを使って撮影している者もいる。

「一・〇五……一・一……」

ボクたちが見守るうちに、脚《あし》と床の間隔はどんどん開いていった。もはや間違いない。〈むげん〉は重力に反して、気球のように浮き上がっている。弛んでいたワイヤーも持ち上がってゆく。

床から二メートルほど離れたところで、がくんと停止した。ワイヤーがぴんと張って、さらに上昇しようとするのを食い止めたのだ。

「一・二」

「推力を少し戻します」とぴあの。「ワイヤーに負担かけたくないので」

この場にいる者たちの中で、オペレーターとぴあのだけが冷静さを保っていた——内心の興奮を隠しているだけなのかもしれなかったが。

「一・一五」推力比の数字が戻ってゆく。「一・一……一・〇五……」

「一・〇二で安定させます」

その言葉通り、モニターの推力比の数値は、一・〇二でぴたりと停止した。今や〈むげん〉は、自らの重量より二パーセントだけ大きい推力でホバリングしている。

「おい!?」

真下《ましも》社長が止める間もなく、ぴあのはコントローラーを持ったまま、つかつかと前進した。張りめぐらされたワイヤーの間をすり抜け、〈むげん〉の真下に立つ。そこでくるりと振り返った。

「ご覧の通りです」

重量二〇トンを超える鋼鉄の円筒の下で、彼女は爽《さわ》やかな得意満面の笑顔を浮かべ、一同に微笑《ほほえ》みかけた。

「〈むげん〉の推力は地球の重力を上回りました——宇宙への道が開かれました」

嵐のような拍手が巻き起こった。

実験に立ち会った人々が撮影した多数の動画や写真が、その日のうちにネットに流れた。

とりわけ評判になったのは、ぴあのが〈むげん〉の着陸脚の先端を手の平に載せ、片手で機体全体を持ち上げているように見えるカットだった。彼女の「宇宙への道が開かれました」というコメントも紹介された。

無論、すぐにすべての人間が信じたわけではない。「天井から細いピアノ線で吊《つ》ってる」とか「CGだ」という声も多かった。そこで、マスコミを集め、屋外で公開浮上実験を行なうことになった。

今度はリモコンではなく有人で――つまりぴあのが乗りこんで操縦し、高度五〇メートルまで上昇する予定だった。〈むげん〉の性能をアピールするパフォーマンスだ。まだ航空局との折り合いがついていないので、あまり高くまで上昇はできない。

公開実験は、先の試験の二週間後、三月一七日月曜日と決まった。

だが、それはついに行なわれることはなかった。

二〇三一年三月九日、日曜日。

その日はオフだった。ボクはぴあのを秋葉原に呼び出した。〈むげん〉が完成したことで、彼女は殺人的なスケジュールから久しぶりに解放されていた。〈むげん〉を屋外に運び出し、固定し、点検する作業は、彼女の手を煩《わずら》わさなくてもできる。無論、またすぐに忙しくなるだろうが、つかのまでいいから気分転換をさせてやりたかったのだ。ぴあのの心が安らぐのは、テーマパークや映画などではなく、アキバ巡りだろう。

この頃、僕はすでに西浅草の古いマンションを引き払い、亀戸《かめいど》にあるもう少しましなマンションに引っ越していた。秋葉原にはJR総武《そうぶ》線が便利だ。電気街口の改札を出たところでARゴーグルを装着し、起動する。ビルの間を吹き抜ける風に、まだ冬の肌寒さはかすかに残っていたものの、空には雲ひとつなく、過ごしやすい日だった。駅前はまだAR特区ではないが、たくさんのタグバタフライが、風に舞い散る花びらのように飛び交っている。

秋葉原駅前は人が多くて目立つので、UDXビルの大型モニターの前を待ち合わせ場所に選んでいた。ちなみにその日のボクの格好《かっこう》は、ピンクベージュ系のブラウスに、やはりピンク系の花柄のキュロットスカート、脚にはニーハイブーツ。ウィッグはキャメルブラウンのロングカール。派手になりすぎて注目を集めない程度におしゃれしてきた。

ぴあのはすでに待ち合わせ場所に来ていた。マキシ丈《たけ》のパーカーワンピにデニムのベスト。頭にはニット帽、肩にはトートバッグ。適当にクローゼットの中にあるものを着てきたという感じのいいかげんな配色は、とてもトップアイドルには見えない。眼にはARゴーグルを装着している。最新型の水泳用ゴーグルぐらいのサイズのやつで、変装にはうってつけだった。

「お久しぶりです、すばるさん」

女装をしている時のボクを、彼女は必ず「すばるさん」と呼ぶ。会社で顔を合わせる時は「下里《しもさと》さん」。ガレージで正体を見破られた時以降、きっちり使い分けていて、間違えたことは一度もない。

「そう言えば、この格好で会うのって、半年ぶりぐらい？」

「そうですねえ。ここのところ忙しかったですし」

表通りの方へ歩きながら、ボクたちはどうということのない会話を交わした。ボクにとってはデートだったが、彼女にはそんな意識はなかったと思う。単に仲のいい女友達と街をぶらつき、骨休めをする——そんな感覚だったのだろう。

その方がありがたかった。異性として意識されない方が、彼女の傍《そば》にいられるから。

中央通りのAR特区は、ぴあのと初めて会った六年前より、さらに賑《にぎ》やかになっていた。壁面の立体広告が増えただけでなく、通行人たちもARを活用していた。この地区の公共サーバに接続すれば、誰でも自分の持っているCGデータをアップロードし、他の者のARと共有できるのだ。

仮想《かそう》キャラクターを連れて歩いている者が目立った。美少女を連れている男性や、美少年を連れている女性。数は少ないものの、男性を連れている男性や女性を連れている女性もいる。アニメやゲームのキャラなら、ぱっと見れば分かるが、中には本物の人間と変わりないリアルなキャラもいる。そういうのはぶつかってみるまで分からない。仮想キャラなら幽霊のように身体《からだ》をすり抜けるか、（設定によっては）紙のように吹き飛ぶ。

ARドレスを使用している者も多かった。四年前のコンサートでぴあのが使ったテクニックの応用で、使用者の動きにぴったり同期して動くコスチュームを、身体の周囲にARで投

ロボットなどの着ぐるみも思いのままだ。実際に作ろうとしたら金と手間のかかる豪華なドレスや、ロボットなどの着ぐるみも思いのままだ。本物のコスプレと違い、更衣室《こういしつ》も要らない。

ほんの数年で、アキバの歩行者天国は劇的な変化を遂《と》げていた。毎週日曜になると、生身《なまみ》の人間と、アニメやゲームの登場人物、モンスター、剣士、妖精《ようせい》、幽霊、宇宙飛行士、ロボットなどが入り乱れる、カオスな空間が出現する。毎週がハロウィンのようだ。一反《いったん》もめんが空を飛び、ドラゴンが火を噴く。パワードスーツを着た戦士がビームライフルを撃《う》ちまくっているかと思えば、格闘家が手からエネルギー弾を出している。魔法使いの女の子は、回転する魔法陣の上でポーズを取り、ステッキから七色の光を撒《ま》き散らす。テニスプレイヤーがラケットを振ると、ボールが火の玉となって飛んでゆく。

こうした風景も、もはやアキバだけではなくなっていた。日本各地に観光客目当てのAR特区ができていて、もう一〇〇箇所《かしょ》を超えているという。ARゴーグルの視野が広がったのと、秒速二・五メートル以上で移動中の使用を制限する機能が付いたことで、屋外での使用に関する法律を緩和《かんわ》しようという動きも出ていた。

「ほら、〝私〟がいます」

ぴあのは面白がっていた。高校生ぐらいの少年が、きらびやかなステージ衣装を着たぴあののを連れて歩いていたのだ。

無論、そうした立体映像はAR特区でみんなに披露《ひろう》するためだけのものではない。たぶんあの少年も、自分の部屋に帰ったら、ぴあののARをプライベートな目的で使っているのではないだろうか。そうした仮想上の存在との関係も、以前ほどは嫌悪感《けんおかん》を持たれなくなってきている——日本の出生率をさらに下げることになりかねないので、識者《しきしゃ》は頭を痛めていたが。

「楽しい時代になってきたね」

ボクは心からそう言った。父の世代では、「二次元に行く」「モニターから〝嫁〟が出てくる」というのは、実現不可能な夢だった。だが今や、二次元と三次元、仮想と現実が溶け合い、境界線が消滅しようとしている。いずれ全世界がAR特区になり、現実が完全に仮想に覆《おお》い尽くされる時代が来るのかもしれない。

無論、世界にはまだたくさんの問題が残っている。環境破壊、戦争、貧困……でも、ピアノ・ドライブが普及したら、そうした問題も少しずつ改善されてゆくのではないか。汚染物質を排出せず、燃料も不要なピアノ・ドライブは、従来の火力や原子力に比べて環境負荷《ふか》はきわめて小さい。また、月や小惑星の資源を地球に持ち帰る安価な手段が確立したら、レアメタルなどの貴重な鉱物資源をめぐる争いは解消されるかもしれない。そして何より、輸送コストの低下や宇宙産業の活性化は、世界的な好景気を招き、多くの人を潤《うるお》わせるはずだ。

そう、世界はこれからダイナミックに変わってゆく。ボクの隣を歩いている、一人の女性によって——ボクはそう予感していた。

だが、ぴあの自身はそうした地上の問題には関心がないようだった。環境問題にせよ景気の話にせよ、支援者を前にしたセールストークでは口にすることがあるが、ボクにはほとんどしたことがない。

　彼女の関心は宇宙にしかない。

「そうそう、この前、新しいコンパニオン、買ったんだ」

　特に目的もなく街をぶらつきながら、ボクは言った。手には昼食代わりのツナとレタスのクレープを持っている。ぴあのはチョコレートバナナ。

「ユリリンはどうしたんですか?」

「いやあ、愛着はあったんだけどねえ。でも、もうさすがに古くなったから」

　ボクは胸がちくりと痛んだ。ユリリンは何年も使ってきただけに、お払い箱にするのは嫌だったのだが、新しいコンパニオンをインストールするには、古いコンパニオンをアンインストールする必要があったのだ。コンパニオンには人間のような心はないんだと分かっていても、やはりヒトの姿をしてヒトのように喋《しゃべ》るプログラムを削除するのには、強い心理的抵抗があった。

　メカぴあののように人工意識を組みこんだ次世代のコンパニオンも、登場が近いと言われている。人工であっても〝心〟を持つプログラムに対し、人はきっと強い愛着を抱《いだ》くに違いない。コンパニオンを破棄《はき》することは、今以上に困難になるだろう。未来の人々は、一生を通じて、一人のコンパニオンだけをパートナーにするのかもしれない。

「でも、さすがに新型は頭がいいんだよね。けっこう気の利いた会話もできるし」

　ボクは歩行者天国の真ん中に立ち止まると、視野の端《はし》に浮かんでいるアイコンに触れ、コンパニオンを呼び出した。

「お呼びですか、ご主人様」

目の前の空中に、猫耳でミニスカートの小さな天使が現われた。小さな羽をぱたぱたさせて宙に浮かんでいる。この特区ではARデータは共有される仕様になっているから、ぴあのにも見えているはずだ。

「シャルルン、彼女が前に話した結城《ゆうき》ぴあのだよ」

「よろしく」

「うわっ、うわっ、うわー！」

シャルルンは驚きの表情を浮かべ、空中で何度もバク転した。

「あの有名な結城ぴあのさんですか？　歌はいつも聞いてます。お会いできてすっごく嬉《うれ》しいです！」

「声が大きい」ボクは注意した。「誰かに聞かれたらまずいだろ」

もちろん、その声は宙に浮いているシャルルン自身ではなく、ボクたちの着けているゴーグルから聞こえる立体音響なのだが、ARを共有している通行人が近くにいたら、そのゴーグルからも聞こえる可能性がある。

「そうでした。ごめんなさい。つい興奮してしまいまして」

ぴあのは微笑んだ、「私のどんな歌が好きですか？」

「やっぱり〈クリスマスには帰れない〉ですね。せつなくて、じんときちゃうんですよ」

何も指導しなくても、アドリブでこんな反応を示せるのが、新世代コンパニオンの優れたところだ。もちろんコンパニオンは、「つい興奮」したり、「嬉しい」と感じたり、「じんときちゃう」なんてあるはずがないのだが、感情があるかのように振る舞うのに長《た》けているのだ。そうした原理は、頭では分かっているものの、感情ではなかなか納得できない。シャルルンと会話していると、本当に人間のような心を持っているようにしか思えないのだ。

「他にもいろいろ質問してみて」ボクはぴあのにささやいた。「何でも答えるから」

「真空《しんくう》の誘電率《りつ》と透磁率《とうじりつ》と光速の関係は？」

人間の女の子なら面食《めんく》らう質問だが、シャルルンは動じない。

「真空の誘電率と透磁率の積の平方根は、光速の逆数です」

「海王星を発見したのは誰？」

「一六一三年、木星の衛星を観測していたガリレオ・ガリレイが新しい惑星を発見し、その位置をノートに記録しています。でも、この発見は二一世紀になるまで注目を集めませんでした。それまでは、一八四六年、ヨハン・ゴットフリート・ガレがユルバン・ルヴェリエの計算を基《もと》に発見したのが最初だと思われていました」

「そんな問題は易《やさ》しすぎるよ」ボクはぴあのに注意した。「ググるまでもなく、内蔵の百科事典に入ってるもの」

「そうですか。じゃあ……」ぴあのはちょっと考えてから言った。「今日の宇宙のお天気は？」

シャルルンの反応には数秒の間があった。宇宙の天気についての情報を検索しているのだろう。

「太陽表面にδ型《デルタ》の大型の黒点《こくてん》が出現しています。天文学研究大学連合の発表によりますと、一週間以内に大規模な――」

「ちょっと待って」ぴあのが険《けわ》しい表情で遮《さえぎ》った。「δ型？　β型《ベータ》じゃなく？」

「はい。先月の四日から一五日まで観測されたβ型黒点と同じものです。太陽の裏側にある間にδ型に変化したものと思われます。ハワイ・マウイ島のハレアカラ山にある太陽望遠鏡が――」

「写真を！」ぴあのの声が大きくなった。「黒点の写真を見せて！　可視光《かしこう》、Hα《エイチアルファ》領域のやつ」

ボクたちの前にウィンドウが開いた。バスケットボールほどの大きさのオレンジ色の光球――太陽が写っている。

その右端に大きな黒いしみがあった。三日月がひしゃげたような形をしているが、太陽の縁《ふち》に沿って湾曲しているからで、真上から見たら円に近いのだろう。

ぴあのの表情が蒼《あお》ざめた。

「大きい……」

ボクは「何かヤバいの？」と訊《たず》ねたが、彼女には聞こえなかったようだ。

「ここの拡大写真を」彼女はしみの部分を指差して言った。「解像度の高いやつ」

別のウィンドウが表示された。しみの部分をクローズアップしたものだ。いくつもの黒い穴からできており、その周囲に複雑なガスの流れが見える。

「X線衛星の写真は？　軟X線領域のを」

また別の写真が表示される。こっちに写っている球体は、黒とオレンジのまだらで、可視光の波長では黒いしみのように見えていた部分が白く光っている。強いX線を出しているということか。

ぴあのはさらに「温度分布」「マグネトグラム」「マイクロ波」「極端紫外線」などと命じ、シャルルンはそれに応《こた》えて次々とウィンドウを開いた。ぴあのの周囲の空中は、様々な波長で撮影された太陽の写真で埋まっていった。そのどれも、しみのあたりで大規模な活動が起きていることを示していた。だが、それが何を意味するのか、ボクにはよく分からない。ただ、ぴあのの表情から、異常な事態であることだけは察せられた。

ようやくボクは思い出した。六年前、『ポンと出るテレビ！』で彼女が言っていた、一〇〇〇年に一度、地球を襲うかもしれない脅威《きょうい》の話を。

突然、彼女はゴーグルをむしり取り、太陽を振り仰《あお》いだ。ボクもまねをする。しかし、当たり前だが、昼間の太陽はまぶしくて、まともに見ることなどできない。

と、彼女は走り出した。

「何!?　どうしたの!?」

ボクはわけが分からず、慌《あわ》てて後を追う。彼女は歩いてきた道を逆戻りし、秋葉原駅の方に向かっていた。若い女性二人が、スカートをひるがえして全力疾走《しっそう》する姿に、通行人が驚いて振り返っていたが、そんなことを気にしていられない。

ようやく駅の西側、総武線の高架《こうか》下の電気街の入口で追いついた。

「……フィルターです！」ぴあのはぜいぜいと息を切らしながら言った。「ここのビデオカメラの専門店……太陽撮影用のフィルターの自作キットが……」

「そうか！」

ボクたちはすぐに電気街に駆《か》けこんだ。


ドイツ製の太陽観測用フィルターシートを探し出すのに、五分もかからなかった。A4サイズで、見かけはアルミホイルのようだ。これをカメラのレンズの前に貼《は》って太陽を撮影するのだ。

ボクたちはそれを買うと、また外に飛び出した。万世橋《まんせいばし》の近く、空がよく見えるところで立ち止まり、フィルターを高く掲《かか》げる。銀色のシートの厚みは一〇〇分の一ミリ程度しかないが、光を九九・九九九パーセント遮ると謳《うた》われている。実際、まったくの不透明で、向こう側の風景が透《す》けて見えるということはなかった。

シートを通して見えるのは太陽だけだ。真っ暗なシートの中央に、白い円盤が浮かび上がっている。その端にある不吉な黒いしみまで、くっきりと。

「やっぱり……」ぴあのの声は恐怖でかすれていた。「肉眼で、こんなはっきり……」

「こんな大きな黒点に、今まで誰も気づかなかったの？」

「先月まで、少し大きめのβ型の黒点だと思われてたんです」

ぴあのは説明した。太陽黒点はその出現のしかたによって分類される。最も単純なのは単独で出現するα《アルファ》型。次に磁場《じば》のN極とS極のペアで出現するβ型。β型の近くに小さな黒点がいくつもあるγ《ガンマ》型、そして、さらに複雑な構造を持つδ型。

太陽は自転しているが、地球のような剛体ではなくガスのかたまりなので、自転速度は緯度によって異なる。赤道付近の自転がいちばん速く、極付近は遅い。一回転にかかる時間は、赤道付近で約二七日、太陽の赤道付近に発生した黒点は、自転によって太陽の裏側に隠れ、一三日半後にまだ消滅していなければ、再び表側に現われる。

今年の一月九日、太陽の端に黒点が出現した。それは一三日かけて太陽の表面を横切り、いったん裏側に隠れた後、二月四日にまた表側に出てきた。その時はまだβ型だった。β型の黒点は比較的安定している。このまま極大に達した後、静かに消滅するものと予想された。

しかし、その予想ははずれた。黒点は裏側にある間にδ型に変化し、大きさも観測史上かつてないほどに成長していたのだ。δ型は不安定で、太陽面爆発《ソーラーフレア》を起こす可能性が高い。

「でも……今年って太陽の活動期だったっけ？」

「いいえ。でも、フレアは活動期でなくても起きるんです」

ボクはまたシャルルンを呼び出し、この巨大黒点に関する情報を検索させた。

すでに天文学界には大きな波乱が起きていた。ツイッターでは専門家たちの激しい議論が巻き起こっている。スーパーフレアが起きるとしたら何日後か？　その規模は？　地球への影響は？

にもかかわらず、大手マスコミのニュースには、まだほとんど上がってきていない。マスコミ関係者には、この事態の意味が理解できる者が少ないのかもしれない。

「太陽研究の専門家の予想をまとめて」ボクはシャルルンに命じた。「特に、フレアが起きる時期、その規模について」

こんな大雑把《おおざっぱ》な要求でも、シャルルンは理解できる。発言者のプロフィールを検索し、専門家でない人間の発言を振るい落とすぐらいは朝飯前だ。

十数秒の検索ののち、シャルルンは答えた。

「フレアが起きるのは五日から七日後。想定される規模はX二〇〇から四〇〇です」

「四〇〇!?」

ぴあのが悲鳴のような声を上げた。彼女がこんなに取り乱すのを見たのは初めてだった。

「四〇〇って……大きいの？」

ぴあのはロボットのようにかくかくとうなずいた。

「一八五九年のキャリントンフレアがX一〇〇と推定されてます……その二倍から四倍……」

彼女の声は震《ふる》えていた。

「どうしましょう……文明が崩壊するかもしれません」

「公開実験を中止しろって!?」

午後四時。神奈川県のカントリークラブでゴルフを楽しんでいたところを、いきなり押しかけてきたぴあのに無茶な要求を突きつけられ、真下は仰天《ぎょうてん》した。

「来週月曜日の実験だけじゃありません」ぴあのは激しく詰め寄った。「コンサート、サイン会、テレビ出演、ネット出演、インタビュー、すべてキャンセルしてください。緊急事態です」

真下はまじまじとぴあのを見つめた。

「正気か？　何を言ってるのか分かってるのか!?　アイドルが仕事をキャンセルするってことは——」

「分かってます。誰よりも」ぴあのは強い決意をこめた口調で言った。「ファンの期待を裏切り、会社に多大な損害を与え、大勢の人に迷惑をかける……」

「だったら——」

「でも、早めにキャンセルして災害に備えないと、それ以上の大きな損害が発生するんです。どっちみち、スーパーフレアが起きたらコンサートも開けませんし、テレビも放送できませんよ。もちろんネットも。送電網が無事だったとしても、電力が回復するのに最低一日はかかるでしょうし、当分は特別番組ばかりです」

「おいおい」真下は笑った。「まるで世界の終わりみたいな話だな」

だが、ぴあのは笑わなかった。

「終わるかもしれません」

「おい……」

「対応を間違えたら、人類滅亡とまでいかなくても、今の文明が終わる可能性は十分にあります」

「………」

真下は落ち着きを取り戻そうと、周囲を見回した。

のどかな休日のゴルフ場だ。青々とした芝生《しばふ》。松林。澄んだ青空――どこにも世界の滅亡の兆候《ちょうこう》など見えない。

「これを見てください」

ぴあのは持参したフィルターシートを高く掲げ、西の空に傾いた太陽に向けた。真下の顔に影が落ちるようにする。

「見えますか？　太陽が」

「ああ」

「左端に黒点が見えるでしょ？」

白い円盤の端にあるしみに気がつき、真下は顔をしかめた。

「こんなちっぽけなのが？」

「小さいように見えますけど、幅は一三万キロ。地球一〇個分あります。爆発の際に放出されるエネルギーは最大で四掛ける一〇の三三乗エルグと推定されています」ひと呼吸置いて、「東日本大震災の二億倍と言えば分かりますか?」

真下は戦慄《せんりつ》した。

「これって何なんだ?　穴か?」

「太陽内部を走る磁力線の束が、彩層《さいそう》を貫いて表面に飛び出しているところです。暗く見えるのは、周囲より温度が低いからです。それでも約四〇〇〇度あるんですけど」

「それが爆発する?」

「はい。今はまだ端の方にありますけど、太陽の自転に伴って移動してきて、六日後には地球の方を向きます。そのタイミングでフレアが発生したら……」

「どうなるんだ?」

「最初に強力なX線が届きます。何分か遅れて高速の荷電粒子《かでんりゆうし》が、さらに半日ぐらい遅れてCMEが来ます」

「CME?」

「コロナ質量放出。それが地球を直撃したら大規模な磁気嵐が――」

その時、ぴあののスマホが着信メロディを奏《かな》でた。「ちょっと失礼」と言って電話に出る。

「秋穂《あきほ》さん?」

『ごめーん、今起きたとこ』

秋穂の声は眠そうだった。画面の中では、アニメ風にデフォルメされた秋穂のキャラクターが眼をこすっている。

『メール読んだ。何これ？　マジ？　早めのエイプリルフールじゃないよね？』

「マジです」とぴあの。「私が嘘《うそ》をついたことが一度でもありますか？」

数秒の沈黙。『……ないね、確かに』

「まだマスコミも騒ぎ出してません。たぶん、事態の重大さが理解できてないんだと思います。だからなるべく早く、多くの人に情報を伝えなくてはいけないんです。対策が遅れると被害が拡大しますから」

また数秒の沈黙。『……何すればいいの？』

「とりあえず、『ポンと出るテレビ！』でスーパーフレアを取り上げた回の録画を、YouTubeにアップしようと思ってます。あれが一般人に説明するのにいちばん適してますから。それで秋穂さんにも話を通しておこうと思いまして。理梨《りり》さんの許可はもう貰《もら》ってます」

『……それはいいけど、テレビ局の許可は？』

ぴあのはようやく、通話にタイムラグがあることに気づいた。おそらく通信衛星か海底ケーブルを経由しているのだ。

「まだ返答がありません。返答がなくても違法アップしようとは思ってますけど――あの、今どこですか？」

『……ギリシアのサントリーニ島。新しい映画の撮影に来てるの』

いちいちタイムラグによる沈黙が入るので、会話が途切れるのがもどかしい。

「撮影が終わるのは？　いつですか？」

『……予定では三日後だけど？』

「終わってもしばらく日本に帰らないでください。あるいは、予定を切り上げてフレアが起きる前に帰国した方がいいかも。国際線の旅客機は危険です。上空を飛行中にフレアが起きたら、被曝《ひばく》する可能性があります」

『……マジ？』

「マジです。即座に死にはしませんけど、癌《がん》になる確率が何パーセントか増えると思います。あと、人工衛星が壊れてGPSが使えなくなるので、飛行機のナビゲーションにも支障《ししょう》が出るかもしれません」

秋穂には『ポンと出るテレビ！』のコーナーの中で、GPSの原理についても解説している。これだけの説明でも理解できるはずだ。

『……分かった。注意する』

「気をつけてください。これからどんな混乱が起きるか、予想がつきません」

『……うん、あんたも気をつけて』

「はい――それじゃ、急いでますので」

ぴあのは電話を切った。

横で話を聞いていた真下の顔は、すっかり蒼ざめていた。

「おい、被曝って……」

「放射線に関しては、それほど心配は要りません」ぴあのは早口で説明する。「地球の大気はX線を完全に遮蔽《しゃへい》します。荷電粒子が大気にぶつかって二次放射線を生じますが、これもたいしたことはないでしょう。成層圏《せいそうけん》を飛んでいる飛行機に乗っている人以外、影響はありません」

そう言ってから気づく。フレアによって発生する放射線についても正しい情報を広める必要がある。世の中には「放射線」と聞いただけで震え上がり、平静さを失う人たちがいるのだ。その人たちがいいかげんな情報を撒き散らしたらパニックになるかもしれない。地球の厚い大気はきわめて優秀な放射線シールドであり、大気の底にいる限り影響を受けないということを、正しく、分かりやすく解説する必要がある。人類にとって大きな影響があるのは磁気嵐の方なのだということを。

「ああ、でも……」

ぴあのは表情を曇《くも》らせ、澄んだ青空を振り仰いだ。

「飛行機より上にいる人たちは、かなり危険ですね……」

「嫌だ」ロイ・メリディアンはにこやかな顔で宣言した。「私は降りない」

ザハール・バルバショフ船長は、すっかりあきれていた。

「そんな子供のようなことを……」

「子供？　子供に三五〇〇万ドルも出せるか？　それだけの金を出したんだ。私には文句を言う権利がある」

「しかし――」

「一〇日間だ！　一〇日間滞在するために大金を出した。地上で七ヶ月も訓練をやった。それなのに来た早々に帰れだと？　そんな理不尽《りふじん》な話があるか！」

メリディアンの頑固《がんこ》な態度に、ロシアの宇宙飛行士たちはすっかり困り果て、顔を見合わせていた。

ここは高度四〇〇キロメートルの国際宇宙ステーションISS2。エネルギア社の新世代宇宙船サラカプートに乗りこみ、ボストチヌイ基地から打ち上げられたメリディアンは、他の五人の飛行士とともに、七時間前に到着したばかりだ。ドッキングして移乗、無重力環境にしばらく身体を慣らした後、宇宙での一〇日間をたっぷり満喫する予定だった。

だが、スーパーフレアの発生が予想されたことで、ISS2に搭乗《とうじょう》している全飛行士に退避命令が出た。

フレアの規模は放射線の強度によって分類される。太陽表面ではCクラスやMクラスの小さなフレアは年間何十回も発生しているが、地球にはたいした影響を与えない。何年かに一度発生するX一～一〇クラスの大型フレアの場合、飛行士はステーション内の最も壁の厚い区画に立てこもり、放射線をやりすごすことになっている。旧ISSでもそうした事態は何度か起きた。

しかし、今回のスーパーフレアの規模は、最大でX四〇〇と予想されている。放射線量は通常のXクラスのフレアの四〇〇倍。退避区画の中にいても、被曝量は宇宙飛行士にのみ許された基準値（放射線業務従事者の約一〇倍）を軽くオーバーする。

危険はそれだけではない。大量のX線と荷電粒子が降り注《そそ》いだら、ステーションの機器類に重大な障害が発生する可能性がある。太陽電池パネルや空気循環システムにトラブルが起きたら、まさに生命に関《かか》わる。地上から救援に行こうにも、磁気嵐の影響で宇宙船が打ち上げられないという事態も考えられる。

こうした緊急事態に備え、ステーションには常に一機のサラカプート宇宙船がドッキングしている。メリディアンが乗ってきたのも合わせれば二機。旧ソユーズ宇宙船に替わって開発されたサラカプートは、ソユーズ宇宙船の倍、六名の飛行士を搭乗させられる。

現在、ステーションに滞在中の飛行士は、メリディアンも合わせて計一四名。アメリカ人四名、ロシア人八名、中国人二名だ。普段は六人から八人しかいないのだが、七時間前にメリディアンや交代要員が加わったせいで、一時的に大所帯になっているのだ。旧ＩＳＳより大きいとはいえ、これだけの人間が乗りこむとかなり狭苦しい。

二機のサラカプートで地上に降ろせるのは一二名。残った二名を救助するため、ＮＡＳＡは今月下旬に打ち上げる予定だったオリオン宇宙船のスケジュールを早め、一二日に打ち上げる準備を進めている。それは一三日にはＩＳＳ２にドッキングし、残った二名を収容して地球に帰還する予定だ。

当然、メリディアンもサラカプートに乗って帰還するよう言われている。だが、彼はそれを拒否した。一〇日は無理でも、せめて半分の五日間はここにいたい。自分は後から来るオリオンに乗って帰ると。

「宇宙船の打ち上げは延期になることだってあるんですよ」バルバショフは辛抱《しんぼう》強く説得しようとした。

「それはどうかな」メリディアンは笑った。「トラブルが起きて打ち上げが遅れたら、助からない」

「言っちゃなんだが、君たちロシアの宇宙船より、アメリカの宇宙船の方が信頼性が高いんじゃないかね？　――そう言えば過去に、カプセルの地球帰還が失敗して、飛行士が死んだことがあったな？」

「ソユーズの時代の話です」バルバショフは露骨《ろこつ》に不快そうな顔を見せた。「サラカプートは一度も事故を起こしたことはありません」

「私が言いたいのは」メリディアンは冷静な口調で言った。「どっちのリスクが大きいかなんて、簡単には判断できないということだ。だったら、ここは私自身に選ばせてくれてもいいんじゃないかね？」

「ツアーの契約書には」バルバショフはどうにか怒りを呑みこんだ。「こうした緊急事態の場合の項目もあったはずです。責任者の指示に従う。事故が起きても、ロシア政府やロシア宇宙局の責任は問わないと」

「ああ、そうとも。ロシア宇宙局の責任を問うつもりはない。私が追及するとしたら、個人の責任だ――つまり君だ」

バルバショフは仰天した。「私!?」

「そうだ」メリディアンは面白がっていた。「君の判断によって、私は三五〇〇万ドルの契約を反故《ほご》にされる。さて、賠償額はどれぐらいになるかな?」

「それは……脅迫《きょうはく》だ!」

「いや、大きな損害を蒙《こうむ》った者の当然の行動だ」

「私の判断は……ロシア宇宙局の意思を代表するものです」

だが、その口調には明らかに自信が欠けていた。メリディアンは勝利を確信し、微笑んだ。

「法廷でそう主張したまえ。言っておくが、我が社の弁護士たちは優秀だぞ?」さらにだめ押しをする。「長い裁判になるだろうな」

バルバショフは沈黙した。

「本当にバルバショフ相手に訴訟《そしょう》を起こして勝てると思ったんですか?」

離れてゆく二機目のサラカプートを窓越しに見送りながら、アメリカ人宇宙飛行士ナッシュ・ホイルは面白そうに言った。今年で五〇歳。ステーションに滞在している飛行士の中で最も年長である彼は、万一被曝した際に癌を発症するリスクも少ないと考えられたのだ。一二人の飛行士が去った今、このステーションには彼とメリディアンの二人しかいない。

「まさかな」

反対側の窓から青い地球を見下ろしながら、メリディアンは笑った。今、ステーションはヨーロッパ上空に差しかかっている。眼下にはスカンジナビア半島のフィヨルドの多い海岸線が見えた。

「はったり《ブラフ》だよ。ツアーの契約内容に関しては、私の方がはるかに詳しい。この場合は確かに、私には彼の指示に従う義務がある」

「それを知ってて脅《おど》したんですか？」

「駆け引きと言ってほしいね。ポーカーみたいなもんだ。負けることが確実な手でも、ブラフで勝つことに醍醐味《だいごみ》がある」

「そんな風にして業界を渡ってきたんですか？」

「まあね」

メリディアンは気持ちよさそうに宙に浮かびながら、ステーションの中を見回した。居住モジュールは直径三メートルほどの円筒形。決して広くはない、むしろ雑然としている。

だが、ここは彼が憧《あこが》れてきた宇宙なのだ。

「この場合は負けてもともと、賭《か》けてみる価値はあったと思うよ。せっかく手に入れた宇宙滞在の権利だ。太陽ごときの気まぐれで手放してたまるか」

「でも、船外作業体験は無理ですよ。フレアの危険があるし、第一、私一人じゃ安全が保証できない」

「分かってる。それぐらいは我慢《がまん》するさ」メリディアンは肩をすくめた。「せっかく持ってきた宇宙服が無駄になるのはもったいないがな」

再び窓の外に目をやる。西から東へと飛び続けるステーションは、明暗境界線を越え、地球の夜の側に入ろうとしていた。

窓の外が、すうっと暗くなった。太陽が地球の裏に隠れたのだ。一日に地球を一六周する宇宙ステーションの中では、昼と夜はすみやかに入れ替わる。

「明かりを消しましょう」ホイルが気を利かせて言った。「その方がよく見えます」

モジュール内の照明が消され、真っ暗になった。メリディアンは外を眺《なが》めていた。最初は真っ暗だったが、眼が慣れてくると、緑色の光が見えてきた。湾曲した地平線の縁に沿って、野火《のび》のように広がり、夜の地球を彩《いろど》っている。

「あれは……オーロラか！」

メリディアンは感嘆の声を上げた。

暗くて地形はよく見えないが、おそらくシベリアのあたりだ。太陽から降り注ぐ荷電粒子が、地球の磁場に沿って滑《すべ》り降りてきて、北極圏と南極圏に落下し、大気と衝突して発光しているのだ。

「ああ、今日はいつもより明るいですね」

メリディアンの肩越しに外を覗《のぞ》き、ホイルがつぶやく。もう一〇〇日以上もこのステーションに滞在している彼にとって、見慣れた光景だった。

「フレアの前兆か？」

「おそらく。δ型黒点の周囲では、小さなフレアが常に発生しています。荷電粒子の量も増えてるんでしょう」

それから彼は、ふと思いついて訊ねた。

「恐ろしくないんですか?」

「恐ろしい?　フレアがか?」メリディアンは笑った。「この美しさの前には、どんな恐怖も吹き飛ぶよ」

彼は燃え立つオーロラを見つめ、子供のように眼を輝かせていた。


四〇〇キロ下の地球では、被害を最小限にとどめるため、ぴあのやボクたちが懸命の広報活動を続けていた。

案《あん》の定《じょう》、政府や電力会社の反応は鈍かった。まったく対策マニュアルのない事態だし、政治家の中には「フレア」という言葉すら聞いたことのない者も多かった。ようやくメディアがスーパーフレアの脅威を報じはじめても、まごつくばかりで、最初のうち、緊急対策会議を開こうという動きすらなかった。狭苦しい地上の常識が彼らを縛《しば》っていた。一億五〇〇〇万キロ彼方《かなた》の太陽に何かあったからって、自分たちの生活に何の影響がある?

しかし、国立天文台や国際天文学連合、国連やNASAまでもが警鐘《けいしょう》を鳴らし、国民の間に不安が広がってくると、さすがに重い腰を上げなくてはならなくなってきた。

ボクたちはパニックを防ぐためにできる限りのことをやった。『ポンと出るテレビ!』の録画をネットに流しただけでなく、新たな説明動画を大急ぎで作成し、ネットにアップした。

「地上にいる限り、放射線被曝の心配はまったくありません」

ネットの生放送に緊急出演したぴあのは、視聴者に対して繰り返し強調した。

「太陽からの放射線はほとんどすべて、厚さ一万メートル以上の大気に吸収されます。二次放射線が窒素《ちっそ》原子《げんし》にぶつかって、炭素14の量がいくらか増えますが、環境に影響を与えることはありません。唯一、深刻な被曝を蒙る可能性があるのは、高度一万メートル以上を飛ぶ航空機です。フレアが発生する兆候が見えたら、ただちにすべての航空機を着陸させる必要があります。フレアが起きてからでは間に合いません。荷電粒子は光速の半分ぐらいの速度で飛来すると予想されます。爆発の光が見えたら、八分後ぐらいには地球に到達します。

こうしたスーパーフレアは、人類の歴史上、何度も起きたはずです。たとえば屋久杉《やくすぎ》の年輪に残っている炭素14の量から、西暦七七四年から七七五年にかけて、地球に降り注ぐ放射線の量が増えたことが判明しています。記録には残っていませんが、この時期にスーパーフレアが起きたと考える学者もいます。現在のように技術文明が発達していなかった時代、スーパーフレアによって強力な磁気嵐が起きても、誰も気がつかなかったんでしょう。現在は違います。世界中を送電網と通信網が覆っています。磁気嵐によって送電線や通信ケーブルに過大な電流が流れ、変圧器や通信機器が壊れたり、発火したりすることが考えられます。

ですから電力会社の方にお願いします。フレア発生の兆候が見えたら、ただちにすべての発電機や変圧器を送電線から切り離してください。それと、今すぐ稼働中の原発の停止をお願いします。原発の電源が喪失したら、メルトダウンが発生する危険があります。

それと、石油などのパイプラインにも注意してください。数十メートル程度の短いパイプなら問題はありませんが、金属製の長いパイプには電流が流れ、それが原因で腐食することが考えられます。火災の発生を防ぐため、当分はパイプラインによる石油の輸送は控えてください。

これをご覧になっている一般家庭のみなさんにもお願いします。フレアの発生が報じられたら、すべての電気製品のプラグをコンセントから抜いてください。電話線やテレビなどのケーブルもです。不便でしょうが、少なくとも二日以上、その状態を続けてください。磁気嵐が続いている間、ケーブルにつながっているすべての電気製品は発火の危険があると思ってください……」

無論、ぴあのだけではなく、同様の警告を発していた者は多くいた。天文学者や物理学者など、科学に詳しい者たちだ。しかし、ぴあのほど的確に、素人《しろうと》にも分かりやすくアピールできた者はいなかったと思う。

デマも乱れ飛んだ。「放射線を防ぐために地下に逃げた方がいい」とか「地球の終わりが来る」とか騒ぎ立てる者もいた。しかし、ぴあのや他の専門家たちのコメントが、何百倍にもコピペされてネット上に広がり、そうしたデマを圧倒していった。

一二日水曜日が終わる頃には、日本人の大半がスーパーフレアについての知識を身につけていた。デマを完全に根絶《こんぜつ》することは不可能だったが、それでもかなり抑《おさ》えこめたはずだ。海外でも同様にパニックの鎮静化を図っている人々がいて、それなりの効果を上げているようだった。

しかし、別のパニックが起きていた。食糧や日用品の買い占めだ。日本各地でスーパーに人があふれ、缶詰やインスタント食品、トイレットペーパーや乾電池を買いあさる光景が見られた。これぱかりはどうしようもない。磁気嵐の被害がどれほど続くのか、電気や通信がいつ回復するのか、誰にも予想できないのだから。

「でも、できる限りのことはやりました」

テレビでの生出演を終え、スターマイン・プロに戻ってきたぴあのは、だらしなくソファに沈みこみ、大きなため息をついた。目の回るような四日間だった。彼女も、ボクたちスタッフも、ほとんど寝ていない。すべての予定をキャンセルし、スーパーフレアについての広報に全力を注いだのだ。

「さっき、政府の公式発表がありましたよ」マネージャーの大畑《おおはた》も、あちこち飛び回るぴあのにつき合わされ、疲労困憊《こんぱい》していた。「国民への呼びかけが」

「どんな内容だ?」と真下。

「ほとんどぴあのが言ってたことと同じでしたね」

「遅いんだよ」真下はせせら笑った。「まあしかし、政府が我々のメッセージの正しさに太《たい》鼓判《こばん》を捺《お》してくれたわけだ。これでもう疑う奴もいないだろ」

「そうですね」

「というわけで」真下はぴあのに顔を向けた。「もう家に帰れ。よくやった。お前の出番は終わった。あとは政府と電力会社、それに国民みんながやることだ」

「はい……そうします」

ぴあのは疲れた身体に鞭打《むちう》ち、のろのろと立ち上がった。


そうではなかった。ぴあのの出番はまだ終わっていなかった。

その日の深夜、フロリダのケープカナベラルからニュースが飛びこんできた。ＩＳＳ２の飛行士救出のために打ち上げられたロケットが、発射直後、爆発したのだ。

16　人間的な問題

ＮＡＳＡのデルタⅣヘビー型ロケットは、直径約五メートル、全高約四一メートルの円筒形のＣＢＣ（コモン・ブースター・コア）を三本、横に並べた形をしている。中央のＣＢＣの上には第二段ロケットが、さらにその上には、ＩＳＳ２に向かうオリオン宇宙船のカプセルが搭載《とうさい》されている。かつてアポロ宇宙船を打ち上げたサターンＶ型より小さいとはいえ、それでも全高は八〇メートル近い。ぴあのたちの作った〈むげん〉の一〇倍以上、まさに怪物のような巨大ロケットだ。

発射台を離れた最初の十数秒、ロケットは空に向かって順調に上昇しているように見えた。しかし、急に傾きはじめた。地上からの見えない力に引っぱられているかのように、先端が水平を向いてゆく。ほぼ水平になった時点で、先端部の緊急脱出用ロケットが点火。飛行士二名を乗せたカプセルはデルタⅣから分離し、脱出用ロケットの推力にひきずられて宙を走る。すぐに画面のフレームからはずれて見えなくなった。

先端部を失ったデルタⅣはさらに傾き続け、途中からコマのように歳差《さいさ》運動をはじめた。尾部《びぶ》のノズルを激しく振り回し、螺旋状《らせんじょう》のロケット雲を引きながら、ほぼ垂直に近い角度で地表に激突する。地平線の近くで、核爆発を思わせるオレンジ色の火球が膨張《ぼうちょう》した。満載されていた大量の液体燃料に引火したのだ。遠すぎて爆発音はすぐに聞こえない。撮影者の「オーッ!」という絶叫。続いてピー音が何度も入る。興奮した撮影者が放送禁止用語を連呼しているのだろう。

違うアングルで撮影された動画もいくつもあった。事故当時のケープカナベラルには、大手テレビ局各社だけでなく、アマチュアの見物人も大勢いて、何百というカメラが墜落と爆発の一部始終を撮影していたのだ。幸い、落下地点は発射台より六キロも離れた沼沢地《しょうたくち》で、人はいなかった。

中には、脱出したカプセルがパラシュートを開き、地上に落下してゆく様子を捉《とら》えた映像もあった。報道によれば、カプセルは減速が間に合わず、かなりの速度で地上に激突したらしいが、二名の飛行士は軽傷を負っただけで済んだという。この事故による犠牲者はいない。いや、「まだいない」と言うべきか。ＩＳＳ２に取り残されたメリディアンとホイルがどうなるのか、まだ分からない。

「エンジンの異常のようには見えないなあ」

川崎市にあるカガシマ工業の工場内、技術者たちが一台のパソコンの周囲に集まって、動画投稿《とうこう》サイトにアップされたニュース映像やアマチュアが撮影した動画に見入っていた。中にはロケットに詳しい者も何人もいる。

「ノズルはどれも正常に噴射してる。ぶれもない。一方にまっすぐ傾いていってる感じだ」

そう分析したのは、主任技術者の榎延彦《えのきのぶひこ》だった。今年六三歳。若い頃、JAXA《ジャクサ》のロケット開発に関《かか》わったことがあり、種子島《たねがしま》宇宙センターでのH‐ⅡBロケットの打ち上げにも何度も立ち会っている。

「確か前に、ロシアのロケットが同じような事故を起こしたことがあったんじゃ？」

「あれはセンサーの取り付けミスだろ。経験の浅い技術者が、センサーを上下逆に取り付けてたんだ」

榎の周囲では、技術者たちが意見をぶつけ合っていた。

「今回の原因もそれに近いっぽいな。あの歳差運動は、姿勢を制御《せいぎょ》しようとして、逆の指示を出してる感じだ」

「となるとセンサーの異常か、ソフトウェアのバグか……」

「NASAがそんな初歩的ミスするか？」

「分からんぞ。シャトル計画が終了した後、大勢の技術者がリストラされてる。オリオン計画も予算不足で苦しんでたし……」

「けっこうかつかつのスケジュールで回してたんじゃないか？」

「おまけに今回は、打ち上げスケジュールを一週間以上も前倒ししてた」榎は深刻な顔で腕組みをした。「発射前の点検が不十分で、ミスが発見できなかったのかもしれんな」

榎たちの分析は、ずっと後になって正しかったことが判明した。事故の原因は、ロケットの姿勢を制御するプログラムのバグだった。レーザージャイロが検知したロケットの姿勢を基準に、自動的に正しい姿勢に戻すためのプログラムが、新しい航法機器《アビオニクス》の導入に合わせて書き直されたのだが、その際、一箇所《かしょ》だけ、数値のマイナス符号が欠落していたのが見逃《みのが》されたのだ。事前に入念にチェックしていれば発見できたはずのミスだった。その結果、プログラムはロケットを正しい姿勢に戻そうとして、逆に傾きを大きくする指令を出してしまったのだ。

「原因の究明《きゅうめい》は後でかまいません」

その声に、一同は振り返った。工場の入口、開け放たれた大きな扉の向こうから射しこむ外の光を背負って、ほっそりしたシルエットが立っていた。スラックスに無地のワイシャツ、水色のカーディガンというラフな格好《かっこう》。化粧《けしょう》もしていない。長い髪は後ろでポニーテールにまとめている。

「ぴあのさん？」技術者の一人が驚きの声を上げた。「今日はお休みだったんじゃ？」

ぴあのはその質問を無視し、つかつかと大股《おおまた》で一同に歩み寄った。

「今、考えなくてはならないのは、ＩＳＳ２にいる二人をどうやって救助するかです。方法はひとつしかありません」

そう言って振り向き、工場の外を指差す。

開け放たれた扉の向こうに、工場の中庭に立っている四角い構造物が見えた。三階建ての住宅ぐらいの大きさ。雨避《あまよ》けとマスコミの目から隠すため、青いビニールシートで覆《おお》われている。この建物内部からその構造物まで、数十メートルのレールが設置されている。そのせいで扉が閉められないのだ。

技術者たちは動揺した。

「えっ？　まさか……？」

「みなさん、ゴーグルを」

そう言って、ぴあのは持ってきたＡＲゴーグルを装着した。他の者たちも慌《あわ》ててそれに従う。

全員で画像を共有。ぴあのは空中に、映画館のスクリーンほどもある大きなモニターを出現させた。日本列島の地図だ。そこに西北西から東南東へ、赤い線が走っている。線は本州を分断するように、中部地方の上を通過していた。能登《のと》半島と若狭《わかさ》湾の間あたりから、太平洋側の伊豆《いず》半島へと抜けるルートだ。

「ＩＳＳ２の軌道《きどう》です。明朝五時三一分、伊豆半島の上を通過します」

ＩＳＳ２は赤道に対して五二度傾いた軌道を回っており、日本が属する北緯三五度線を、一周ごとに二回横切る。西南西から東北東へ、次に西北西から東南東へ。一日に約一六周。九〇分ごとに正確に同じ位置に戻ってくるものの、その間に地球は西から東へ、一六分の一だけ自転している。そのため、地球の側から見ると、ＩＳＳ２の軌道は一周ごとに約二二・五度ずつ、西へずれてゆくことになる。ちょうど日本の上を通過する機会は、一日に一回、あるかないかだ。

「その次にISS2が日本の上空を通過するのは明後日《あさって》の朝ですが、それでは間に合いません」ぴあのの説明は簡潔だった。「現在、天文学者の方々の予想では、スーパーフレアが発生するのは四〇時間後、日本時間の明日の夜ぐらいだろうと言われています。つまり明朝五時三一分しか機会はありません。これに合わせて〈むげん〉を打ち上げ、追いかけてランデヴーします」

「無茶だ！」榎が興奮して声を上げた。「まだ一度も飛んだことがないのに、ぶっつけ本番で――」

「ぶっつけじゃありません」ぴあのは冷静に言い返す。「少なくとも事前に一回、五万メートルあたりまで上昇して、姿勢制御の試験と、気密のチェックを行ないます。特に問題なのは気密でしょうね。宇宙に出ることを想定していない機体ですから。もし空気漏《も》れが見つかって、それが本番までに直せないようなら、あきらめるしかありません」

「しかし、宇宙に出るのは――」

「姿勢制御と気密さえ問題なければ、宇宙に出ても問題ないはずです――榎さん、最終点検さえ終えれば、いつでも飛べる状態なんですよね？」

「それはそうだが……しかし、誰が乗るんだ？」

「え？」一瞬、ぴあのは不思議そうにきょとんとした。「私に決まってるじゃないですか。他に誰がいるんですか？」

「決まってるって……」

にオートパイロットを装備してる時間はありませんから、操縦はすべてマニュアルでやらなければならないんですよ。ランデヴーのための軌道計算が頭の中でできる人が、他にいます？」

誰も反論できなかった。ぴあのの天才的頭脳なら、〈むげん〉を操縦しながらでも、ほんの片手間に運動方程式を解いて、ランデヴーに必要なベクトルと推力を鼻歌交じりに求められるだろう。だが、普通の人間にはそんなことは無理だ。

「待ってください」若い技術者が口をはさむ。「追いつくことは可能だとして、どうやって救助するんですか？　〈むげん〉は三人も乗れませんよ。コクピットが小さすぎる」

「それにランデヴーできたとしても、ドッキングできません」別の技術者が指摘した。「〈むげん〉のハッチはISS2のハッチと規格が合わない」

「知ってます。私が設計したんですから」

宇宙に出るつもりはなかったのだから、ハッチの規格をわざわざISS2のそれに合わせることはしなかったのだ。ドッキングできなければ、宇宙服を着て乗り移るしかない。しかし、こちらには宇宙服の用意がない。〈むげん〉の側のハッチを開けたら、コクピット内の空気が流出し、乗っているぴあのは窒息《ちっそく》する。

「このミッションのために、〈むげん〉に簡単な改造を加えます」

ぴあのは〈むげん〉の設計図を表示し、改造案を説明した。確かにそれはきわめて簡単で、半日もあればできそうだった。理屈で考えれば、二人の飛行士を救出するのに他に方法がないことも明白だった。しかし、技術者たちは動揺した。

あまりにも非常識なアイデア――まさにマッド・サイエンティストでなければ思いつかないような案。

「無茶だ！」

「アホらしい！」

「非常識にもほどがある！」

「どこが無茶ですか？」抗議の声にも、ぴあのは平然としていた。「この案に何か技術的な問題点がありますか？　あるなら遠慮なく指摘してください」

「ペイロードがオーバーするんじゃ？」技術者の一人が自信なさげに言った。「船外作業服を着た飛行士は少なくとも重量一五〇キロはある。二人で三〇〇キロ……」

だが、そんなことを考えていないぴあのではなかった。

「バッテリーの三分の二を下ろします。今回のミッションは二時間もあれば十分なはずですから。それでペイロードを稼《かせ》げます」

「放射線に対する遮蔽《しゃへい》がありませんよ。それにフレアの前兆で放射線が増えてるそうですし……」

「フレアが起きるまでは、たいしたことはありません。現在、ISS2での被曝量《ひばくりょう》は毎時〇・一ミリシーベルト程度です。ミッションが二時間で終わるとして、〇・二ミリシーベルト。

胸部《きょうぶ》X線写真を一枚撮影するより少ないです」

「放射線が機器に与える影響も考慮しないと」

「普通の宇宙船よりタフなはずです。複雑なアビオニクスは積んでませんから」

〈むげん〉はピアノ・ドライブとジャイロ、それを制御する機構以外、デリケートな電子機器をほとんど搭載していない。それは放射線によってダメージを受ける可能性が小さいことを意味している。

「他には？」ぴあのは呼びかけた。「問題点はないんですか？」

「技術的じゃなく心理的な問題だな」榎は複雑な表情をしていた。「飛行士がそんな案に賛成するとは思えない」

「はい。このミッションには大きな障害が三つあります」ぴあのは指を三本立てた。「そのどれも、技術的な問題ではなく人間的な問題です。第一に、真下《ましも》社長さんたちが許してくださるかどうか。第二に、みなさんが協力してくださるかどうか。第三に、飛行士の方たちが承諾するかどうか。言い換えれば、この三つの障害さえクリヤーすれば、あとはたいした問題は残っていません」

「社長たちの説得は……？」

「これからです。その前に、みなさんの協力を得ようと思いました。これが無謀《むぼう》な案ではないという保証が欲しいんです。社長さんたちを説得するために。どうかお願いします。みなさん、協力してください」

そう言って、深く頭を下げる。

それでも一同は尻ごみして、困惑《こんわく》した表情で視線を交わし合うばかりだった。ぴあのはしだいに苛立《いらだ》ってきた。

「みなさんは自分の作ったものに自信が持てないんですか？〈むげん〉が飛ぶわけがない、宇宙に行けるわけがないと思ってるんですか？ どうして？ これまでみんなで力を合わせて作ってきた、その努力の成果を信じられないんですか？」

「しかし、万が一のことが――」

「万が一のことなんて、どんなものにでもあります！」ぴあのは胸を張って言い返した。「自動車だって船だって飛行機だって事故を起こします。今度の事故のように、普通のロケットだって失敗することはあるんです。むしろピアノ・ドライブの方が液体燃料ロケットよりはるかに安全です。爆発することがないんですから。万が一――〇・〇一パーセントの危険なんて心配してたら、何もできないじゃないですか」

彼女は興奮を鎮《しず》め、一同を見渡した。

「私はピアノ・ドライブを信じています。〈むげん〉を作ってくださったみなさんを信じています。だからこそ、九九・九九パーセントの成功の可能性に、喜んで身を委《ゆだ》ねようと思うんです。それなのにどうしてみなさんは信じられないんですか？

みなさん、ご自分の心理をよく観察してみてください。このミッションに反対するのは技術的な理由からですか？ 違うでしょう？ 心理的な理由でしょう？ 世界で初めてのこと

すか？　だから。前例がないから。突拍子《とっぴょうし》もないから――そういう理由でためらってるんじゃないで

そうした古い常識は捨ててください。これまでのロケット技術や宇宙開発の歴史も忘れてください。純粋に、科学と論理だけで考えてみてください。このミッションの成功率がきわめて高いことや、これ以外に方法がないことが分かるはずです」

そこで言葉を切り、一同の反応を待った。

技術者たちは沈黙していた。ぴあのの言葉の意味を考えているのだ。彼女の言う通り、自分の心の中にある「無謀だ」という思いは、論理的なものではなく、単に常識に反しているからというだけなのでは……？

重苦しい時間がたっぷり一分ほど過ぎた頃、口を開いたのは榎だった。

「技術的な不安があるとしたらジャイロだな。ちゃんと動くかどうか、まだ実際にゼロGで試したことがない……」

「榎さん!?」

他の技術者が非難するような声を上げた。だが、ぴあのはほっとした様子で、にっこりと笑う。

「はい。ですから本番前にいったん成層圏《せいそうけん》上層まで上昇して、自由落下状態でテストしてみようと思います。うまくいかないようなら中止します」

「それと、ハッチの気密……」

「コクピットに気圧計を持ちこみます。気圧が下がるようなら空気漏れが起きているということですから、やはり中止します」

「あとは……」榎はにやっと笑った。「でも、「航空法違反だ、ということかな？」

「はい」ぴあのは笑い返す。「でも、人命救助という名目があれば許されると思います」

「よし！」

榎は決心して立ち上がった。

「とりあえず成層圏まで上昇する試験を実施。本番までに解決できない問題がひとつでも発見されたら、ただちに中止――それでいいよね？」

「はい。ありがとうございます！」

ぴあのはもう一度、深く頭を下げた。

「さあ！」

榎は部下たちの方を振り返り、ぱんぱんと手を打った。

「仕事にかかるぞ！　竹中《たけなか》と荻島《おぎしま》、お前らは自転車を調達してこい！　他の者はバッテリーを下ろす作業と、溶接の準備！」

「どなたか、ＩＳＳ２の通信機の周波数を調べてください！」

「ハーネスも必要だ！」

「厚いグローブをはめたままでも操作できるやつでないといけません！　あと、放射線計測器も！　高いやつでなくてかまいません」

工場内はにわかに活気づいた。

ボクが工場にやってきたのは、その日の午後だった。ぴあのとプライベートで会う時と違い、下里昂《しもさとこう》として、男の格好をしていた。

作業員の多くは中庭にあるビニールシートに潜りこみ、〈むげん〉の改造作業にかかっていた。近くには取りはずされたバッテリーや、分解された自転車が転がっている。みんな忙しそうにしていて、声をかけづらい。

ぴあのはというと、工場の隅《すみ》で、小型のボール盤を使って何か作業をしていた。

「これ、頼まれたもの」

「ああ、そこに置いておいてください」

ぴあのは作業を続けながら、振り返りもせずに言った。ボクは近くの作業台の上に、二つの大きな買い物袋を置くと、彼女の肩越しに覗《のぞ》きこんだ。ぴあのは色紙ほどの大きさのアルミ板に、ボール盤で穴を開けているところだった。慣れた手つきだ。

「街は意外に平穏だったな。店も普通に営業してたし。みんなまだ、異変が起きるって実感がないのかな」

しかし、ぴあのは返事をしない。世間のことになど関心がないようだ。

「何してるの？」

「二酸化炭素を吸着する装置を作ってます」

彼女は穴の開いたアルミ板を取り上げ、ふっと息を吹いて、削《けず》り滓《かす》を飛ばした。

「いちおう酸素ボンベは持っていきますけど、私の呼気でコクピット内の空気が汚染されるかもしれませんので、念のためです」

その板をすでに作っていた別の板と組み合わせ、ハンダ付けしてゆく。大きめの弁当箱ほどのサイズの箱を作るようだ。

「ゼオライトは買ってきていただけました？」

「ああ」

袋のひとつには、熱帯魚の店で買ってきた濾過用《ろかよう》のゼオライトが入っている。

「それをここに詰めて、ファンで空気を通します」

「そんなので二酸化炭素が除去できるの？」

「気休めみたいなものですけどね。ないよりましでしょ？」

「ねえ、本気なの？」

「私が本気じゃなかったことが一度でも？」

「まあ、ないけどさ……」

作業のじゃまをするのはまずい。ボクは近くにあったパイプ椅子《いす》に腰を下ろした。

「本気かって言ったのは、君の動機――人助けのためじゃないよね？」

ぴあのはハンダゴテを持った手を止め、ふっと微笑《ほほえ》んだ。

「さすがですね。下里さんには分かりますか」

「長いつき合いだし」

ボクは知っている。ぴあのにとって、人間も無生物もたいして違わないということを。会ったこともない人間の命なんて、石ころと同じで、どうなろうと知ったこっちゃないはずだ。なのに、危険を冒《おか》してまで助けに行こうとするなんて、ぴあのらしくない。

「ええ、そうです」ぴあのはハンダ付け作業を再開した。「工場のみなさんを説得するのにも、『人の命は大切だ』とかなんとか、ありきたりのことは言いませんでした。本音じゃないですから。私、嘘《うそ》はつけないんで」

「知ってる」

「ヒューマニズムに訴えるより、技術者の方々のプライドを刺激した方がうまくいくんじゃないかって思ったんです。自分の作ったマシンを信じられないんですかって。みんな心の中では、私と同じで、〈むげん〉の性能を信じてるはずですから」

「じゃあ、やっぱり本音は、ただ宇宙に出たいから？」

「それだけじゃありません。この異変がどれぐらいの被害を及ぼすか分かりませんけど、文明が崩壊しないまでも、世界中で景気の後退が起きるのは避けられないと思うんです。潰《つぶ》れる会社もたくさん出るでしょうし」

「だろうな」

「出資者が減ったら、〈プロジェクトぴあの〉も中止になるかも。それだけは避けたいんです。ですから異変が起きる前に、ピアノ・ドライブの有用性を世間にアピールしなくちゃならないと思ったんです。あと、ロイ・メリディアンって、すごく有名人でお金持ちなんだそうですよ。恩を売っておいたら、後でいいことがあると思って」

「したたかだなあ」

ボクは苦笑した。ぴあのは金儲《かねもう》けになど興味はない。ただ、ようやく開きかけた宇宙への扉を閉ざされたくないだけだ。そのために必死になっている。

「だけどさ」

「何ですか？」

「まさかとは思うけど、このまま〈むげん〉に乗って宇宙の果てまで飛び去ろう……なんて思ってないよね？」

「はあ⁉」ぴあのは手を止め、驚いた様子で振り返った。「私がそんなことするって思ってたんですか⁉」

「いや、だから、『まさかとは思うけど』って……」

「まさかでも思わないでください。確かに〈むげん〉は第三宇宙速度ぐらいは軽く出せますけど、太陽系外に出るのに何週間かかるんですか？　その前に酸素がなくなって死にますよ」

「だって君が考えそうなことだろ？」

「『長いつき合いだ』とか言ったくせに、私のことをそんな風に考えてたんですか？」ぴあのは本気で腹を立てていた。「私が宇宙を目指してるのは、宇宙と心中するためじゃありません、生きて帰れないミッションなんかやりませんよ。今度のミッションだって、確実に生還できると分かってるから考えついたんじゃないですか」

「ごめん。誤解してた」

ボクは素直《すなお》に頭を下げた。ぴあのなら宇宙のために命を投げ出すのではないかと思っていたのだが、そんなことはなかったようだ。

でも、やはり不安は残る。

「ちゃんと帰ってくる？」ボクは念を押した。「死んだりしないよね？」

「帰ってきますよ」作業を続けるぴあのの横顔に笑《え》みが戻った。「私は嘘はつきませんし、つけません」


真下と越坂部《おさかべ》が車を飛ばして工場に駆《か》けつけてきたのは、翌日の夜明けの二時間前、まだ空が真っ暗な時刻だった。こんなにも到着が遅れたのは、もちろん、ボクたちが故意に情報を止めていたからだ。準備が完全に整うまで、彼らには来てほしくなかったのだ。いよいよミッションの時刻が迫ってきたので、深夜にもかかわらず呼び出したのである。

「ぴあのは⁉　ぴあのはどこだ⁉」

真下は到着するなり怒鳴《どな》り散らした。

「それに――〈むげん〉はどうした⁉」

彼の声は恐怖と驚きでかすれていた。〈むげん〉が立っていた場所には、空っぽになったガントリーだけが取り残されていた。

ボクはにやにや笑いながら、顔の横で人差し指を垂直に立てた。

「何ぃ!?」

真下は暗い夜空を振り仰《あお》いだ。しかし、雲が多くて星は見えない。

「もう宇宙に行ったのか!?」

「まだです。今は成層圏で試験中です。いったん降りてくると思いますけど」

「下里！　てめえはクビだ！」

「いいですよ」

ボクはちっとも動じなかった。むしろ、いつも偉そうにしている真下の慌てふためく姿が見られて、痛快だった。

「でも、ぴあのはどうするんです？　彼女もクビですか？」

「あれじゃないか？」空を見上げていた越坂部が言った。「降りてきた」

ボクたちも見上げた。真上の空で、針の先のように小さな赤い光が二つ、点滅していた。雲を突き抜け、ゆっくりと降下してくる。見ようとすると、首が痛くなるほどそり返らなくてはならなかった。

ぴあのは大気密度が地表の一〇〇〇分の一ぐらいしかない五万メートルの高空で、ジャイロの試験を繰り返していたのだ。まず垂直に音速で上昇し、勢いがついたところでピアノ・ドライブを停止。地球の重力で引き戻されて落ちてくるまでの約一分間に、自由落下状態でジャイロを動かし、ちゃんと姿勢制御ができるかどうかを確認する。この時刻になるまで試験を待ったのは、ぎりぎりまで外部に知られてはならなかったのと、上昇時と帰還時に、羽田に離発着する航空機を妨害《ぼうがい》したくなかったからだ。

最初、見えるのは着陸脚に取り付けられた一対の赤いランプだけで、機体は闇《やみ》に沈んでいた。しかし、高度一〇〇メートルぐらいまで降りてくると、二個のランプの間に、円形をした灰色のシルエットが見えてきた。円筒形の機体を真下から見ているので、円に見えるのだ。

「すごいな」双眼鏡《そうがんきょう》を覗いていた榎がつぶやいた。「ぴったり真上だ」

何度か上下に往復運動をするうち、当然、〈むげん〉の空中での位置は発進地点よりわずかにずれたはずである。しかし、ぴあのはGPSを利用し、ずれを修正した。発進したこの工場に、正確に戻ってきたのだ。

やがて〈むげん〉は地上すれすれまで降りてきた。着陸脚が接地する直前、地面から一メートルほどの高さでホバリングする。発進時のポジションからは一メートル半ほどずれている。二個のランプはまだ点滅を続けていた。

「そのまま、そのまま」技術者の一人がマイクで指示していた。「姿勢を保ってください。微調整はこっちでやります」

榎やその部下たちが駆け寄り、四本の着陸脚にそれぞれロープをひっかけた。「せーの」という号令で、みんなで引っぱる。一方からあまり強く引くと機体が傾くので、呼吸を合わせて慎重《しんちょう》にやらなくてはならない。

その重量にもかかわらず、摩擦《まさつ》がないので、〈むげん〉はスムーズに動いた。最初のポジションに誘導する。着陸脚が接していた場所は、コンクリートにビニールテープで印がつけてあるので、すぐ分かる。

「位置決めOKです。推力、絞《しぼ》ってください」

指示に従い、〈むげん〉はゆっくりと降下した。秒速は一センチほど。正確に前と同じ位置に接地する。さらにピアノ・ドライブの推力が落ちると、重量がかかった着陸脚が、ぎいっと軋《きし》んだ。

すぐにガントリーが移動させられる。これも人力。車輪の付いたジャングルジムのような構造物は、人の手で押されてレールの上を滑《すべ》り、〈むげん〉を懐《ふところ》に包みこむ。機体各所にあるリングに転倒防止用のワイヤーが結ばれ、固定される。

「あれが……」機体の改造箇所を見つめ、真下は呆然《ぼうぜん》となっていた。「あんなもので宇宙飛行士を救助するのか……?」

「ええ、ぴあのはそのつもりです」

「正気か!?」

ボクは笑った。「彼女は最初から正気じゃないですよ」

先端部のハッチが開き、ぴあのが出てきた。スタッフの手を借りて、ガントリーの上に這《は》い上がる。ボクが買ってきた白いスキーウェアを着ている。実を言えば、ゼオライトより、あれを見つける方が大変だった。三月にスキーウェアなんて、スキーの専門店ぐらいでしか扱っていない。

「バッテリーの充電を！」彼女は地上に呼びかけた。「それとどなたか、ハサミを持ってきてください！」

「ハサミ？」

「なるべく大きな、裁《た》ちバサミか何か！　必要なんです！」

一人の若者が、ハサミを探しに建物の中に駆けこんだ。

ぴあのがガントリー側面のハシゴを降りてくると、技術者たちが興奮気味に取り囲み、質問を浴びせた。

「どうでした？」

「ジャイロのレスポンスは？」

「ARに支障は？」

「ありません」

「ゼロG酔いは？」

「なかったです。ただ、予想通り、ちょっと寒かったですね。やっぱり内殻《ないかく》の内側に真空《しんくう》断熱層を入れるべきでした」

結城《ゆうき》効果を生み出す超伝導コイルは、二重の船殻《せんこく》の間にあり、液体窒素《ちっそ》で冷やされている。コクピットは内殻のすぐ内側にあり、どうしても冷気の影響を受けるのだ。壁面が冷えて水滴が付着することもある。

「念のためにコクピット内にヒーターを増やしましょう。回路に結露《けつろ》するとまずいですから」

「他には？」

「何も。姿勢制御は完璧《かんぺき》でしたし、気圧もまったく下がりませんでした。これなら行けます」

それから彼女は、ぶすっとした表情で突っ立っている真下に初めて気がついたかのように、

「はあい、社長さん」と陽気に手を振ってみせた。

「見ていただけましたか？」

「……これはどういうことだ？」

真下は技術者たちを押しのけてぴあのに歩み寄り、にらみつけて低い声ですごんだ。

「どういうこと？　決まってるじゃないですか」試験飛行がうまくいったせいか、ぴあのは上機嫌だった。「リーチ・フォー・ザ・スターズの社長の越坂部さん、それにスターマインの社長の真下さんに、このミッションの最終承認をいただきたいんです」

「承認？」

「はい。承認がないまま飛び立ったら、会社の財産を勝手に持ち出したことになって、罪に問われますから」

「ふざけるな！　できるわけないだろう、こんなバカげた計画！　しかも俺たちに秘密で進めやがって！」彼はぐるっと技術者たちを指差した。「お前らもみんな同罪だぞ！」

しかし、ぴあのは陽気な笑顔を崩さない。

「このミッションの安全性は、みなさんが保証してくださっています」

「それがどうした⁉　我々は承認しないぞ！」

「でも、承認していただけない場合、お二人が悪者になっちゃうんですけど、それでいいんですか？」

「悪者？」

「二人の宇宙飛行士を救える計画が存在した。準備は万全で、実行の直前までいったのに、責任者の無理解で握り潰され、飛行士は見殺しにされた――こんな話が世間に流れたら、どうなるでしょうね？」

真下はたじろいだ。「それは……脅迫《きょうはく》か⁉」

「はい、脅迫です」ぴあのは無邪気《むじゃき》な笑顔で言ってのけた。「お二人は承認する以外、道はないんです」

真下はぽかんと口を開け、絶句していた。代わりに、それまで黙って聞いていた越坂部が口を開いた。

「……それは我々に対する背信《はいしん》だ」

「お二人が承認していただければ、背信じゃありませんよ」

「そんなふざけた理屈が通用すると思うのか？」

「思いますね」

越坂部は怒鳴り散らしたいのをこらえている様子だった。

「君をこのプロジェクトからはずすことだってできるんだぞ。自分がいなければ実現できないなんて思い上がるな。ピアノ・ドライブの特許は会社が握ってることを忘れてるんじゃないか？」

これは強力な脅《おど》しのはずだった。厳密には、まだ特許を申請しただけで承認されてはいないのだが、承認される可能性は高い。もしリーチ・フォー・ザ・スターズから追い出されたら、発明者であるぴあの自身がピアノ・ドライブを自由に使えないことになる。

それでも、ぴあのの余裕ある態度は変わらない。むしろその眼には、越坂部たちに対する哀《あわ》れみの色さえあった。

「だからそんなことをして、あなたがたにどんなメリットがあるんですか？　あなたがたのうさが晴れる以外に。デメリットだけじゃないですか。それより、商売人だったら、このミッションがうまくいった場合のメリットを考えてみてください。宇宙飛行士を救出できたら大ニュースです。ピアノ・ドライブの有用性が全世界にアピールできるんですよ？」

「く……」

越坂部は何か言おうとしたが、言葉を呑《の》みこみ、悔《くや》しげに歯ぎしりした。

彼の葛藤《かっとう》は分かる。「商売人だったら」という部分に反論できないのだろう。そう、将来的な利益を考えるなら、ぴあのの案に乗るしかないのだ。しかし、小娘にあっさり屈するのはプライドが許さない……。

そこに、ハサミを探しに行っていた若者が戻ってきた。「これでいいですか？」と、ぴあのに裁ちバサミを手渡す。ぴあのは「ありがとうございます」と言って受け取った。

彼女は左手を頭の後ろに回し、ポニーテールの根元をつかんだ。右手のハサミをそれに近づける。突然の意外な行動に、誰も止める暇《いとま》がなかった。

「おい!?」

真下が叫んだが、遅かった。ぴあのはためらうことなく、ポニーテールの根元にじょきじょきとハサミを入れていた。

切断した髪を無造作に地面に投げ捨てると、ショートカットになったぴあのは、「ふうっ」と頭を振った。

「低Gで髪が浮き上がって、眼にかかって鬱陶《うっとう》しかったんです」彼女はけろりと言った。「これで障害はなくなりました」

ボクは地面に散乱した髪を見下ろし、ショックを受けていた。いや、ボクだけじゃない。みんなそうだ。長い髪は、アイドル・結城ぴあのの魅力のひとつだったはずだ。それをこんなあっさりと……。

横を見ると、真下と越坂部も、捨てられた髪を見つめて愕然《がくぜん》となっていた。二人とも思い知らされたに違いない。このミッションにかけるぴあのの決意が、どれほど強いものなのかを、この髪が象徴していた。

説得などできるはずがない。

「さあ」ぴあのはさっぱりした様子で言った。「次は本番です」

もはや反対する者はいなかった。

午前五時二〇分。

日の出まであと数十分。東の空がすっかり明るくなってきた頃、工場の正門の方でトラブルが発生しているという連絡が届いた。門の前にパトカーが来ているというのだ。

「ははあ、ずいぶん遅いお着きだなあ」

榎は面白がっていた。前回の試験飛行は、羽田や成田のレーダー、それに自衛隊のレーダサイトでも捉えられていただろう。ロケットよりもゆっくり、垂直に上昇し、降下する正体不明の物体――まさにUFOだ。誰かが地図上で位置を照合し、この工場と結びつけ、正体に思い当たるのに、今までかかったということか。

何にしても、今、警官に来られるのは困る。これからやろうとしていることは、立派な航空法違反だ。しかも、チャンスはただ一度。警官に妨害されたら、取り返しがつかない。

「しばらく門を開けさせるな。二分だけ時間を稼げ」

彼は部下に指示すると、ガントリー上で待機していたぴあのに声をかけた。

「警官が来た。少し早いけど、飛べるか？」

「はい。飛べます」

ぴあのはそう言うと、するりとハッチの中に滑りこんだ。ボクが「がんばれよ」と言う時間もなかった。

ただちに固定用のワイヤーがはずされる。続いて、技術者たちが力を合わせてガントリーを移動させた。

ぴあのは少しも待たなかった。ガントリーが撤去《てっきょ》されるとすぐ、ピアノ・ドライブを起動したらしい。重力の束縛《そくばく》から解き放たれた〈むげん〉は、気球のようにふわふわと上昇してゆく。ボクたちはそれを見上げ、「がんばれー」「がんばってこーい」とエールを送った――ぴあのにはたぶん聞こえなかっただろうが。

数人の警官が中庭に駆けこんできた時には、すでに〈むげん〉は高度数十メートルに達していた。

「あれを戻しなさい！　飛行許可は出てないでしょう!?」

警官は目についた越坂部に詰め寄った。雰囲気《ふんいき》からして、彼がこの場の責任者だと判断したのか。越坂部は弱々しく苦笑してかぶりを振った。

「無理ですな。もう誰にも止められません」

いつの間にか雲は散り、合間から青空が広く覗いていた。今日は快晴になりそうだ。しらじらと明けてゆく空に向かって、〈むげん〉はぐんぐん小さくなってゆく。

「あれだ！」

誰かが別の方向を指差して叫んだ。

南西の空に光点が出現していた。平均的な星よりも明るい。それは水平線を離れ、雲に見え隠れしながら、南の空を滑るように横切ってゆく。知らない人間なら、高速のジェット機かＵＦＯだと思うかもしれない。

国際宇宙ステーションＩＳＳ２――まだ完成していないにもかかわらず、太陽電池パネルの幅は一〇〇メートルもある。高度四〇〇キロなのに、太陽の光を反射し、地上からでもくっきり見えるのだ。

〈むげん〉は上昇を続けながら、南東へと向かっている。ＩＳＳ２を追いかけているのだ。もう小さな黒い点にしか見えない。

突然、その点が明るく輝いた。

「何だ⁉」真下は狼狽《ろうばい》した。「爆発したのか⁉」

もちろん、そんなはずはない。〈むげん〉には爆発するようなものは何も積んでいないのだ。ボクはすぐに、その光の正体に気がついた。

「太陽の反射です。高空に上がったんで、東の水平線の下にある太陽の光が当たってるんです」

そう、地上ではまだ夜は明けていないけど、ぴあののいる高度ではもう朝なのだ。

「がんばれよ……」ボクはつぶやいた。


窓を持たない〈むげん〉だが、ＡＲシステムがあれば操縦に支障《ししょう》はない。コクピットの中で、身体《からだ》をハーネスでシートに固定し、ＡＲゴーグルを装着しているぴあのには、周囲の壁すべてが透明に見えていた。船外の各所に配置された二〇基のカメラの映像が統合され、三六〇度の奥行きのあるリアルな映像を投影《とうえい》しているのだ。周囲を取り囲む壁の存在は感じられない。シートと自分だけが宙を飛んでいるような錯覚《さっかく》が生じ、爽快《そうかい》だった。

身体にGはかからない。肉体を構成するすべての原子《げんし》にも、タキオン噴射によって船体と同じ加速がかかっているからだ。そのため、加速しているにもかかわらず、高所から落下するかのように、無重力に近い状態になっていた。

厳密に言えば完全にゼロGではなく、ほんのわずかだが機首方向に引っぱられている。Y場は船体を包みこんでいるものの、船体表面の薄い層や突き出た着陸脚には作用しておらず、その質量の分、船体の加速を妨《さまた》げている。そのため、乗員にかかる加速度は、船体にかかるそれよりもわずかに大きいのだ。しかし、計器によって分かる程度の小さなGで、ほとんど無視できる。

南の空を飛んでいるISS2の光は、彼女にもはっきり見えていた。そちらに向けて〈むげん〉の姿勢を傾け、加速してゆく。高度が上がるにつれ、空は青から黒に変わってゆき、眼下の水平線は丸みを帯びてきた。

突然、前方の水平線から太陽が顔を出した。肉眼では直視できなかっただろうが、カメラの映像は自動的に光量が調整されるので、まぶしくはない。それでも太陽はとても明るく、ぴあのは一時的にISS2を見失った。

慌てはしなかった、肉眼に頼らなくても、ISS2の軌道要素は頭に入っている。〈むげん〉をそれと交差する軌道に乗せるのは、彼女には造作《ぞうさ》もないことだ。こまめに姿勢制御を続けながら、水平線上に昇ってゆく太陽を観察する余裕さえあった。

日曜日には太陽の端《はし》にあった巨大黒点《こくてん》は、自転によって、今や太陽の中心に移動している。まっすぐ地球の方を向いているのだ。黒目の部分が極端に小さい眼球、という感じだった。円形ではなく、インクを何滴か垂らしたような歪《ゆが》んだ形をしている。迷信深い人間なら、悪魔か竜のシルエットを見たかもしれない。もしかしたら、古い伝説のいくつかは、かつて太陽面に発生した巨大黒点を目撃した古代人が、想像で生み出したのかもしれない——と、彼女は思った。

太陽に照らされ、真っ青な太平洋が眼下にはっきり見える。綿くずのような雲がいくつも浮かんでいる。すでに〈むげん〉の高度は一〇〇キロを超えていた。定義上は「宇宙」だ。だが、ぴあのは宇宙に出たという実感が湧《わ》かなかった。太平洋がとても近くにあるように感じられたからだ。国際線の旅客機から見下ろす景色と、あまり変わらない。

彼女は失望していた。ここはまだ、地球から「ほんの六二マイル」しか離れていない。半径六四〇〇キロの地球から、ちょっぴり飛び上がっただけ。地球の引力圏から離脱してさえいない。ここは地球という家の軒先《のきさき》にすぎない。

こんなところは、まだ「宇宙」じゃない。私の憧《あこが》れていた宇宙じゃない。

彼女は空を——愛する宇宙を振り仰いだ。しかし、そこには太陽が輝いていて、星はひとつも見えなかった。東に向かって飛び続けたので、太陽の高度が上がってきていたのだ。

ぴあのには、太陽がまるで悪意を秘めて自分を阻《はば》んでいるように見えた。高みから見下ろし、嘲笑《あざわら》っているように思えた。ちっぽけな虫けらの分際《ぶんざい》で宇宙に挑《いど》むとは、なんと不遜《ふそん》な。

虫けらしく、地上を這いずり回っていればいいものを。お前たちの築き上げてきた文明など、私のちょっとした不機嫌で崩れ去るほどもろいものなのだぞ。お前の命も、お前の熱い望みも、私の強大な力の前では、ロウソクの炎ほどのはかないものにすぎないのだ……。

だが、ぴあのは臆《おく》することはなかった。むしろ口許《くちもと》に不敵な笑みを浮かべ、太陽をにらみ返す。

「これはまた大きな箪笥《たんす》ね」

そう楽しそうにつぶやく。地球の一〇九倍もの大きさがある太陽でさえ、彼女にとっては箪笥——夢への前進を阻む障害物のひとつでしかないのだ。

「ああ、でも、それほど大きくはないかな」

そう自分に言い聞かせる。大きいように思えるが、太陽の半径は地球の軌道半径の二〇〇分の一、海王星の軌道半径の六五〇〇分の一、銀河系の半径の六八〇〇億分の一。地球から見れば明るく見えるというだけで、銀河系の中に何十億個もある平凡なG型恒星《こうせい》のひとつにすぎない。この宇宙には、太陽より何百倍も大きい星がごろごろしている。

彼女が愛し、求めるもの——宇宙全体から見れば、太陽というのは、なんとちっぽけでつまらない星だろうか。せめてヘルクレス座の球状星団M13ぐらい壮麗《そうれい》でないと、威張《いば》ってはいけないのではないか。

そう思えば、太陽もスーパーフレアもちっとも恐ろしくない。

「私をねじ伏《ふ》せられるものなら、やってごらんなさい」

彼女は一億五〇〇〇万キロ彼方《かなた》の太陽に向かって、挑戦の言葉を投げかけた。

「負けはしないから」


責任者である越坂部、真下、榎らが、事情聴取のために連行された後、残されたボクと技術者たちは、工場で朝のコーヒーを飲みながら、ひと仕事を終えた満足感を味わっていた。

間に合った――天文学者の予測では、スーパーフレアが起きるのは、日本時間の今日の夜。それまでには、ぴあのが飛行士たちを回収して戻ってくるはずだ。

あとは彼女の帰りを待つばかり――そう思っていた。

そこに、別室で朝のニュースを見ていた若い男が、慌てて駆けこんできた。

「まずいです！　フレアの予測が早まりました！」

ボクたちはいっせいに立ち上がった。

「何ぃ!?」

「黒点の活動が急に活発化したらしくて。今、ハワイの研究者から発表が――」

「早まったって、いつだよ!?」

「日本時間の午前一〇時頃……」

「あと四時間だと!?」


ＩＳＳ２では、ホイルとメリディアンが絶望的な努力を続けていた。

「これで全部か？　もっとないのか？」

「もうありません」

ステーション内にある備品——寝袋、タオル、宇宙服、宇宙食、飲料水パックなどなどを、可能な限りかき集め、ロシア側のモジュールのドッキングポートに集めていたのだ。ここはステーション内で最も壁が厚い。ありったけの備品を集めて壁を埋め尽くし、その中にたてこもれば、壁に加えて備品類が放射線をいくらか遮蔽してくれるのではないか……と考えたのだ。

だが、どう考えても、これで減らせる被曝量は微々《びび》たるものだ。気休めでしかない。

スーパーフレアが起きた際に被曝量がどれぐらいになるのか、正確な予想は難しい。フレアの規模だけでなく、持続する時間にもよるからだ。今のところ、ＩＳＳ２内での被曝量は、最大で一〇〇〇ミリシーベルトを超えるのではないかと予想されている。

一〇〇〇ミリシーベルトの放射線でも、数年間かけて被曝するのなら、たいした問題ではない。しかし、一度に被曝すると、かなりの確率で急性放射線症候群《しょうこうぐん》を発症する。即死はしないものの、骨髄《こつずい》の造血幹細胞《ぞうけつかんさいぼう》が破壊され、免疫力《めんえきりょく》が低下する。重症の場合、数十日で死亡する。もっと少ない、五〇〇ミリシーベルト程度の急性被曝でも、急性放射線症候群を発症する可能性がある。

「できる限りのことはやったか」メリディアンは観念したように言った。「あとは発症しない可能性に賭けるだけだな」

「あなたはギャンブルに強い方なんですか？」

「ああ。そうでないと業界で生き残ることなんかできんよ。もっとも——」と、恥ずかしそうに苦笑する。「今回はすでに賭けに負けてるんだがな」

ロシアの宇宙船に乗って帰還しなかったことを、彼は後悔《こうかい》していた。NASAのオリオンが失敗した今、世界各国の宇宙船で、今すぐ救助に来てくれるものはない。欧州宇宙機関のATV、ロシアのプログレス、日本の〈こうのとり〉など、無人の貨物補給船はあるが、それらは地球に帰還する能力はない。片道だけの使い捨てで、使用後は大気圏に落とされて燃え尽きる。

「とりあえず、最新の予報を聞こう。あと何時間でフレアが来るのか——たてこもる前に、トイレに行っておかないとまずいからな」

不安をまぎらわそうとメリディアンはジョークを飛ばしたが、ホイルが笑わなかったので、かえって気まずい雰囲気になった。

トンネルのようなステーション内を通り、通信機のあるモジュールに戻ってみると、スピーカーから若い女の声が響いていた。

『こちら日本の〈むげん〉。ISS2、応答願います。こちら〈むげん〉……』

「〈むげん〉？」

「日本の？」

二人は顔を見合わせた。

「聞いたことがあるぞ。しかし、まさか――」

ホイルは宙に浮いているマイクをつかんだ。

「こちらISS2。ナッシュ・ホイル」

『こちら〈むげん〉。ピアノ・ユウキです』

「ピアノだと⁉」メリディアンが叫んだ。「あのピアノ・ドライブの？」

その声はマイクに拾われ、ぴあのに届いていた。

『はい、そうです――良かった。さっきから呼びかけてるのに、ぜんぜん返答がなくて』

ぴあのの英語は流暢《りゅうちょう》だった。宇宙での交信で必要になると考え、何年も前から英語教室に通って練習していたのだ。

「どこにいるんだ？」

『あなたがたのすぐ近くです。窓の外を見てください。太陽電池パネルの上』

二人は慌てて窓から外を覗いた。それはすぐに見つかった。ステーションの側面から突き出た青い太陽電池パネルの上に、見慣れない宇宙機が浮かんでいる。真っ白な円筒形で、一方の端に四本の着陸脚。側面には〈MUGEN〉の文字。

「信じられない……」

窓の外を見つめて呆然となっているホイルから、メリディアンはマイクをもぎ取った。

「その宇宙船はピアノ・ドライブで飛んでるのか？」

『はい。あなたがたを救助に来ました』

「しかし、ずいぶん小さいぞ」ホイルが疑わしげにつぶやく。「三人も乗れるのか？」

メリディアンもニュースで見た〈むげん〉のデータを思い出した。確か一人乗りの試験機だったはずだ。

「三人乗れるのか？」

『はい。ただし、中には乗れるスペースがありません。ですから、外に乗っていただくことになります』

「外だと？」

『着陸脚の上の方、座席が見えますか？』

「座席？」

『少し近づけます』

白い宇宙機が、すうっと前進した。ホイルは仰天《ぎょうてん》した。こんなスムーズに動く宇宙機は見たことがない。

宇宙機は窓の横で停止すると、ゆっくりとロールした。窓の中の二人に、着陸脚の構造がよく見えるように。

「おい、まさか……」ホイルは蒼《あお》ざめた。「座席ってあれか？」

着陸脚には、数本の鉄パイプ、それに自転車のサドルが溶接されていた。身体を固定するためのハーネスも付属している。

『そうです』ぴあのは平然と言った。『そこに乗っていただきます』

17　魔法の宇宙船

「何だと!?　正気か!?」

ホイルがマイクに向かってヒステリックな声を上げたのも無理はない。しかし、ぴあのは冷静に返した。

『船外作業服を着ていては普通の椅子《いす》には座れないでしょう?』

その通りだ。宇宙服は厚い素材が何重にも重なっているうえ、真空《しんくう》中に出ると内側からの気圧でぱんぱんに膨らむ。「タイヤに手足を通しているよう」などと形容される不自由さなのだ。肘《ひじ》や膝《ひざ》などには蛇腹状《じゃばらじょう》の金属の関節が内蔵されていて、いくらかは曲がるものの、股《こ》関節《かんせつ》の可動範囲はきわめて小さい。どのみち宇宙空間の船外作業では、脚《あし》などほとんど使わないから、あまり動かなくても支障《ししょう》はないのだ。おまけに背中には大きな生命維持装置を背負っている。普通の椅子には座れない。

ぴあのが考えたのは、自転車のサドルに浅く腰を下ろす方法だった。これなら股関節がそれほど曲がらなくてもいい。背もたれに当たる部分は、金属のパイプを荒い籠状《かごじょう》に組んであり、生命維持装置をすっぽり包みこんで固定するようになっている。足も鐙《あぶみ》のようなものでになっている。

固定。腰や胸にはハーネスを装着し、さらに自転車のハンドルのようなものにつかまるよう

「宇宙服で大気圏突入なんて、無理に決まってるだろう!」

『従来の有人宇宙船とは違います。軌道《きどう》上で十分に減速し、音速以下になってから大気圏に突入しますから、空力《くうりき》加熱は発生しません。軟着陸の時も可能な限り速度を落とします。衝撃はありません』

「軌道上で減速する?」メリディアンは訝《いぶか》った。「そんな推力があるのか?」

『お疑いなら、性能をお見せします』

ぴあのは〈むげん〉を前進させた。白い小さな宇宙船は、電車が発車するようにスムーズに動き出し、宇宙ステーションの横を通り過ぎると、見る見る加速して小さくなっていった。ちっぽけな光点になり、眼下からの地球光にまぎれて見えにくくなる。窓にへばりついていたメリディアンたちは、一時的にそれを見失った。

しかし、十数秒後には戻ってきた。まるで見えないレールに沿って動いているかのように、飛んでいったコースを正確に戻ってきて、元と同じ位置にぴたりと静止する。

『いかがですか?』

「信じられん……」

初めて実際に目にするピアノ・ドライブの性能に、彼らは呆然《ぼうぜん》となっていた。

「噂《うわさ》は本当なんだな?」とメリディアン。「推進剤を使用しないというのは」

『はい。質量比は一です』

「ありえない……」ホイルがかすれた声でささやいた。「あの世でツィオルコフスキーが卒倒してるぞ」

ロケットは噴射によって推進剤を消費することで軽くなる。質量比というのは、ロケットがエンジンを噴射する前の質量を、噴射した後の質量で割った数字のことである。一九世紀末、「ロケット工学の父」コンスタンチン・ツィオルコフスキーが定めた公式によれば、質量比と噴射速度によって最終到達速度が決まる。質量比が大きいほど、つまり船体質量に占める推進剤の量が大きいほど、最終到達速度は大きくなる。

ピアノ・ドライブはその法則に真っ向から逆《さか》らっている。質量比は一。つまり推進剤をまったく使わずに加速する。

だが、実際に目にした以上、信じないわけにはいかない。現代の宇宙船が大気圏突入時に猛烈な空力加熱にさらされるのは、減速に用いる推進剤の量が限られているからだ。秒速七・九キロ（時速二万八四〇〇キロ）の第一宇宙速度より少し遅い速度で突入し、空気抵抗を利用して減速しなければならない。しかし、推進剤の制限のないピアノ・ドライブなら、大気圏外でいくらでも減速できることになり、大きな空力加熱の生じない速度で安全に大気圏突入が可能だ。

理論上は納得できる――だが、感性と常識がなかなか受け入れてくれない。宇宙船が大気圏に突入する際には、空力加熱にさらされて真っ赤に燃え上がるものというのが、これまで

『こちらヒューストン』別の声が通信に割りこんできた。

『さっきから誰と話してるんだ？　女性の声が聞こえているようだが？』

メリディアンたちは気がついた。おそらく〈むげん〉の通信機は最小限のサイズで、送信出力がきわめて小さいのだろう。おまけに太陽活動の活発化で電波雑音も発生している。近くにいる彼らにはぴあのの声が明瞭《めいりょう》に聞こえるが、地上では受信しにくいのかもしれない。

「こちらISS2」ホイルが返答した。「日本の宇宙船〈むげん〉がランデヴーしている」

『日本の？』

「ああ。信じられないが、ピアノ・ドライブを搭載《とうさい》していると言っている」

ホイルが自分の見たものを報告すると、通信機の向こう――テキサス州ヒューストンにあるジョンソン宇宙センターは混乱に陥《おちい》った。彼らが幻覚《げんかく》を見てるんじゃないかという声も上がった。腹を立てたホイルは、外部カメラに映る〈むげん〉の映像を送信し、その実在を証明した。

ホイルとメリディアン、それにNASAの関係者たちとの間で、何十分にも及ぶ協議が行なわれた。NASAはぴあのの救出案に断固として反対の意向を示した。〈むげん〉には実績がない。ピアノ・ドライブなるものが本当に信頼できるのか分からない。そんなものに命を預けるなど無謀《むぼう》きわまる……。

メリディアンはぴあのの擁護《ようご》に回った。ではどうしろと言うのか。このまま避難せずにいて、致死量の放射線を被曝《ひばく》するのを待てと言うのか。ステーションが地球をほぼ一周する間、地上と宇宙の間で、電離層《でんりそう》を貫いて激論が飛び交った。被曝しても必ず死ぬとは限らない。症状が軽くて済む可能性もある。そんな希望的観測が正しいという保証はあるのか。そんなことを言ったら、ピアノ・ドライブが信頼できるという保証はあるのか。NASAのロケットのように爆発しないのは確かだ。あんな事故はめったに起こらない。原因が究明《きゅうめい》できるまでは次のロケットは飛ばせないのではないのか。フレアが去ってから君たちを救援に向かうのは、ロシアか中国の宇宙船だ。それこそ信頼できるのか……。

メリディアンはかなり〈むげん〉に乗る気になっていた。新しいものにチャレンジするのが大好きな性格なのだ。しかし、ホイルの心はまだ揺れている。被曝を恐れる反面、未知のテクノロジーに命を預ける決心がつかないでいる。

どちらか一人だけを乗せるわけにはいかない。〈むげん〉は小さいので、重心線から離れた場所に人間一人が乗っただけで、推力バランスが崩れる。必ず二人の人間が、それも船体の両側に乗らなくてはならないのだ。つまり二人とも乗るか、二人とも乗らないかのどちらかだ。

毎度のことながら、自分以外の人類の頭の回転の遅さに、ぴあのはいらいらさせられていた。しかも今回は、二人の命がかかっている。放射線計測器の数値は不気味な上昇を続けており、フレアの発生が迫っているのは明らかだ。退避が遅れれば、二人とも深刻な被曝を蒙《こうむ》る可能性がある。なのになぜ彼らは、瑣末《さまつ》な問題やプライドや常識に縛《しば》られて動こうとしないのか。どうして人類というのはいつもこうなのか。

簡潔に事実だけを述べ、後は彼らの議論の結果が出るのを待とうと思っていたぴあのだったが、ついに我慢《がまん》できなくなり、強い口調で割って入った。

「失礼ですが、大気膨張《ぼうちょう》の危険性を考慮に入れておられないのではないですか？」

耳慣れない言葉に、メリディアンは当惑《とうわく》した。宇宙飛行士の訓練でも聞いたことのない用語だ。

「何だ？　大気膨張って？」

そうホイルを問い質《ただ》す。ホイルは気まずそうな顔で答えなかった。メリディアンは苛立《いらだ》った。

「正直に言え。どういうことなんだ？」

ホイルはしぶしぶ説明した。

「この高度でも、ほんのわずかですが空気分子《ぶんし》が存在します。地表の四〇〇〇億分の一ぐらいの。そのせいで宇宙ステーションや低高度の衛星には、ごくわずかなブレーキが常にかかっていて、少しずつ高度が落ちていきます。だからちょくちょく噴射して、高度を保たなきゃいけない……」

「それぐらいは知ってる」

「大規模なフレアが起きると、上層大気が熱せられて膨張するので、この高度でも分子の数が増えるんです。抵抗が大きくなり、低高度衛星の寿命が短くなる。ましてスーパーフレアとなると……」

メリディアンは蒼《あお》ざめた。「……どれぐらいで落ちるんだ？」

「分かりません」

メリディアンはすぐにマイクに向かって怒鳴《どな》りつけた。

「大気膨張のことを隠してたな⁉」

『隠してたわけじゃない』ジョンソン宇宙センターの担当者は冷静だった。『余計な情報を与えて、君たちに不安を与えまいと……』

「余計な情報⁉　我々の生命に直結してる問題じゃないか！　なぜそれを正直に説明してくれなかった⁉」

担当者はのらりくらりと言い逃《のが》れをしたが、すでにメリディアンの心証《しんしょう》は決定的に悪くなっていた。

「正直に答えろ！　ステーションが大気圏に落下するまでどれぐらいかかるんだ⁉」

『分からない――不確定要素が大きすぎるんだ。誰にも予測できないだろう。しかし、すぐに落下するわけじゃない。少なくとも数週間は……』

「ロシアか中国が数週間以内にロケットを打ち上げられる可能性は？」

『順調に行けば……』

「順調に行かないかもしれないだろう⁉」

メリディアンはホイルに向き直った。

「決めた。ピアノ・ドライブに賭《か》けるぞ」

「その決意は覆《くつがえ》らないんですか？」ホイルがかすかな期待をこめて訊《たず》ねた。

「ああ」メリディアンは力強くうなずいた。「爆発の時刻が近づいてる。このまま何もせずに破滅を待つのは、私の性分《しょうぶん》じゃない。どうせ死ぬなら、悪あがきしてみたい」

「それがあなたの生き方ですか？」

メリディアンは笑った。

「その分析は正しいな──君はどうする？　ヒューストンの連中の石頭と弱腰を信じて、ここで放射線を浴びるか？　それとも──」と、窓の外を指差す。「物理学をひっくり返したあの娘の才能を信じるか？」

「あなたの決意が覆らないなら、答えは後者しかないんでしょう？」

「そうだな」

ホイルはため息をついた。「夏には初孫が生まれるんです。その顔を見たい──分かりました。あのＳＦコミックスから来た宇宙船に賭けましょう」

ようやく二人が〈むげん〉に乗る決心を固めたものの、それからが大変だった。ぴあのは宇宙服を着るのがどれほど大仕事か知らなかったのだ。

体温上昇を防ぐ液冷式のアンダーウェアの着用にはじまり、上下に分かれた宇宙服の下半身部分にまず脚を通して、上から上半身部分をかぶり、腰の部分で接合。生命維持装置を背負い、ホースやケーブルをつなぐ。ヘルメットをかぶり、首の部分のリングでロックして、気密の確認と気圧の調整。空気残量の確認、電気系統の確認、通信装置の確認……やるべき手順は山ほどある。最初に慣れないメリディアンにホイルが手を貸して着せてやり、次にホイルが着るのをメリディアンが手伝った。そのため、時間は一人の場合の二倍かかった。

その間にぴあのは〈むげん〉を一八〇度回頭し、進行方向に尾部《びぶ》を向けていた。二人が乗り移ったら、すぐに減速をかけられるように。

エアロックを通過して外に出てからが、また大変だった。宇宙遊泳が初めてのメリディアンをホイルが誘導して、数メートルの真空を渡り、〈むげん〉に移乗する。まずメリディアンが座席（のようなもの）に着くのをホイルが手伝い、身体《からだ》を固定するハーネスを締めてやる。地上では簡単な行為だが、ふわふわ浮いている状態で、厚いグローブをはめて行なうのだから、ベテランの宇宙飛行士でも面倒な作業だ。それが終わるとホイルは反対側に移動し、一人で同じ作業を行なう。誰にも手伝ってもらえないので、さらに厄介《やっかい》だった。通信回線を通して、何度もぼやきや下品な罵《のの》りが発せられた。

ようやくすべての作業が完了。万一にも宇宙に漂流してしまうのを防ぐため、それまでホイルは命綱を装着していたのだが、ようやくそれを切り離した。

『こちらヒューストン』通信機から緊迫《きんぱく》した声が響く。『X線観測衛星がX線の異常上昇を検知してる。はじまったぞ』

ぴあのもそれに気づいていた。放射線計測器の数値が急上昇を開始している。スーパーフレアが起きたのだ。

地球の何十倍もの大きさがある黒点《こくてん》だ。爆発も一瞬ではなく、何十分もかけてじわじわと進行する。紫外線、X線、ガンマ線などの電磁波《でんじは》はさらに上昇するだろうし、数分後には荷《か》電粒子《でんりゅうし》の嵐が押し寄せてくる。このままでは危険だ。

進行方向と反対方向に機首を向けているので、今、ぴあのの真正面には西の水平線が見えていた。あれは大西洋だろうか。湾曲した青い大気層のすぐ上に太陽が輝いており、急速に沈みつつある。地上で見る日没の十数倍の速度だが、それでもまだ沈むのに数分かかりそうだ。

くっきり見えていた黒点は、薄れて消えつつあった。フレアの輝きにかき消されているのだ。

「ハーネスはきちんと締めましたか？」ぴあのは確認した。

『ああ、いつでもOKだ』とホイルの声。

「太陽から逃げるために、いったん加速します」

『加速？』

「回頭している時間がないんです。お二人には上向きのGがかかります。頭に血が上《のぼ》ることになりますが、少しの間ですから、我慢してください」

『おいおい、聞いてないぞ』

『ちょっとした絶叫マシンだな』メリディアンの声は面白がっていたものの、やはり不安は隠せていなかった。

「しっかりつかまっててください」

ぴあのはそう言うと、コントローラーのボタンを押した。


ホイルとメリディアンはハンドルを握り締めていた。身体が上に引っぱられる感覚が生じたかと思うと、巨大なステーションがすうっと上に（つまり〈むげん〉の機首方向に）移動しはじめた。実際はこっちが逆方向に前進しているのだが。

『加速度を上げます』とぴあのの声。『何かトラブルが起きたら教えてください』

加速度が大きくなるにつれ、全身の血が頭に集まってくるのが感じられた。逆立《さかだ》ちしてエレベーターに乗っているようだった。

上下の感覚が逆転した。今や機首方向が「下」に感じられる。彼らは逆さで宙吊《ちゅうづ》りにされ、はるか下にある太陽を見下ろす格好《かっこう》になっていた。遠ざかるステーションは、どんどん小さくなり、太陽に向かって落ちてゆくように見える。やがて太陽の輝きにまぎれて見えなくなった。

「まさにスター・ツアーズだな」メリディアンは不安をごまかすために軽口を叩《たた》いた。

太陽が西の水平線に沈んでゆく。〈むげん〉が地球の影の側に回りこんでいるのだ。やがて太陽が大気層に遮《さえぎ》られて赤く染まったかと思うと、地球の丸みの向こうに、すうっと吸いこまれるように消えた。

〈むげん〉は闇《やみ》に包まれた。


上がりかけていた放射線計測器の数字が急降下しはじめたので、ぴあのはほっとして加速度を落とした。今や地球が放射線を防ぐ盾《たて》になってくれている。

「無事ですか？　何か異常は？」

『ない――と思う』とホイル。

だが、安心してもいられない。このまま軌道を進み続けたら、じきにまた地球の影の外に出てしまう。

「減速を開始します。今度は反対方向にGがかかりますから、備えてください」

そう言ってコントローラーのボタンを押す。

〈むげん〉は減速しはじめた。メリディアンたちはさっきまでとは逆に、座席に背中を押しつけられる形になった。この体勢はさっきよりずっと楽だ。加速度は地球の重力よりやや強い程度。エレベーターに乗っているようなものだ。

軌道速度が低下するにつれ、〈むげん〉は地球の重力に引かれてゆっくりと落下しはじめた。ぴあのは慎重《しんちょう》に〈むげん〉の姿勢を制御《せいぎょ》し、垂直に近づけてゆく。

まもなく〈むげん〉は、地球に対してほぼ垂直に立つ姿勢になった。軌道速度はほとんどゼロ。真っ暗な地球に向けて落ちてゆく。ハンドルにしがみついているメリディアンたちは生きた心地《ここち》がしなかった。もしピアノ・ドライブが停止したら、何十万メートルも落下して大地に叩きつけられる。

「だいじょうぶなのか?」メリディアンは不安を口に出した。「何か問題は?」

『ありません』とぴあの。『でも、なるべく早く着陸したいですね』

それからさらに、彼らは無言で闇の中を落ち続けた。

今や方位もよく分からない。暗い地球の縁《ふち》に沿って、緑色のオーロラが野火《のび》のように光っているのが見えた。あれは南極の方だろうか。荷電粒子が太陽から殺到《さっとう》しているのだ。

「今、高度はどれぐらいだ?」

『高度一〇〇キロを切りました。予定通り、対地速度は秒速三〇〇メートル』

彼らは今、時速約一〇〇〇キロで落下している。それにしては風をまったく感じない。この高度での大気密度は、まだ地表の一〇〇万分の一以下でしかないからだ。

「すごいな」メリディアンはつぶやいた。「宇宙船の外につかまって大気圏突入したのは、我々が初めてだ」

彼は首をめぐらし、どうにか地上の方に目をやろうとした。背中の生命維持装置がじゃまで、真下の方向は見えない。しかし、丸みを帯びていた黒い地平線が、だんだんと平らになってくるのが分かった。

暗い地表には、ぽつりぽつりと集落の灯《ひ》が見えた。大気層による光の屈折《くっせつ》で、ロウソクの火のようにゆらめいている。大きな都市ではなさそうだ。

「あれはどのあたりだ？　今、降下している目標は？」

『分かりません』

「分からない？」

『数分前にGPSがダウンしました。北アフリカ東部のどこかなのは確かなんですが』

GPS衛星が大量の放射線を浴びて故障したのだろう。一機や二機の故障ならカバーできるのだが、おそらく何十機もいっぺんにやられたに違いない。

この先、新しいGPS衛星群が打ち上げられるまで、何年も航空業界は大混乱だろう。地上のドライバーたちも、当分はGPSに頼れなくなる。昔ながらの紙の地図の需要が増えるな、とメリディアンは思った。

『ちょっと待て』ホイルが割って入った。『GPSが使えないのに、どうやって高度が分かるんだ？　対地レーダーがあるのか？』

『いいえ、暗算です』

『暗算!?』

『いちおうアネロイド高度計も積んでますが、もっと気圧が上がるまで使えません。今は私が運動方程式を頭で解いて、高度と速度を求めています。あいにく水平方向の座標は省略したもので、現在位置が分からなくなってますけど』

『そんなのは人間業《わざ》じゃない！』

『ISS2にランデヴーする軌道計算も、すべて暗算でしたよ』

『クレイジーだ！』

その会話を聞いていたメリディアンは、新たな不安に襲われた。

「紛争地帯に降りたりはしないだろうな？　ゲリラに捕まったりとか」

『さあ、そこまでは保証できません』

「もっと安全な着陸地点を探した方がいいんじゃないか？　推進剤の心配は要《い》らないんだろう？」

『バッテリーの残量が気になります。なるべく早く着陸した方が賢明だと思います』

「バッテリーの制約があるのか……」

『はい。原子力電池が使えればいいんですが、日本では法律の制限が多くて』

メリディアンはこの不思議な娘のことを、もっと知りたくなった。

「君は何者だ？　地球に潜入した異星人か？」

ぴあのは笑った。『そうであればいいなと思ったことはあります。異星人であればいいなと。仲間がUFOで迎えに来てくれて、宇宙に帰れますから――子供の頃は本気でそう願ってました』

「私も子供の頃、似たような妄想《もうそう》はしていたよ」メリディアンはヘルメットの中で微笑《ほほえ》んだ。

「大人になるにつれて忘れていったが」

『いいですね、そんな風に忘れられる人は。私は無理です。宇宙への夢を忘れられません。忘れたら私じゃなくなってしまうので』

この娘は私と似たところがあるな、とメリディアンは思った。たいていの人は子供の頃、似たような現実逃避《とうひ》の妄想を抱《いだ》いたことがあるのではないか。いや、自分は世界に革命を起こす天才だとか、魔法使いだとか。

しかし、大人に近づくにつれて、みんなそんな考えは捨ててゆく。自分は凡人《ぼんじん》で、この世に魔法などないことを悟《さと》り、しぶしぶ大地にへばりつき、常識と社会のルールに従って生きることを選択する。

結城《ゆうき》ぴあのが他人と違うのは、往生際《おうじょうぎわ》が悪かったこと。本当に天才だったこと。魔法を実現したこと――信念で物理法則をねじ伏せたのだから、まさに魔法ではないか。

『高度計が使えるようになってきました』とぴあの。『高度二万八〇〇〇メートル。ほぼ計算通りです。空気抵抗で飛ばされるといけないので、さらに降下速度を落とします』

このあたりになると、空気密度は地上の一〇〇分の一ぐらい。ヘルメットのフェイスプレートを通して、ひゅうひゅうという風の音がかすかに聞こえるようになってきた。

『高度計だけを信じるな』ホイルが注意する。『このあたりは標高が高いかもしれない。高度がゼロになる前に地面に激突するかも』

『分かってます。五〇〇〇メートルまでは高度計を見ながら降下。後は目視《もくし》で降ります』

三人を乗せた小さなマシンは、音もなくゆっくりと、暗い地上へ舞い降りていった。

備えがあったにもかかわらず、スーパーフレアは人類文明に大きな混乱をもたらした。

予想通り、地上では放射線の害はほとんどなかった。高空を飛んでいた国際線の旅客機の乗員乗客が被曝したという例が、わずか四例あっただけだ。いずれも警報が出た時に太平洋上を飛行しており、即座に着陸できる空港がなかったのだ。あまり高度を下げて飛ぶと空気抵抗が増加し、目的地に到着する前に燃料切れになる恐れがあったため、危険を承知で成層《せいそう》圏《けん》を飛び続けるしかなかった。幸い、どの機でも被曝量は一〇〇ミリシーベルト以下で、急性放射線障害を発症した者はいなかった。

放射線に関しては、むしろ大気による遮蔽《しゃへい》のない宇宙空間での被害が大きかった。低高度を周回していた軍事偵察衛星や資源調査衛星は、大気膨張によってブレーキがかかり、スーパーフレア後の数週間で次々に落下した。一万キロ以上の高高度を周回していた衛星の軌道には変化はなかったが、強烈な放射線の照射で電子回路を破壊されるものが相次いだ。GPSが使用不能になっただけでなく、通信衛星、放送衛星、気象観測衛星の約半数が故障し、その後何年も、航法、通信、天気予報に支障をきたした。

スーパーフレアの発生から約半日、放射線が収まった頃、太陽からの新たな脅威《きょうい》が地球を見舞った。CME（コロナ質量放出）——総計数百億トンに達する大量のプラズマが、秒速四〇〇〇キロ以上の高速で太陽系内に広がったのだ。地球軌道に到達する頃には秒速一〇〇〇キロ以下に落ちていたし、プラズマそのものの密度は大気よりはるかに薄く、無害だった。だが、内部にねじれた磁束《じそく》を抱《かか》えており、それが地球の磁気圏を直撃して、見えない巨人の手でかき乱した。全世界を空前の磁気嵐が襲い、長波長《ちょうはちょう》での電波通信は困難になった。

磁気嵐の真の恐ろしさは、地上に電位差を生じさせることだ。

人は普段、あまり気にしていないが、自然界の空間も電気を帯びている。通常、地域ごとの電位にはほとんど差はない。しかし強い磁気嵐が起きると、地域によっては何万ボルトもの電位差が生じる。何百キロも離れた地域が長い導体（電線や通信ケーブル）でつながれていると、電池のプラス極とマイナス極をコードでつないだように、そこに電流が流れる。定格を超える電流によってブレーカーが落ちたり、回路がショートして焼き切れたり、時には火花を発して火事の原因になったりする。

キャリントンフレアがそうだったように、二〇世紀以前なら、天文学者以外に太陽の異変に気づいた者はほとんどいなかったはずだ。文明が電気や放送やインターネットや人工衛星に支えられるようになったからこそ、それらが失われた場合の危険性が増大したのだ。スーパーフレアはその弱点を直撃した。人類文明はこの百数十年、せっせと自分たちの弱点を作り出し続けてきたと言える。

日本では停電が丸二日続いた。送電網が破壊されたのではなく、警告を受けていた電力会社が、自主的に電力供給を停止したからだ。原発はもちろん、火力発電所も水力発電所も運転を休止。すべての変電所でも回路が切断された。ケーブルが長いほど磁気嵐の影響を受けやすくなる。発電所だけではなく、家庭や工場に届くまでのなるべく多くの地点で、電気の流れる道を断つ必要があったのだ。

鉄道もストップ。航空機の飛行も禁じられた。自動車は使えたが、信号機がすべて消えたため、交通は大混乱だった。テレビやラジオの放送はもちろん、電話やインターネットも停止し、人々は情報から遮断《しゃだん》された。

文明は一気に一五〇年以上も後退し、日本列島は久しぶりに真っ暗な夜を体験した。

大きな病院はたいてい非常用の自家発電設備があるので、それでもちこたえた。レジが使えないため、スーパーやコンビニはすべて臨時休業した。もっとも、多くの人はあらかじめ保存食や生活必需品を買いだめしていたので、たいして支障はなかった。真夏や真冬でなかったのは幸いだ。エアコンやヒーターが使えなかったら、大勢の死者が出たかもしれない。

ぴあのたちがあれだけアピールしたにもかかわらず、スーパーフレアを侮《あなど》って電源ケーブルや電話線を抜かなかった者が何万人もいた。パソコンや電話や電気製品に異常電流が流れて破損する事故は、日本各地で無数に起きた。中には発火したものもあり、小さな火事が各地で頻発《ひんぱつ》した。電話が通じないため消防署への通報も遅れ、大きな火災に発展した例もあった。

それでも大きなパニックにならなかった。一日か二日もあれば磁気嵐は去ると、ほとんどの日本人が事前に説明を受けていたからだ。おまけに地震や台風と違い、見かけ上、地上にも空にも何の変化もない。電気が使えなくなったことを除けば、世界は普段とまったく同じだった。異変を予期していた人々は拍子抜《ひょうしぬ》けしてしまったぐらいだ。

夜には北海道や東北地方で美しいオーロラが見られ、人々の心を和《なご》ませた。

スーパーフレアの発生から四八時間後、磁気嵐はまだ続いていたが、かなり収まり、安全なレベルになった。電力と通信が回復しはじめ、各地から情報が入ってきた。火災の増加を除けば、被害は最小限だった。暴動も略奪もなかった。東日本大震災に続き、またも日本人の民度の高さが証明された。

最初のうち、海外からの情報がなかなか入ってこなかった。通信衛星がいくつも破壊されたからだ。海底ケーブルは磁気嵐に強かったが、それでも地上部分で破損が生じ、復旧にしばらくかかった。そのため、「核戦争が起きた」とか「この機に乗じて中国軍が攻めてくる」といった荒唐無稽《こうとうむけい》なデマも流れた。

そのうちだんだん情報が集まり、状況が分かってきた。諸外国の中には、日本よりも大きな被害を受けた国がたくさんあった。マスコミや科学者による警告が間に合わなかったり不十分だったりした地域、あるいは政府や官僚の無能によって正しい対策が立てられなかった地域では、特に被害が大きかった。変電所などの施設が放電によって破壊されたり、電気製品に触れた人が感電したり、家庭やオフィスや工場から出火したりといった事例が、多数発生したのだ。

韓国では旧式の原子炉《げんしろ》が危《あや》うくメルトダウンを起こしかけた。外部の電力網に接続していた電源系統が破損したうえ、長時間の停電で非常用バッテリーを使い切り、炉心《ろしん》に冷却水を循環させるポンプが停止したためだ。中国やロシアやヨーロッパの原発でも、同様の危機が発生した。日本では二〇一一年の福島第一原発事故の教訓で、長時間の電源喪失《そうしつ》に対する備えができていたのだが、そうしたマニュアルのない国も多かったのだ。ウクライナでは使用済み核燃料貯蔵プールの冷却が停止し、燃料が過熱して融《と》け出して、周辺の住民に避難命令が出された。幸い、どの地域でも危機一髪で大事故は避けられた。

アメリカは日本と同様、十分なフレア対策が講じられていて、磁気嵐そのものによる被害は少なかった。しかし、街の灯が消えたことや、電話が使えなくなり警察への通報が困難になったことに便乗して、各地で暴動や略奪が横行《おうこう》した。スーパーフレア発生から四八時間で、アメリカ全土で起きた殺人事件は約九〇〇件。これは日本の一年間の殺人件数に匹敵《ひってき》する。その何倍もの数の強盗事件や強姦《ごうかん》事件も発生した。各地で犯罪を警戒して自警団が組織されたが、街を歩いていただけの人が不審者と間違えられて射殺されるという事件も起きた。

他の先進国の多くでも、一時的に犯罪が急増した。とりわけ夜の街から光が消えたことによる心理的影響が大きかったようだ。大量の電気を浪費する文明に慣れきっていた人々は、夜がどれほど暗いものだったかを思い知らされたのだ。その闇は人間の心に潜《ひそ》んでいた悪意もかきたてた。騒ぎに便乗してテロや暗殺事件が起きた国、「世界の終わりが来た」というデマが流れて暴動になった国、過激な民族主義者集団が外国人の大量殺戮《さつりく》を行なった国もあった。

この異変により、全世界で何万もの生命が失われた。皮肉なことに、スーパーフレアや磁気嵐そのものによる死者はごく少数だった。ほとんどは人間の悪意や愚《おろ》かさの犠牲者だったのだ。

磁気嵐が過ぎ去ると、世界はすみやかに元の状態に戻っていった。

火災によるものを除けば、破壊された建造物や瓦礫《がれき》の山や寸断した道路などはなく、街の外観は以前と何も変わらなかった。復旧作業のほとんどは、目に触れにくい地味な部分——断線したケーブルや破損した機器の交換や修理だった。

日本では、一部の地域を除いて、電力と通信のインフラは数日で復旧した。ぴあのや科学者や政府が事前に警告していたおかげだった。磁気嵐が来る前に重要な機器やデータを電力網から切り離しておいたので、元に戻す作業も比較的楽だったのだ。

しかし、目に見えない被害は大きかった。各種工場は数日間停止していただけで莫大《ばくだい》な損失を蒙《こうむ》った。流通も一時混乱に陥っていた。スーパーやコンビニでは、冷蔵庫や冷凍庫が停止したため、多くの食品がだめになった。ポンプが停止したせいで水槽《すいそう》の熱帯魚が死んだという報告は無数にあった。

もっと深刻なのは株価の下落だった。今回の件で現代文明、特に電力と通信の分野の脆弱性《ぜいじゃくせい》が露呈《ろてい》したため、IT産業を中心に売りが殺到したのだ。磁気嵐の被害を直接受けなかった分野にも、その影響は波及した。

世界は滅びなかった——しかし、新たな暗い時代を迎えようとしていた。

そんな中、日本にいたボクたちは、ぴあのの消息がつかめなくて苛立っていた。NASAが途中まで〈むげん〉を追跡していて、エチオピアのどこかに降下したことは分かっていたのだが、なかなか現地と連絡が取れなかったのだ。

ようやくぴあのの安否《あんぴ》が判明したのは、スーパーフレアから一〇日以上経った三月二五日だった。

復旧した通信回線を通ってアフリカから届いた電子メールには、ぴあの、メリディアン、ホイルの三人が、肩を組み、カメラに向かって笑顔でピースサインを出している写真が添付《てんぷ》されていた。三人とも現地の人から借りた粗末《そまつ》な服を着ており、元気そうだった。メールの文面はローマ字で（日本語の使えるソフトがなかったらしい）、エチオピアのアムハラ州南ゴンダール県デラ郡の小さな村に世話になっていること、村人はみんな親切にしてくれていること、村はネットに接続できる環境にないこと、都会から来た人の携帯電話を借りてこのメールを打っており、後で大きな町に戻ってから送信してもらう手筈《てはず》になっていることなどが説明され、〈osaifu wo motte konakatta node kaeri no ryohi ga arimasen〉と書かれていた。

メリディアンもアメリカに同様のメールを送っていた。連絡を受けた彼のスタッフがただちに現地に飛び、三人に密入国の疑いをかけているエチオピア政府の頑固《がんこ》な役人と交渉して、緊急時の不時着なのでパスポートやビザがなくても不法入国にならないことを説明した。交渉には何日もかかったが、村人たちと親しくなったメリディアンが、現地の教育や農業を支援するプロジェクトへの多額の資金援助を約束したので、ようやく彼らは帰国を許された。

三人はメリディアンのチャーターしたジェット機でいったんアメリカへ。そこからぴあのだけが別の旅客機に乗り換えて、日本に帰国した。〈むげん〉で宇宙に飛び立ってから、実に三週間ぶりのことだった。

その頃にはインターネットもかなり復旧していたので、ぴあの生還の報は明るいニュースとして、メディアで大きく取り上げられた。成田空港に降り立ったぴあのは、髪を短く切り、少し陽《ひ》に灼《や》けていたものの、やつれた様子はなかった。彼女は明るい表情で記者会見に臨み、初めて宇宙に出た感想や、エチオピアの人たちにどれほど親切にされたかを楽しそうに語った。

ちなみに〈むげん〉は村に置いてくるしかなかった。回収には多額の費用がかかりそうで、目処《めど》が立っていなかったのだ。いちおう、誰かが中に乗りこんで間違って飛び立ったりしないよう、液体窒素《ちっそ》を抜き、主要な部品もいくつか抜いてきたそうだが。

しかし、集まった記者たちの主要な関心の的《まと》は、ぴあのの偉業でも、ピアノ・ドライブの性能でも、エチオピアの人たちの歓迎の模様でもなく、インターネットに流出して世界を駆《か》け巡っている一枚の写真だった。青空の下、赤茶けた荒野にモニュメントのようにそそり立つ〈むげん〉と、その周囲を取り巻く村人たちを撮影したものだ。〈むげん〉の側面には大きなハシゴが立てかけられ、それを降りてくる若い女性の後ろ姿が写っていた――素《す》っ裸《ぱだか》で。

「ああ、それ、私です」ぴあのはあっさり認めた。「確か現地のNGOの人がケータイで撮《と》った写真ですね」

ぴあのの説明によれば、着陸してすぐ、まだ人が集まってくる前に、メリディアンたちに頼んで、船体側面の液体窒素のバルブを緩《ゆる》めて抜いてもらったのだという。気温が高いと気化した窒素の圧力でバルブが破裂する危険があるし、低温の液体窒素に触れて誰かが凍傷《とうしょう》になるといけない。早めに流出させて気化させた方がいいだろうという配慮だった。

彼女の計算違いは、村人たちが〈むげん〉の頂部まで届く六メートルのハシゴを用意するのに、翌日の午後までかかってしまったことだ。ハシゴがないと降りられないから、待つしかなかった。その間に熱帯の陽射《ひざ》しに照らされ、コクピット内はうだるような暑さになっていたのだ。

「死にそうでしたね。とてもじゃないですけど、スキーウェアなんて着てられませんよ。下着？　いえ、最初から着けてません。余分なペイロードは極力、省《はぶ》きましたから——いえ、恥ずかしくはなかったですね。私、そういう方面の羞恥心《しゅうちしん》ってぜんぜんないもんで。それに、アイドルってそのうち脱ぐもんだと思ってましたし」

記者の質問にあっけらかんと答えるぴあのに、記者会見の会場は笑いに包まれた。

「ヌード写真集？　ええ、そのうち落ち目になったらやるかもしれませんね。でも私、まだ落ち目じゃありませんし」

彼女は不敵に微笑んだ。

「まだまだ、これからですから——それまではファンのみなさん、この小さい後ろ向きの写真で我慢してください」

多くの人がぴあのの帰還を喜んだ。例外は真下《まし》と越坂部《おさかべ》である。彼女に裏切られたうえ、大金を注《つ》ぎこんで完成にまでこぎつけた〈むげん〉をアフリカに置き去りにされたのだから、当然だろう。おまけに航空法違反で取り調べも受けた（最終的に起訴猶予《きそゆうよ》になったが）。

しかし二人とも、表立ってぴあのを非難できなかった。メディアは結城ぴあのの無事帰還で沸《わ》き立っているのに、それに水を差すような発言などできるわけがない。二人とも裏では苦虫《にがむし》を噛《か》み潰《つぶ》したような顔をしていたが、カメラの前では笑顔を浮かべ、彼女の肩を抱いて、「無事で本当に良かった」などとしらじらしいことを言っていた。

記者会見を終えて、ぴあの、真下、越坂部、それにマネージャーの大畑《おおはた》は、スターマイン・プロの社屋に戻った。社長室で四人だけになるなり、真下はぴあのを激しく叱責《しっせき》した。彼女は〈むげん〉を飛ばしたことだけでなく、ヌード写真を撮られたことでも怒っていた。彼女は殊勝《しゅしょう》に「はい、こんなことは二度としません」と誓った。

「本当か？」真下は疑っていた。「本当に二度と宇宙船を乗り逃げしたりしないな？」

「はい」

「人前で裸になったりも？」

「もちろんです——私が嘘《うそ》をつけないの、社長さんもご存知でしょ？」

そう言われては、真下も口ごもるしかなかった。確かに、記憶にある限り、ぴあのが嘘をついたことは一度もない。

「しかし、三週間か……」大畑はぼやいた。「アイドルが三週間もスケジュールに穴を開けて、アフリカで休暇を楽しんできたわけだもんなあ。普通なら芸能界から干されるぞ」

「でも、ピアノ・ドライブの最高の宣伝にもなったでしょう？」

「まあ、そうかもしれないけど……」

「私にとっても大きな収穫でした。〈むげん〉の欠点をいくつか見つけましたから、改良点を次の機体に反映できます」

「その〝次の機体〟を作るのに、どれだけの費用がかかると思ってるんだ？」

越坂部が皮肉ったが、ぴあのは笑って無視した。

「お金についてはそれほど心配しなくていいと思いますよ。メリディアンさんが出してくれるでしょうから」

「本当か？」

「ええ。すっかりピアノ・ドライブの性能に惚《ほ》れこんだようですので」

世界最高の金持ちの一人がプロジェクトに出資してくれるというのは、本当なら嬉《うれ》しい話である。しかし、あまりに旨《うま》すぎる話なので、真下も越坂部もすぐには信用しなかった。

「それと、エチオピアでは農業を見学していて、重要なヒントもありました」

「ヒント？」

「うんちです」

「はあ⁉」三人の男が同時に声を上げた。

「日本では二〇世紀の中頃まで、人糞《じんぷん》を肥料に使ってたでしょ？　あれが近年、エコロジーの観点から見直されてるんだそうです。人や家畜の糞を木屑《きくず》や草と混ぜて、生分解性プラスチックの容器に詰めて、地中深くに埋めるんですって。微生物の作用でそれが分解して、良質の土になります。そうやって土壌を改良してるんです。作物に上からかけるわけじゃないですから、寄生虫の心配もありませんし、とても安上がりで――」

「……それが何のヒントなんだ？」

「宇宙飛行ですよ。宇宙船の中で、人工の光を使って野菜を育てるんです。その実験はもうずいぶん前から行なわれてます。さらに、うんちを肥料に使うことができれば、完全なクローズド・サイクルが実現します。必要なのは電力だけで――」

「……それを食うのか？」真下は気味悪そうに言った。「うんちから作った野菜を？」

「当たり前でしょ？」ぴあのは、そんな簡単なことも分からないのか、といった口調で言った。「環境負荷《ふか》を最小限にして食物を生産する、最も合理的な案じゃないですか。何かまずい点でも？」

　真下たちはあらためて思い知った。やはり結城ぴあのは普通の女じゃないと。

　記者会見からさらに四週間後、大気膨張によって減速したＩＳＳ２は、スカンジナビア半島上空で大気圏に突入して分解し、華々しい光を放つ流星群となって燃え尽きた。それまでにロシアや中国が救助のロケットを発射できる態勢になかったのは明白だった。NASAの指示に従ってメリディアンたちがISS2に残っていたら、彼らも燃えて流星のひとつとなっていただろう。

ピアノ・ドライブの有用性は証明された。これからそれが巨万の富をもたらすであろうことも——だが、プロジェクトの出資者の中には、それまで待てない者もいた。スーパーフレアの影響で損害を蒙り、倒産の危機に直面している企業がいくつもあったのだ。撤退《てったい》を表明する者が続出し、〈プロジェクトぴあの〉は一時的に危機に陥った。

そこへ絶妙のタイミングでメリディアンが介入《かいにゅう》してきた。自分の会社も株価の下落で大きなダメージを受けているにもかかわらず、彼は多額の資金をぽんと投げ出し、事実上、リーチ・フォー・ザ・スターズと〈プロジェクトぴあの〉の実権を握ってしまった。まさに、あっという間の出来事だった。

彼はネットを通して、自分の体験を広くアピールし、ピアノ・ドライブがどれほど素晴らしい発明であるかを説いた。これは宇宙開発だけではなく、輸送や電力など、様々な方面に大きな恩恵をもたらすのだと。

「原子力がきわめて不安定な技術であることは、もはや明白でしょう」彼は全世界に向けて力説した。「もちろん他の発電にもそれぞれ一長一短があります。火力、水力、太陽光、風力、バイオマス……コストの問題や環境汚染の問題もある。しかし、なぜすでにある技術から選ばなくてはならないのでしょうか？　もっと素晴らしい新技術がここにあるというのに?」

彼の演説は歓呼《かんこ》で迎えられた。

ボクたちもメリディアンに頼り切っていたわけではない。傾いたプロジェクトの立て直しのために、できることを精いっぱいやった。

ボクたちにできること——もちろんそれは歌と映像だ。

ぴあのがメリディアンたちを救出した冒険の一部始終は、翌年には映画になった。大手の映画会社からのオファーを蹴《け》り、すべて自分たちで製作した。きっかけは、映画会社の推《お》すベテラン脚本家が書いたサンプルシナリオを読んだぴあのが、「こんな人には絶対にまかせられません!」と腹を立てたことだ。人工衛星の運動やフレアの説明が、まるっきりでたらめだったからだ。ボクもそのシナリオを読んだが、ぴあのがすごく普通の愛すべき女の子として描かれていることに、強い違和感を覚えた。普通のぴあのなんて誰が観《み》たいものか。奇《き》矯《きょう》な性格と破天荒《はてんこう》な行動こそが結城ぴあのの魅力であるはずなのに。

たとえ有名でも、ぴあののファンじゃないし科学も知らない脚本家や監督に委《ゆだ》ねたら、どうしようもない駄作《ださく》になる可能性が高い——そう説得された真下社長は、すべて自分たちで作るという決断を下した。スターマイン・プロダクションとしても、屋台骨が傾いている今、少しでも金が欲しかった。大手の映画会社やテレビ局にハイエナのように収益をむしり取られるより、自分たちで作った方が金になると判断したのだ。

スタジオは要らない。ロケは川崎にあるカガシマ工業の敷地をそのまま使えばいい。〈むげん〉や宇宙ステーションのセット？　そんなものも要らない。すべてCGで合成すればいい。ギャラの高い俳優も要らない。無名でも演技のできる俳優を使うのだ。どっちみちラヴシーンなどないのだから、イケメンの男優など必要ない。

脚本は若手のシナリオライターがぴあのと協力して執筆した。問題は監督を誰にやらせるかだ。ぴあのが指名したのは、またもボーンクラッシャーPだった。彼の作るPVは映像面だけではなく、演出にも定評がある。彼を中国から呼び寄せる必要すらない。彼にシナリオを読ませて、詳細なコンテを切ってもらう。それを基に素材を撮影し、そのデータをボーンクラッシャーPに送り返して、映画にしてもらう……。

従来の映画作りの概念《がいねん》を根本的にひっくり返す映画――昔ながらの映画界の体制に死刑を宣告するような、恐ろしくも画期的な作品だった。何よりも、それはものすごく安くついたのだ！

最大の不安要素は、ぴあのを演じるぴあの自身だった。彼女に演技ができないことは有名だ。ぴあのの大根演技が映画を台無しにしてしまうのではないか？

だが、意外なことに、彼女はシナリオに書かれた台詞《せりふ》を自然に読み上げた。というのも、シナリオの中のぴあの台詞は、すべて彼女自身が書いたものだからだ。彼女は自分以外の誰かを演じることは苦手だったが、自分自身を演じることはできるようだった。「だって、嘘はついてませんから」というのが彼女の弁だ。

映画『リフトオフ！』はスーパーフレア発生から一年後、二〇三二年三月に公開された。当然、配給は独立系の映画館中心。劇場公開による収益は最初から眼中になく、ソフトの売り上げで稼《かせ》ぐ方針だった。だが、意外にも人気が出て公開館が増え、ロングランになり、思わぬ収益をもたらした。日本映画にありがちな湿っぽいドラマ性を廃し、実話を基に、アクション中心の作品に仕上げたのが好評だったのだろう。

時代は変わった。もう大手映画会社の空疎《くうそ》な宣伝戦略には、みんな乗せられなくなってきた。有名俳優を出さなくても、莫大な予算をかけなくても、良質のエンターテインメントなら受ける。安く作って大きく儲《もう》ける——そのビジネスモデルを、『リフトオフ！』は提示した。

それだけではない、『リフトオフ！』はピアノ・ドライブの秘めた無限の可能性も観客に示した。燃料を必要としない宇宙船がどれほど役に立つものかということを。

いったん後退しかけた〈プロジェクトぴあの〉は再び前進を開始した。

18　きわめて個人的な欲求

二〇三二年六月、ボクたちはプロジェクト全体をアメリカに移した。狭い日本では規制が多く、試験機を飛ばすのさえままならない。アメリカの方が法律上の様々な問題をクリヤーしやすいと判断されたのだ。必然的に、ぴあのを含む主要な日本人スタッフも、長期間滞米することになった（おかげで、学生時代に英語の成績があまり良くなかったボクは、英会話を猛勉強することになった）。

メリディアンはネバダ州ラスベガスの近くに、利用価値のない二〇〇ヘクタールの土地をただ同然で購入し、宇宙船の建造および発着のための施設の建設を開始していた。西部劇映画に出てくるような、石ころだらけで乾燥した赤茶けた荒野だ。風に転がる回転草《タンブルウィード》の実物を、ボクは初めて目にした。最初はプレハブ小屋がいくつかと、〈NEVADA SPACEPORT〉（ネバダ宇宙港）と書かれた簡素な看板が立っているだけで、ネットにアップされた写真はさんざんジョークのネタにされた。

だが、じきに活気に満ちてきた。宇宙船の組み立て工場、ガントリー、管制センター、そこで働く人々のための宿泊施設が作られた。宿泊施設内の個室は日本の標準的なマンションよりも立派だった。娯楽施設も作られ、小さな町のようになっていった。

最初に取り組んだのは試験機二号〈ゆうきゅう〉の建造だ。〈むげん〉の基本構造をそのままに、ほぼ二倍に拡大したものだった。二人乗りで、〈むげん〉で見つかったいくつかの些細《ささい》な問題点を改良し、より安全性を高めている。最大加速度は四〇G。試験機といっても、十分に実用に耐える性能があった。

実際、宇宙空間まで上昇することが法律で許可されると、メリディアンはさっそくビジネスに応用した。スーパーフレアの影響で多くの衛星がダウンし、一年以上経《た》ってもまだGPSと気象観測に大きな支障《ししょう》が出ていた。それを復旧するため、可能な限り早く、新たに何十機もの衛星を軌道《きどう》に乗せる必要があった。メリディアンはその打ち上げ作業を、従来の液体燃料ロケットの四分の一以下の値段で請《う》け負ったのだ。

〈ゆうきゅう〉は衛星を一個ずつ抱《かか》えて上昇した。定められた高度で十分に速度をつけ、衛星を切り離して軌道に投入する。低軌道、中軌道、高軌道、極軌道、順行軌道、逆行軌道、対地同期軌道、準回帰軌道、太陽同期軌道……どんな高度も速度も軌道傾斜角も望みのままだ。おまけに従来の使い捨てのロケットと違い、〈ゆうきゅう〉は何度でも再利用できるから、コストは極端に安い。毎月何機もの衛星を打ち上げられる。

メリディアンはNASAにも売りこみをかけた。次の外惑星探査機を〈ゆうきゅう〉で打ち上げてみませんか、お安くしておきますよ……というのだ。それは痛烈な皮肉であり、NASAの失敗のせいで危《あや》うく死にかけた彼の意趣返《いしゅがえ》しだった。

NASAの連中はさぞ苦々《にがにが》しい思いだっただろう。自分たちが何十年も使ってきたロケット技術が、一夜にして時代遅れのものになったのだから。だいたい外惑星探査機を打ち上げて何になるのか。探査機が何年もかけてのろのろと軌道を進み、土星の脇を通り過ぎる頃には、有人のピアノ・ドライブ船が海王星まで到達しているかもしれないのに。

この事業のためにメリディアンは湯水のように金を注《そそ》ぎこんだ。一時は破産の危険もあるとささやかれたほどだ。しかし、衛星打ち上げ事業が（まさに）軌道に乗り、ピアノ・ドライブが金の成る木であることが知れ渡ると、出資者もたくさん集まった。

この頃にはすでにピアノ・ドライブの日本での特許は認められていたし、世界の主要国の多くでも特許の出願と審査が進行中だった。当然、ピアノ・ドライブの秘めた可能性が知れ渡るにつれ、世界各国から研究・開発の申し込みが殺到《さっとう》し、リーチ・フォー・ザ・スターズには莫大《ばくだい》なパテント使用料が流れこんできた。

二〇三三年初頭、試験機によるデータを十分に蓄積し、潤沢《じゅんたく》な資金によるバックアップを得て、ボクたちはいよいよ正式な実用一号機の開発に取りかかった。

だが、ここでもやはり予想外の困難が多発した。たとえば、品川プリンスホテルでのプレゼンで示された構想では、〈むげん〉の次の機体は全長二〇メートル、月や火星に垂直に着陸できるものになるはずだった。しかし、整地された着陸場ならともかく、細長い船体を火星の荒野に垂直に着陸させるのは転倒の危険があるという声が上がった。ぴあのは妥協し、新たに小型の着陸船を設計した。

着陸船は二人乗りで、全長は〈むげん〉より短かった。玉葱《たまねぎ》のようなずんぐりした形をしていて、折り畳みできる着陸脚が付いている。推力比は〇・四六、つまり地球の重力の半分以下の推力しか出せないので、地球から離陸することはできない。重力の小さい月や火星、それに木星や土星の衛星に着陸するためのものなのだ。アポロがそうであったように、母船は天体の周囲を回り、着陸船だけを分離する。母船にも天体へ着陸する能力はあるが、それは着陸船に万一のことがあって、飛行士を救助しなくてはならなくなった場合だけだ。

しかし、アポロの月着陸船のように、宇宙船の外側にドッキングさせておくことはできない。ピアノ・ドライブの内側に収納しないと死重《デッドウェイト》になってしまい、推進効率が大幅に落ちるからだ。そのため、母船の設計も根本的にやり直しを余儀《よぎ》なくされた。この作業でさらに数ヶ月が費やされた。

新しく設計された母船は、当初の構想の約二倍の四二メートル、直径一〇メートル、総重量は〈むげん〉の一〇〇倍にもなった。〈むげん〉を相似的《そうじ》に拡大したような形だが、やや細長い。当然、一〇〇倍の重量を支えるため、着陸脚も頑丈《がんじょう》なものに変更された。

着陸船を収納しているのは船首部分で、そのすぐ下に三階層の居住区画があった。コクピット、六人が交代で寝起きできるキャビン、生命維持システム、倉庫などだ。船体のうち約三分の一の一四メートルが着陸船と人間のためのスペース。残りがピアノ・ドライブと姿勢制御用《せいぎょよう》ジャイロ、それに電源だ。

最も大きな課題は、ピアノ・ドライブを駆動《くどう》する電源をどうするかだった。〈むげん〉

〈ゆうきゅう〉はバッテリーを使用したが、それでは数時間しかもたない。そのため活動範囲が地球周辺に制限されていた。火星や木星に行くには、長時間持続する電源が必要だ。

太陽光発電は使えない。太陽から遠い火星では、太陽光の強度は地球軌道付近の二・三分の一、木星では二七分の一になるからだ。必要な太陽電池パネルは巨大なものになる。そんなものをぶら下げて飛ぶわけにいかない。そうなると必然的に、惑星探査機に使われている技術が必要になる。

原子力電池――放射性同位元素の崩壊によって発生する熱を電力に変換するもので、きわめて寿命が長く、核種によっては何十年も電圧を保ち続ける。歴史はきわめて古く、一九六〇年代から人工衛星に使用されてきた。

宇宙機によく利用されるのは、プルトニウム238を用いるタイプだ。重量あたりのエネルギー発生量が大きいうえ、崩壊によって生じるアルファ線は厚さ数ミリのイリジウムとグラファイトの層で完全に遮蔽《しゃへい》されるため、安全性は高い。かつては心臓ペースメーカーの電源として、患者の体内に埋めこまれていたこともあるほどだ。半減期は八七・七年。

ぴあのが目をつけたのは、NASAが開発したSRG（スターリング放射性同位体発電装置）だった。スターリングエンジンを応用して、プルトニウムの崩壊熱を電気に変換するもので、変換効率は高く、すでに多くの惑星探査機に使われている。

しかし、この計画が発表されると、環境保護論者から猛烈な反対の声が上がった。ピアノ・ドライブ宇宙船は、従来の惑星探査機の一〇〇倍以上のプルトニウムを搭載《とうさい》する（それでも総重量は一〇〇キログラムに満たないのだが）。もし事故が起きて、地上に墜落したら大惨事が起きる……というのだ。

無論、それを考慮していないぴあのではなく、冷静に反論を展開した。プルトニウム238の発するアルファ線は空気中では短い距離で減衰《げんすい》するし、皮膚の表面で完全に止まるので、外部被曝《ひばく》の影響はたいしたことはない。深刻なのは肺に吸入した場合の内部被曝だが、SRGに用いられるプルトニウムは、二酸化プルトニウムの形でセラミックのペレットに固められたうえ、頑丈な強化グラファイトの容器に納められているため、事故が起きても空気中に飛散《ひさん》する可能性は少ない。実際、原子力電池を搭載した探査機や宇宙船が墜落する事故は、これまで何度も起きているが（そのひとつは一九七〇年のアポロ13号の事故で、原子力電池を積んだ月着陸船がフィジー沖に落下した）、深刻な環境汚染《ちっそ》が発生したことは一度もない。墜落による災害の危険性を論じるなら、むしろ四酸化二窒素やヒドラジンなどの有毒な液体燃料を満載した従来のロケットの方が、はるかに危険ではないか。

それにピアノ・ドライブ宇宙船は垂直に上昇する。他の天体に行くのに、わざわざ地球の周回軌道に乗る必要がないのだ。大気圏を出る頃には脱出速度——秒速一一・二キロに達しているから、そこで加速が停止しても、地球から永遠に離れてゆくだけで、落ちてくることはない。仮に脱出速度に達する前にピアノ・ドライブが停止したとしても、落下するのは発射地点の周囲の砂漠のどこかであり、人口密集地への被害は起こりえない……。

だが、そうした筋《すじ》の通った反論も、科学にうとい人間にはなかなか理解されなかった。中には、「プルトニウムが地上に激突したら核爆発が起こる」と騒ぎ立てる者までいたほどだ。核兵器に用いられるプルトニウム239と異なり、プルトニウム238では核爆発は起きないのだが。

「放射性物質など使わなくても、ピアノ・ドライブそのものを使って発電すればいいではないか」という声も強かった。実際、すでにリーチ・フォー・ザ・スターズからライセンスを受け、ピアノ・ドライブを利用した発電の実験が世界各国の研究機関ではじまっていた。しかし、ピアノ・ドライブの小型化には限界があるうえ、宇宙船を包むY場の中でピアノ・ドライブを用いると、場が干渉《かんしょう》を起こして不安定になる危険がある。別の電源が必要なのだ――という説明を、ぴあのは何度も何度もしなくてはならなかった。

これもまた、彼女を苛立《いらだ》たせる簞笥《たんす》の群れ。

プロジェクトの障害は他にもあった。西アメリカの独立だ。

以前からキリスト教原理主義に傾斜していたジョン・T・バード政権だが、スーパーフレア以後、二期目を迎えて、それがいっそう強まった。あの異変を「神の怒り」と解釈する声が、複数のテレビ伝道師によって同時発生的に唱《とな》えられ、たちまちアメリカ、特に信心深い東海岸の大衆の間に根づいていったからだ。進化論教育やCAM（良心的無神論運動）の高まりによって、聖書の教えがないがしろにされつつあることに、神がお怒りになった。神の警告に耳を傾けなければ、さらに大きなフレアが地球を襲うだろう……。

未開人の迷信じみた幼稚な考えだったが、それでも支持者は大勢いた。あの異変はあまりにも衝撃的で、「二度と起きてほしくない」という切実な思いが、「神の怒りを鎮《しず》める」という前近代的な発想を生んだのだ。バード自身もなかばそれを信じる発言をしていたし、閣僚や議員の中にも信じている者が少なからずいた。信じていない議員も、信仰の復興を訴える選挙民の強い要求を無視できなくなっていた。

二〇三三年九月、長く白熱した議論の応酬《おうしゅう》の末、ついに議会は公立学校の教育にインテリジェント・デザイン論を取り入れることを決定した。以前から思想信条の自由を標榜《ひょうぼう》し、バード政権と対立していたカリフォルニア州は、この決定に反発して合衆国からの独立を宣言。その動きに、周辺の六つの州――ワシントン、オレゴン、ネバダ、アリゾナ、ニューメキシコ、テキサスも呼応した。合衆国から離脱した西部七州は、西アメリカ連合の発足を宣言、七個の星が並ぶ新たな星条旗を掲《かか》げた。本来のアメリカ合衆国はこれ以後、「東アメリカ」という俗称で呼ばれるようになり、星条旗から星が七個削《けず》られた。

独立戦争は起きなかった。合衆国からの独立は、何年も前から有識者の間で唱えられ、シミュレートされ、検討を重ねられてきたので、人々は心の準備ができていたのだ。無用の争いを避けるため、合衆国政府もそれを受け入れた。変革は比較的スムーズに進行した。

それでも社会システムや経済の混乱は避けられなかった。企業や公的機関の大規模な再編による混乱は大衆の不安をかきたて、スーパーフレアから回復しかけていた景気は再び落ちこんだ。子供に正しい教育を受けさせたくて、東部から西部に移住する家族や、逆に西部から東部に移住する家族が増えたことで、突然の引っ越しブームが起こり、住宅や土地の価格が高騰《こうとう》した。そうした混乱の影響はボクたちの活動にも及び、計画はしばしば遅滞《ちたい》を余儀なくされた。

ライト・カスケード社の本社がカリフォルニア州のシリコンバレーに、宇宙港《スペースポート》がネバダにある関係で、〈プロジェクトぴあの〉も西アメリカ連合の経済圏に属することになった。これはある意味、幸いなことだった。ピアノ・ドライブの危険性を訴える声は、主に東アメリカで強かったからだ。逆に合衆国から離脱したばかりで経済的に不安のある西アメリカでは、経済を活性化させる起爆剤《きばくざい》のひとつとして、メリディアンと〈プロジェクトぴあの〉に期待が集まった。

停滞《ていたい》していたプロジェクトは再び動きはじめた。それでもやはり環境保護論者による反対の声は強く、メリディアンはそれを押さえこむのに苦労した。結局、彼の手腕で法律面の問題をクリヤーし、NASAからSRGを買い取るのに、実に二年の歳月と、五億ドル以上の費用を要した。皮肉なことに、SRGの価格はその一部にすぎず、大半は反論を封殺《ふうさつ》するための宣伝やロビー活動の費用だった。ようやく実用一号機の組み立てが開始されたのは、二〇三五年の二月だった。

その間、ぴあのは何もせずに待っていたわけではない。設計図を何度も何度も描《か》き直す作業を根気強く続ける一方で、船内の設備にいくつもの改良を思いつき、技術者と相談する一方、自分でも精力的に実験を重ねていた。

その成果のひとつは、エチオピアでの見聞からヒントを得た排泄物《はいせつぶつ》の再循環システムだった。粉砕《ふんさい》して処理した排泄物や生ゴミを養分とし、葉緑素を持つミドリムシを人工照明で培養《ばいよう》するユニットだ。ミドリムシはきわめて栄養が豊富で、各種ビタミン、ミネラル、アミノ酸、不飽和脂肪酸などを含む。「米とミドリムシさえあれば人間は生きていける」と言われているほどだ。彼女は微生物学者の協力を得て、培養ユニットをあっさり実用化してしまった。船内に持ちこめるよう、箪笥四個分ほどの大きさにコンパクトにまとめられている。

さすがに排泄物で育てた微生物を口にするのをためらう者は多かったが、ぴあのは平然としていた。「何週間分もの食糧を積んでいくより、船内で食糧を生産した方が、スペースが大幅に節約できるじゃないですか」と。むしろ、こんな合理的な案を受け入れない者がなぜ多いのかが、不思議でならないようだった。

そうした合間に、彼女は何度もマスコミのインタビューを受け、講演を行ない、パネルディスカッションに参加して、このプロジェクトの意義を訴えた。何といっても、二人の飛行士をISS2から救出した実績がものを言った。今や多くの人が彼女の言葉に耳を傾けるようになっていた。

ある講演で、ぴあのは放射線対策について訊《たず》ねられた。火星までの飛行中にまた大きなフレアが起きたらどうするのか。飛行士は被曝してしまうではないか、と。「そのために最大四〇Gの加速度が必要なんです」と彼女は説明した。この加速度なら、地球から火星まで、ほんの一日以内で到着する。航路の途中でフレアの警報が出ても、最大加速で火星の影に逃げこみ、そこに留《とど》まって放射線を避ければいい。

さらに彼女は、前にセブ島の海岸でボクたちに話したことを、聴《ちょう》衆《しゅう》に説明した。太陽系外では宇宙線が強く、隣の太陽系に行くだけでも致《ち》死《し》量《りょう》を被曝してしまうということ。生きて他の太陽系に到達するには、厚さ何メートルもの遮蔽を持つ巨大な宇宙船が必要であること。

「ですから、今回の実用一号機が目指すのは、とりあえず土星あたりまでです。天王星や海王星、カイパーベルト天体に行くには、二号機を建造する必要があります。さらに他の太陽系に行く宇宙船が建造されるのは、何十年も先になるでしょう」

彼女は微笑《ほほえ》んで言った。

「その頃には私はお婆《ばあ》ちゃんになってるかもしれません――でも、いずれは行ってみたいですね」

みんなその言葉を信じた。ボクもまったく疑いを抱《いだ》かなかった。

ぴあのは嘘《うそ》をつかない――そう信じていたからだ。

実用一号機の完成が目前に迫った二〇三五年四月七日、二一世紀前半を代表する二人の人物の人生の軌跡が、一度だけ交差した。

その日、元聖職者でＣＡＭの旗手マックス・ラントシュタイナーが、ネバダのスペースポートを訪れた。この時、七二歳。老齢で髪は真っ白だが、きわめて健康で、精力的に世界を飛び回り、各地で良心的無神論に基《もと》づく愛と平和を説いていた。かねてよりCAMに傾倒していたメリディアンが、講演旅行中の彼を招き、ぴあのに引き合わせたのだ。

ぴあのは仕事の合間を割《さ》いて、VLB（宇宙船組み立てビル）にラントシュタイナーを案内し、ようやく形を現わしてきた宇宙船を見せた。まだSRGは搭載されていないものの、テロを警戒して、部外者の立ち入りを厳しく制限しているエリアだ。

ボクもそこに居合わせた。カットモデルのように内部構造を露出《ろしゅつ》した組み立て中の宇宙船を見上げながら、ぴあのの説明を聴き、老人はしきりに感心していた。もっとも、彼には科学的なことはさっぱり理解できないようだったが。

「ひとつ質問していいですか？」

彼は礼儀正しく訊ねた。

「何ですか？」

「この発明が悪用される可能性は？」

それはぴあのがしばしば受ける質問のひとつだった。彼女はためらうことなく、「もちろんあります」と即答した。

「誰かが宇宙船をハイジャックして、ニューヨークの高層ビルやペンタゴンに突入する可能性は否定できません。この船の警備は厳重ですけど、将来、ピアノ・ドライブを搭載した宇宙船がたくさん作られるようになれば、当然、そういう事件も起こりえます」

「プルトニウムを搭載した宇宙船が大都市に落ちてくる……」

「いえ、原子力電池は火星や木星に行くのに必要なだけです。ほとんどの宇宙船は地球周回軌道を回ったり月あたりまで行くぐらいですから、通常のバッテリーや燃料電池で十分です」

「では、通常の航空機によるテロと大差ない？」

「いえ、問題は速度です」

「速度？」

「大型の宇宙船を大気圏外で秒速数十キロに加速してから、大気圏に突入させるんです。隕《いん》石《せき》みたいに。速すぎてミサイルによる迎撃は困難でしょう。一部は空力《くうりき》加熱で蒸発しますが、船体の大半は燃えずに地表にまで達します。その衝突によって解放される運動エネルギーだけで、大変な破壊力になります」

「どれぐらい？」

「船体の質量や速度にもよりますが、一〇〇〇トン程度の宇宙船があれば、ペンタゴンを更地に変えられるでしょうね」

「恐ろしいですね」ラントシュタイナーは表情を曇《くも》らせた。「対策は？」

「そうした危険な行為ができないように、航法装置にセーフティ・プログラムを組んでおくことはできます。もっとも、テロリストはそんなもの解除してしまうかもしれませんけど」

「それはテロだけではなく、戦争にも使えるでしょう？」

「ええ。人口密集地を爆撃するのに、爆撃機もミサイルも必要なくなります。たぶん大陸間弾道ミサイル《ICBM》を大量に配備するより安上がりでしょう」

「それが分かっていても、あなたはピアノ・ドライブを世に広めようとしている？」

遠回しに非難されても、ぴあのは平然としていた。

「科学の発展を止めることなんかできません。ピアノ・ドライブは、私でなくても、いずれ誰かが発明していたでしょうから」

「それを詭弁《きべん》だと思う人も多いでしょうね」

「でも、私としては、テロや戦争の責任を取らされるのは不本意です。9・11テロに飛行機が使われたからって、『ライト兄弟の責任だ』と言う人はいないでしょう？」

「それはそうですが……」

「ああ、ピアノ・ドライブの悪用を防ぐ簡単な手段がありますよ」

「何ですか？」

「世界から争いをなくすことです」

ぴあのの表情は大真面目《おおまじめ》だった。ラントシュタイナーは笑った。

「それは簡単どころか、世界でいちばん難しいことですよ」

「でも、それをあなたはやっておられるんでしょう？」

「ええ。だからこそ、その困難さもよく分かるんです。『机上《きじょう》の空論だ』『不可能だ』と嘲笑《ちょうしょう》されることも多い。私自身、よく空《むな》しさも味わいます。いくら私が平和を説いても、無駄《むだ》なんじゃないか。これから何十年、何百年経っても、世界から戦争や虐殺《ぎゃくさつ》や迫害《はくがい》は絶えないんじゃないかと……」

　彼の静かな言葉には、この一五年間、おのれのすべてをかけて、途方もない難題に挑《いど》み続けた者だけが持つ重みがあった。

「でも、『不可能だ』とあきらめたくはない。私の活動で少しでも争いが減って、一人でも多くの命が助かるなら、努力する価値はあると思っています――ああ、そうだ。その点では、私たち、似ていますね。『不可能だ』と言われることに挑んでいるところが」

「私の動機はあなたのように立派なものじゃありませんけどね」彼女は少し恥ずかしそうな顔を見せた。「きわめて個人的な欲求を満たしているだけですから。『宇宙に行きたい』という」

「私の『争いをなくしたい』という欲求だって、個人的なものですよ」ラントシュタイナーの笑顔は悲しげだった。「私のような考えを持つ者の方が、むしろ少数派なんですよ。世の中には『争いをなくしたくない』という人が多いんです。『憎しみを捨てたくない』『和解なんかしたくない』『戦争は正しいことだ』『あいつらを一人残らず殺すことが正義だ』……

……」

「……子供や赤ん坊まで殺していい正義などというものは、あるわけがないのですが」

　彼は苦いため息をついた。

　二人の会話を聞いていたボクは、何年か前にネットで読んだラントシュタイナーの逸話《いつわ》を思い出した。聖職者だった彼に信仰を捨てる決意をさせたのは、二〇二〇年にボスニアで起きた大規模な爆弾テロ（二一二人が死亡した）だという。ちょうどボスニアを訪れていた彼は、事件の直後、犠牲《ぎせい》になった幼い子供たちの無残な死体を目にした。さらに、犯人グループが声明の中で、旧約聖書『民数記《みんすうき》』三一章のモーセの言葉を引用していたことに衝撃を受けたのだ――「今、子どものうち男の子をみな殺せ。男と寝て、男を知っている女もみな殺せ」。

この瞬間、彼は、「こんな言葉が載っている本を基《もと》に、愛や平和を説くのは無理だ」と悟ったのだという。

ぴあのは考えこんでいた。「どうしても分からないことがあるんです」

「何でしょう？」

「私は人を愛することができません。男女の愛とか親子の愛とかがどういうものか、理解できないんです。もちろん人類愛とかも。でも、私以外のすべての人間は愛を持っている……」

彼女は老人の顔をまっすぐに見つめて訊ねた。

「なのにどうして、人は人を傷つけるんでしょう？　愛を持っているはずの人が」

ラントシュタイナーは大きくうなずいた。

「それは私もしょっちゅうぶつかる疑問です。大量虐殺の現場は何度も見てきましたが、虐殺を行なった人間は決して普段から冷血漢というわけではないんです。むしろ平和な時には、良き夫であり、良き妻であり、良き親であるという例が多い」

「なら、どうして？」

「あなたは他人に悪意を抱いたことはないんですか？」

「ありません」ぴあのはさらりと答えた。「嫌な思いはしますし、時には腹を立てることもありますけど、憎いとか、傷つけてやろうとは思わないんです」

ラントシュタイナーは沈黙し、しばらく思索《しさく》をめぐらせた。

「……それかもしれませんね」

「それ？」

「男でも女でもそうですが、誰かを愛した時に、愛の障害になる人物に悪意を向けることがよくある。愛と悪意は、同じ感情の別の側面なのかもしれません。磁石のNとSのように対《つい》で存在していて、切り離せない。愛を有する人間は、悪意もまた有する……」

「私は愛を持っていないから、悪意も持てない？」

「かもしれません」

「人間が愛を持っている限り、悪意も絶えないということですか？」

「おそらくは」

「それでは、この世界に希望はないですね」

「いえ、ありますよ」

彼はそそり立つ宇宙船を見上げ、楽しそうに眼を細めた。

「ピアノ・ドライブは危険ではあるが、希望でもあります。地球上の争いの多くは、貧しさと不満に起因します。食糧がないから、資源がないから、他人の土地を奪いたくなる。自分の生活が苦しいのを他人のせいだと思いこみ、憎悪《ぞうお》を燃やす……。

しかし、ピアノ・ドライブが普及すれば、クリーンで安いエネルギーが十分に供給できるようになって、世界的に景気が良くなる。人々が今より豊かになれば、必然的に争いも少なくなるはずです。完全になくすことはできなくてもね。それに、貧しさによって亡くなる人が少なくなるだけでも、素晴らしい福音《ふくいん》です」

ぴあのは恐縮した。「私はそこまで意図したわけではないんですが」

「それでもいいんですよ。動機はきわめて個人的な欲求であっても、結果的に世界が良い方向に変わるのであれば――確かにあなたのおっしゃる通りです。世界からテロをなくすのは、私のような者の役目です。あなたではない」

見学を終え、彼らは揃《そろ》ってビルの外に出た。すでに陽《ひ》は落ちており、ネバダ砂漠の空はダークブルーに染まり、星が輝きはじめていた。

それを見上げ、ラントシュタイナーは子供のように無邪気《むじゃき》につぶやいた。

「宇宙から見た地球はさぞ美しいのでしょうね？」

「ええ」

「前に映像で見たことがあります。宇宙から撮影された地球はとても小さくて、国境線なんか見えなかった――あの映像を大勢の人が見たら、ちっぽけな地球の上で争うことの愚《おろ》かさているのかもしれないことに気づくんじゃないでしょうか」

「いつか私も宇宙に行けますかな？」

「もちろん」ぴあのは断言した。「ピアノ・ドライブ宇宙船がたくさん作られるようになったら、宇宙飛行のコストは極端に下がります。おそらく一〇年以内に、一般人に手の届くような値段で、宇宙観光が可能になります。従来のロケットのように、大きなGに耐える必要もありませんから、あなたのようなお年寄りでも宇宙に行けるはずです」

「ほう、それは楽しみだ」ラントシュタイナーは無邪気に嬉《うれ》しがった。「ぜひそれまで生きていなくては。私も美しい地球を宇宙から見てみたい」

だが、その言葉は果たされることはなかった。

二週間後、ラントシュタイナーはニューヨークを講演旅行中、ライフルで狙撃《そげき》されて死亡したのだ。犯人は彼を反キリストだと思いこんだ狂信者で、犯行の直前、ツイッターに、〈これから正義を実行する〉と書きこんでいた。

そのニュースを目にした時のぴあのの反応を覚えている。彼女は無表情でテレビの画面を見つめ、平板《へいばん》な声で、がっかりしたようにつぶやいたのだ。

「世界って結局、こうなんですね」と。

19　サイハテ

二〇三五年五月、ピアノ・ドライブ船の実用一号機〈さいはて〉が完成した。

試験機〈むげん〉〈ゆうきゅう〉は公式には「宇宙機」（スペースクラフト）と呼ばれていた。それに対し〈さいはて〉は「宇宙船」（スペースシップ）と呼ばれた。厳密に言えば、「宇宙機」は人工衛星や無人探査機なども含めた、宇宙で使用される人工物体の総称で、その中の人が乗るものが「宇宙船」と呼ばれる。だから一人乗りの〈むげん〉も「宇宙船」と呼んでよかったはずだ。しかし、〈むげん〉は本来あくまで試験機であり、本格的な宇宙での運用を想定していなかったので、あえて「宇宙機」という言葉を用いたのだ。試験「機」なのに宇宙「船」と呼ぶのは大げさだと。〈ゆうきゅう〉もそれに倣《なら》った。

しかし、〈さいはて〉は違う。それは本物の「宇宙船」だった。

ネバダ州の青空の下、ガントリーに支えられて発射場に堂々とそそり立つそれは、十数階建てのビルほどもある構造物だった。噴射口こそないが、まさにロケットのイメージだ。真っ白な船体の側面には〈ＳＡＩＨＡＴＥ〉の文字。

二〇三五年六月七日。〈さいはて〉の初飛行は実にあっさり行なわれ、実にあっさり成功した。六人の乗員を乗せた〈さいはて〉は、慎重《しんちょう》に一〇G以下の加速度しか出さなかったが、それでも秒速一〇〇キロを突破した。地球から月まで一時間で到達し、月の周回軌道《きどう》に乗ると、高度八〇キロで着陸船〈ほたる〉を放出するテストを行ない、見事に成功した。

一週間後に行なわれた二回目の飛行では、月着陸に挑《いど》んだ。〈ほたる〉に乗りこんだのは、ぴあのとメリディアンだ。

〈ほたる〉は月面の〈嵐の大洋〉、一九六七年に無人探査機サーベイヤー3号が、その二年後にアポロ12号が着陸した地点に降下した。〈静かの海〉のアポロ11号着陸地点は、歴史的に貴重な遺産だというので、NASAが接近を禁じていたからだ。

二人はアポロ17号のユージン・サーナンとハリソン・シュミット以来、実に六三年ぶりに月の土を踏んだ人間になった。アポロ12号の着陸船〈イントレピッド〉が月面に残してきた下降ステージや、サーベイヤー3号の前で写真を撮《と》り、サンプルの月の石を何個か拾った。12号の飛行士アラン・ビーンが間違って月面に残してきた撮影済みフィルムを発見して回収し（地球に戻ってから現像されたが、六六年の間に太陽熱と宇宙線ですっかりだめになっていた）、やはりビーンが壊してしまったカラーTVカメラも証拠として持ち帰ることにした。そのすべてが地球に生中継され、全世界で驚異的な視聴率を記録した。ぴあのはファン・サービスとして、本物の月面で〈クリスマスには帰れない〉を歌ってみせた。

活動時間は二時間二〇分。たっぷり月面を堪能《たんのう》し、二人は離陸して〈さいはて〉に戻った。〈さいはて〉はまた一時間ほどで地球に帰還した。

人々は知った。もはや月は遠い場所ではない。半日で行って帰れる場所――隣の県と同じぐらいの距離になったのだということを。そしてこれからは、太陽系内のすべての惑星や衛星が、海外旅行に出かける程度の気軽さで行き来できるようになるのだということを。

〈さいはて〉の次の目標は、人類初の火星着陸だ。

火星ミッションの乗員は、元宇宙飛行士や天文学者など、六人が選抜された。もちろん、ぴあのもその中に入っている。全員が一回以上、宇宙飛行の経験があった。

一日で終わった月ミッションと異なり、今回は長期の宇宙飛行の実験も兼ねている。火星の極冠《きょつかん》、マリネリス渓谷《けいこく》、オリンポス山、大シルチスの四箇所《かしょ》に着陸するだけでなく、木星の衛星ガニメデとカリスト、土星の衛星タイタンなども上空から調査する。期間は合計二ヶ月に及ぶ。

その準備が進んでいた二〇三五年八月上旬、ぴあのは一度、日本に戻った。日本の番組にいくつか出演し、まもなく行なわれる火星ミッションの意義について語るためだ。

その忙しい時間を割《さ》いて、ぴあのはテレビ局で青梅秋穂《おうめあきほ》の楽屋《がくや》を訪ねた。

「お久しぶりです、秋穂さん」

「ああ、ほんとに久しぶりだねえ。忙しいんじゃないの？」

「ええ。けっこう」

二人は淡々《たんたん》と言葉を交わした。最後に会ったのは二〇三二年五月、『リフトオフ！』の公開記念のトークショーだ。映画には秋穂も脇役で出演し、自分自身を演じていたのだ。その直後、ぴあのがアメリカに渡ったので、会う機会がなくなってしまった。三年ぶりの再会ということになる。

ぴあのはバッグの中から、一片一五センチほどの小さな箱を取り出した。ラメ入りの紙で包装してあり、ピンクのリボンが結ばれている。

「これ、お土産《みやげ》です」

「わあ、何何？」

「クッキーです。いつかお好み焼きケーキをいただいたお礼を、まだしてなかったのを思い出しまして」

「はあ？　何それ？　すっかり忘れてたわ。律儀《りちぎ》だねえ」

そう言いながら、秋穂はいそいそと包みをほどいた。中から出てきたのは真っ白な紙の箱。さらにその中から、数枚のチョコレートクッキーを密封したビニール袋が出てきた。秋穂は首を傾《かし》げた。箱にも袋にも、ロゴもマークも入っていない。

「これ、どこの？」

「手作りです。私の」

「あんたの？」

「ええ。最近、お菓子作りが趣味で、クッキーとかケーキとか作ってます」

秋穂は眼をまん丸に見開いて、ぴあのを見つめた。ぴあのは楽しそうにしている。

「驚いてます？」

「……そりゃあ驚くわあ」秋穂は呆然《ぼうぜん》となっていた。「どういう心境の変化？　いったいどんな異変があったの？」

一瞬ではあるが、ぴあのは宇宙でエイリアンに憑依《ひょうい》されて別人になったのではないかと、秋穂は真剣に考えてしまった。

「だから単なる趣味ですよ。私がお菓子を作ったら変ですか？」

「変だよ！　普通の女ならともかく、あんた、そんなキャラじゃない」

秋穂はクッキーの袋を持ち上げて照明にかざし、気味悪そうに観察した。

「まさか、変な材料使ってるんじゃ……？」

「ごく普通の材料で、ごく普通のレシピで、ごく普通の機材を使って作りました。私、一人暮らしが長かったから、けっこうお料理は慣れてるんですよ」

「意外だ……」

言われて秋穂は気がついた。初めてぴあのと出会って一〇年以上になるが、そう言えば、料理だとかスイーツだとか服だとかアクセサリーだとか、まともに女性同士らしい会話をした記憶がない。知り合って早々に、「話の通じない変な奴」というレッテルを貼《は》り、まともな日常会話などできないものと決めつけていたからだ。

「まさか、彼氏ができたとか……」

とつぶやいてから、秋穂は「いや、それはないな。絶対にない」と自分で否定した。

「これも宇宙に行くためです」

「宇宙に？」

「狭い宇宙船の中で、他のクルーと何週間も顔をつき合わせてなくちゃいけないでしょ？　おまけに私って、人と話を合わせられませんから」

「だね」

「ぎすぎすしてくることもあると思うんですよね。だからなるべく人間関係を良好にしておこうと思いまして。言葉なんかよりも、宇宙船の中でクッキーでも作った方が、みなさんの気は和《なご》むんじゃないかと。それでお仕事の合間に、お菓子作りの腕を磨《みが》いてるんです。マネージャーさんや、スペースポートで働いているみなさんにも、よくお分けしてます。好評なんですよ」

　その説明は筋《すじ》が通っていたが、それでも秋穂には驚きだった。ぴあのに他人の心理を思いやる感性があったとは。

「お菓子作れるの？　宇宙船の中で」

「火は使えませんけど、電子レンジを兼ねた電熱式のオーブンがあります。材料は小麦粉と砂糖とユーグレナと……」

「ユーグレナ？」

「ミドリムシです。船内で廃棄物《はいきぶつ》を使って培養《ばいよう》します」

　秋穂はぎょっとしてクッキーを見つめた。

「いえ、それは廃棄物で作ったやつじゃありませんよ」

「でも入ってるんだ、ミドリムシ……」

「ミドリムシはずいぶん前から食品に使われてます。お菓子、野菜ジュース、塩、ラーメン、パン、ソーセージ、いろんなサプリメント……秋穂さんもどれか口にしたことがあるかもしれませんよ」

「へえ……」

それでも秋穂は不安を拭《ぬぐ》いきれなかった。ぴあのが嘘をつけないとは分かっているが、それでも「廃棄物を使って培養」というのがひっかかる。後でマネージャーに食べさせようと思う。

「あと、もうひとつお土産です」

ぴあのが取り出したのは、さっきの箱よりさらに小さい、手の平に載るサイズの箱だった。透明なアクリル製で、中にはスポンジが敷かれ、親指の爪《つめ》ほどの大きさの石が埋めこまれている。

秋穂は不思議に思った。石がきれいだったからではない。その逆だ。溶岩だろうか、暗い灰色で角張っており、表面はざらついていて見すぼらしい印象だ。もっと大きな岩から欠け落ちたようにも見える。こんなものは山に行けばいくらでも落ちていそうだ。

「何これ？」

「月の石です」

「月の石⁉　これが⁉」

「はい。サンプルはほとんど科学研究に回したんですけど、それとは別に、小さな石をいくつか、個人的に持って帰りました」

　秋穂はあらためて石を観察した。見すぼらしい印象は変わらない。しかし、三八万キロの彼方《かなた》から持ち帰られたと知ると、どことなく神秘的な気がしてくる。祖父の話を思い出す。一九七〇年、大阪で開かれた万国博覧会で、アメリカ館に展示された月の石を見るために、多くの人が何時間も行列に並んだのだそうだ。当時はそれほど珍しいものだったのだ。

　それが今、自分の手の上にある。

「地球の石と何か違うの？」

「基本的にはただのカンラン石玄武岩です。主成分は二酸化珪素《けいそ》で、あとは酸化鉄、酸化マグネシウム、アルミナ、酸化カルシウム……ただ、表面に地球の石にない特徴があります」

「どんな？」

「まず、空気や水による風化がないこと。当然ですよね。あと、電子顕微鏡《けんびきょう》で見ると、マイクロメートル単位の微細《びさい》な孔《あな》がいくつも開いてるんです。月には大気がありませんから、宇《う》宙塵《ちゅうじん》――宇宙から降ってくる目に見えないほどの小さな塵《ちり》が、燃え尽きずに秒速何キロというスピードで地表にぶつかってきて、石に孔を開けるんです」

「え？　それって危険なんじゃ……？」

「宇宙飛行士にぶつかる確率はほとんどありませんし、とても小さいものですから、宇宙服の外側の層で防げます。でも、月の表面にある石は、何十億年もの歴史の中で、そういう爆撃にさらされ続けてきたんです。たぶんこの石も、地上に噴出してから三五億年ぐらいは経《た》ってます」

「へーえ」

秋穂は素直《すなお》に感心した。こんなちっぽけな石にも、数十億年の月の歴史が刻まれているとは。

「あっ、もしかしてこれって、取っといたら価値出る?」

「さあ、それはどうでしょう」ぴあのは首をひねった。「むしろ価値は下がると思いますよ。今はまだ珍しいですけど、これから誰もが月に行ける時代が来れば……」

「ああ、そうかあ」

誰もが月に行ける時代――ほんの数年前までは夢物語だったビジョンが、今や現実味を帯びて語られるようになっている。その事実に、秋穂は深い感慨《かんがい》を覚えた。

たった数年で、世界は劇的に変わった。これからさらに、ダイナミックに変貌《へんぼう》してゆくだろう。目の前にいる、この一人の女性の成し遂《な》《と》げたことによって。

「この石も、じきにそこらの石ころと同じになっちゃうんだなあ……」

「何だったら、ケースにサインしましょうか? 私が月から持ち帰った石だって証明があったら、少しは価値が出るかも」

「それは嫌」秋穂は力強く拒否した。

「どうしてですか？」

「あんたにサインなんか求めるのは屈辱《くつじょく》だよ。死んでもやりたくない」

「まだ張り合ってるんですか？」

「当然でしょ――ああ、そうだ」秋穂はぴあのに向き直った。「あんた、いつか言ってたよねえ？　二対一で自分が勝ってるって」

「はい」

「今は違う！」

秋穂は得意げに両手をぴあのに向けて突き出し、右手の指を二本、左手の指を三本立てた。

「二対三だ！」

「三？」

「演技、かっこいい旦那《だんな》、かわいい子供」

秋穂は三年前に結婚していた。

「ああ、そう言えば、お子さんが生まれたんでしたね」

「そうよ。見る？」

秋穂はうきうきとスマホを取り出し、お気に入りの写真を表示した。赤ん坊をはさんで、秋穂とイケメンの男性が顔を寄せ合い、カメラに向かって微笑《ほほえ》んでいる。幸せそうだった。

「もうじき一歳半。今は旦那の仕事の方がちょっと暇《ひま》なもんで、イクメンやってもらってる」

「女の子でしたっけ？」

「うん。手はかかるけど、かわいいんだよ。両親がこの顔だからねー。美人になるよー」秋穂は胸を張った。「どう？　あんたに逆転できる？」

「無理です」ぴあのは素直に認めた。「さすがにこの二点に関しては、私には勝ち目はまったくありません。結婚する気も、子供を作る気もありませんので」

「ふふん、参ったか」

「はい。でも、羨《うらや》ましくはないですよ？」

「あたしもよ。あんたを羨ましいなんて思わない」秋穂はひと呼吸置いて言った。『狼《おおかみ》はヒバリを羨まない』」

「？」

「今、撮影中の映画の台詞《せりふ》。『狼の秋』。直木賞受賞作の映画化で、けっこう文学的な作品。一一月に公開の予定なんだけど」

「ああ、聞きました。ベッドシーンがあるとか？」

「うん、初挑戦。この前、撮影したけど、すっごく濃厚だよ。フルヌードも見せた」

「ご主人は平気なんですか？」

「嫌がったけど、納得させたよ」秋穂はからからと笑う。「商売だもん。あたしは女優として、もっと上に行くつもり。ベッドシーンなんかためらってられるかってーの」

そこで、大きくため息をつき、悲しげに微笑む。

「……もうアイドルの時代じゃないし」

「ですよね」

青梅秋穂は女優業で名声を得ているが、もう歌うことはなくなった。中条理梨《ちゅうじょうりり》は芸能界を引退し、エッセイストになった。昨年、実業家と結婚している。ジャンキッシュはまだ活動を続けているが、メンバーは年に数人ずつ入れ替わり、今では発足当初のメンバーは一人も残っていない。人気も最盛期に比べるとかなり低迷しており、解散もささやかれている。

アイドルとしてのぴあのの人気も、この数年で目に見えて凋落《ちょうらく》していた。〈プロジェクトぴあの〉にかかりきりで、コンサートもやらなくなり、歌番組への出演もめっきり減っていたから当然だ。今でも最小限のファンをつなぎ止めるため、歌を歌ってはいるが、かつてほどの熱狂はなくなっている。後から思えば、二〇二七年の東京ドームシティホールのコンサートでのメカぴあのとの対決と、それに続く数年間が、アイドルとしての彼女のピークだったのではあるまいか。

今ではもう彼女はアイドルではなく、「ピアノ・ドライブの発明者」として有名だ。

人気が落ちたのは彼女たちだけではない。メカぴあのの後継者——人工意識を有するヴァーチャル・アイドルたちが、歌にドラマに映画に進出し、恐ろしい勢いで芸能界を侵食《しんしょく》しつつあった。最初から完成された美を有し、歌も踊りも完璧《かんぺき》にこなす彼女たちに、人間が太刀《たち》打《う》ちできるはずがなかった。無論、人間のアイドルはデビューし続けていたが、結城《ゆうき》ぴあのを上回る人気を獲得できた者は、ついに一人も現われなかった。のちに彼女が「最後のアイドル」と呼ばれるようになる所以《ゆえん》である。

「で、その映画の中にあったのよ。『狼はヒバリを羨まない』って。狼はヒバリみたいに空は飛べないけど、ヒバリを羨んだりしない。地上を駆《か》けて、誇り高く生きてゆく。狼として、狼にできる範囲で、どれだけ精いっぱい生きたかで価値が決まるんだって……。

あたし、シナリオでそれを読んで、あたしとあんたみたいだなって思ったの。あんたはどこまでも高く飛んでいけばいい。物理的な高さじゃあんたにかなわないけど、あたしは女優として、妻として、母親として、あんたに決して手の届かないところまで行ってやるんだって」

「いいですね」ぴあのはうなずいた。「私も秋穂さんを羨みません。私は三次元空間上のZ軸を登ってるけど、あなたはきっと虚数軸を登ってるんだろうなって思います」

「またよく分からない比喩《ひゆ》を」

秋穂は苦笑した。また手の中の小さな月の石に視線を落とす。

「あたしの娘ね、彩乃《あやの》って名前なの」

「そうですか」

「あんたから〝の〟だけ貰《もら》った。事後承諾だけど」

「………」

「あんたみたいにまっすぐに高みを目指せる子になってほしいなって――あんたみたいにコミュ障になられるのは困るけど」

「…………」

「子供が生まれて、あらためて感謝したくなったの。あの日、本当だったらギリシアで撮影の打ち上げパーティがあったんだよね。でも、あんたから警告されてたから、予定を全部キャンセルして、半日早く東回りの旅客機に乗ったの。ぎりぎりだった。三月一四日の朝早くに成田に着いたの。直後にあれが起きた。もう少し遅かったら、アジアのどこかの空港で何日も足止め食わされてた。それとも、もしかしたら、海の上で被曝《ひばく》してたかも」

「……子供に影響が出るほどの被曝量じゃないと思いますけど？」

「理屈ではそうなんだろうね。でも、母親の感情って理屈じゃないのよ。子供を安心して産めたのは、あんたのおかげだと思う――だから、ありがと」

秋穂の口から発せられた思いがけない感謝の言葉に、ぴあのは硬直《こうちょく》していた。

「ああ」

秋穂は石の入った小さなケースを右手で高く掲《かか》げた。まるで夜空の月に向かって手を伸ばすかのように――手を伸ばして、月をつまみ取ろうとするかのように。

「これは娘が大きくなったらあげよう。『ママがお友達から貰ったものよ』って……」

そう言ってしまってから、彼女は自分の発した言葉に気づいて顔をしかめた。「ああ、しまった。ちくしょう！」と左手で顔を覆《おお》う。

「言うまいと思ってたのに……」

ぴあのはぽかんとなっていた。「今、『お友達』って……」

「ああ、だから言う気はなかったのよ」秋穂は情けなさそうに弁解した。「今でもあんたのことは嫌いよ。大嫌い。ぜんぜん理解できないし、共感もできないし――でもね」

彼女は観念してぴあのを見た。

「自分の感情を見つめてみて、やっぱり思ったの。いくら嫌いでも、気に食わなくても、これはやっぱり友情だなって」

ぴあのは眼をそらせた。マネキンのように無表情で、壁に視線をさまよわせている。秋穂は意地悪そうににやにや笑った。

「はは。どう反応していいか分かんない？」

「……はい」

「いいよ。あんたに人間らしい反応なんて期待しちゃいないから」

「そういう言い方は、いつもの秋穂さんですね」

「うん。あんたとの関係は変える気ないし。『これからはお友達として仲良くしましょうね』とか『いっしょに映画観《み》たりお買い物したりしましょう』とか言ってすり寄ったら、あんただって迷惑でしょ？」

「はい、すっごく迷惑です」

「力説するか!?」

「私も秋穂さんとの関係、変える気ありませんから」

「それでいいよ」秋穂は微笑んだ。「そうだ。映画の招待券、手配しようか？　公開はあんたが宇宙から帰ってきてからのはずだけど」

「いいえ」ぴあのは静かにかぶりを振った。「要《い》りません。私はその映画は観ませんから」

「変わんないなあ、その失礼なとこ！」

「はい」ぴあのは微笑む。「私は変わりません」


火星に旅立つ日の前夜、ネバダ宇宙港内に新設されたレセプションホールで、プロジェクトの関係者を集め、盛大な仮装パーティが開かれた。仮装は「宇宙に関するもの」というテーマが決められていた。マスクをかぶって異星人に扮《ふん》した者、レプリカの宇宙服を着て宇宙飛行士に扮した者、月や太陽や土星をイメージした衣装を着た者、宇宙船やロケットのはりぼてをかぶった者など、千差万別だ。『スター・ウォーズ』や『スター・トレック』のキャラクターの仮装をしている者も多かった。

ぴあのはというと、白いチュニックに赤いマントをまとい、頭には銀のティアラ。腰の革ベルトにはおもちゃのサーベルと光線銃を吊《つ》るし、足にはサンダル。二〇世紀日本のイラストレーター、武部本一郎《たけべもといちろう》が描くところの火星の乙女《おとめ》だ。火星ミッションにふさわしい格好《かっこう》で、来客に愛想を振りまいている。

ボクはというと、ぴあのがそういう格好をするのは知っていたから、それに対抗するコスプレをした。二〇世紀中期のアメリカのSF雑誌の表紙をイメージした、時代錯誤《さくご》なスペースガールだ。金色をしたセパレーツの水着のようなコスチュームで、胸には金のカップ、腰には極端なミニスカート、足にはブーツ。どういう必然性があるのかよく分からないが、昔のスペースオペラに出てくる美女は、たいていこういう格好をしていたのだ。もちろんロングヘアのウィッグをかぶり、メイクも完璧だった。

「えっ？　ほんとに下里《しもさと》？」

真下《ましも》社長はびっくりしていた。そう言えば、彼には前に写真では女装を見せたことはあるが、じかに見せるのは初めてだ。ちなみに彼は、エンタープライズ号の乗員のコスプレをしていた。

「そうですよ」知り合いにまじまじと見つめられ、ボクは少し恥ずかしかった。「似合います？」

「うわっ、声まで違う」

「この格好の時はこの声なんです」

「いやあ、これはほんとに……」

真下は次に言うべき言葉を探している様子で、ボクを上から下まで眺《なが》めた。特にスカートの下から大胆に露出《ろしゆつ》した太股《ふともも》のあたりを。生足《なまあし》のように見えるが、実は肌色のストッキングである。

真下はごくりと唾《つば》を飲みこんだ。「……言われなきゃ、女にしか見えんわ」

「いけてるでしょ？」

「ああ。悔《くや》しいが萌《も》える」芽生えかけた邪《よこしま》な感情を振り払おうとしてか、真下はカクテルをぐいっとあおった。「……初めて会った時にスカウトしときゃよかったな、ちくしょう」

「スカウトしたじゃないですか」

「俺が？　そうだっけ？」

「ボクが断ったんですよ。アイドルにはなりたくないって」

「もったいねえ！　デビューしてたらいい線いってただろうに」

「これは趣味ですから。仕事にはしたくなかったんです。それに……」ボクもカクテルをひとロすすった。「……もうそろそろ、これも限界かなって」

「女装をやめるってことか？」

「ええ。もう三〇ですし」

同人誌即売会などのイベントでは、同じように女装が趣味の連中とよく出会う。確かに若くてきれいな者が多く、本物の女性以上にかわいい者も少なくない。その反面、中年に突入して顔が〝おっさん〟になり、体形がすっかりだらしなくなっても、魔法少女や女子高生キャラのコスプレをしている者も目にする。自分の未来の姿を見せつけられているようで、痛々しい。

今日も鏡に向かってメイクしながら、自分の顔が若者から中年に近づきつつあることを感じた。ボクが扮したかったのは、あくまで「美少女」だ。美しい女の子、かわいい女の子が好きだから、それに近づきたかったのだ。容色《ようしょく》が衰え、「少女」を演じられなくなったら、やる意味はない。無理に続ければ、「美少女」という概念《がいねん》への冒瀆《ぼうとく》になる。

あと何年続けられるか——いや、今夜あたりが潮時《しおどき》かもしれない。

「まあ、誰も時間の流れには勝てねえからなあ」真下はしみじみと言った。「俺もすっかり爺《じい》さんだし、ぴあのだって……」

「ええ、そうですね」

彼女ももう二七歳。まだ十分すぎるほどきれいではあるが、初めて会った頃には残っていた少女時代の面影《おもかげ》はもうなく、大人の色気を漂《ただよ》わせていた。「少女」からの脱皮《だっぴ》を完了し、「女」になったという印象だ。その体内では、今も細胞が刻々と時を刻み、眼には見えないほどゆっくりと、でも着実に若さが失われつつあるのだろう。

全身の遺伝子を後天的に操作する抗老化処置は、まだアメリカや日本では認可されていないが、すでにインド、フィリピン、サウジアラビアなどでは行なわれている。人間で効果が実証されるのには時間がかかるが、動物実験では、老化の速度を三分の一ぐらいに遅らせることができたらしい。いずれ世界中に普及するに違いない。だが、最先端の遺伝子工学技術でも、老化を抑制《よくせい》することはできても完全に止めることはできない。

いずれぴあのも「おばさん」になる。人類史上最もユニークな女性、結城ぴあのも、時の流れにだけは逆《さか》らえない。それを思うたびに、ボクは胸が痛くなる。超天才である彼女なら、老化を止める方法ぐらい発明してもいいように思うのだが。

パーティもなかばを過ぎた頃、ボクはぴあのに声をかけようと、会場をさまよい歩いた。だが見つからない。何人かに訊《たず》ねてようやく、彼女が「お酒を飲みすぎて気分が悪くなっった」と言って、早々に退席したことを知った。そう言えば彼女、アルコールに弱いんだったっけ。

念のため、パーティ会場の外の廊下に出て、スマホで呼び出してみた。

『すばるさんですか？』

スマホの画面に彼女のアバターが現われた。

「今、どこ？」

『宿舎の私の部屋です』

「だいじょうぶ？　気分が悪くなったそうだけど」

『たいしたことはありません。ちょっと酔っただけです。早めにベッドに入れば、朝には酔いは醒《さ》めてると思います。明日は万全の体調で臨《のぞ》みたいので』

そりゃあ、二日酔いで宇宙船に乗るのはまずかろう。

「様子を見に行っていい？」

『いえ、これから寝《ね》ますので』

何となく態度が素っ気《け》ない。気分が悪いせいか。

休ませた方が彼女のためかもしれない。でも、火星に出発したら、しばらくプライベートに話せなくなる。もうちょっとだけ、彼女の声を聞いていたかった。

「いよいよだね、火星」

『はい、楽しみです』

「いろいろあったけど、ここまでこぎつけたじゃん」

『はい、こぎつけました』

「もうこれ以上、君の前に箪笥《たんす》はないのかな」

『箪笥？』

「小指をぶつけることはないだろうって話」

『小指がどうかしましたか？』

話が通じない。やはり酔っているのか。

「もういいよ、おやすみ。身体《からだ》を大事にね」

『はい、おやすみなさい』

ボクは電話を切った。


パーティがお開きになり、ボクたちはそれぞれの車で宿舎に帰ることにした。パーティ会場から宿舎まで、歩いても数分の距離だが、その夜は雨が降っていたからだ。

そんなに強い雨ではなく、しとしと降る程度だったが、ネバダ州では雨が降ること自体が珍しい。ニュースによれば、地球温暖化の影響で、世界的に天候が不順になってきているそうだ。この気候もそのひとつなのかもしれない。大雨になる気配はないので、明日の打ち上げには支障《ししょう》はあるまい。ピアノ・ドライブが発電や輸送の分野で普及したら、二酸化炭素排出量は大幅に削減されるから、地球温暖化問題も自然に解決するだろう。

ボクは女装の上からコートだけを羽織《はお》り、電気自動車に乗りこんだ。宿舎の自室で着替えてきたから、男の格好に戻るには部屋に帰らなくてはならない。

宿舎まで舗装《ほそう》された数百メートルの道路を走りながら、ずっと左手の方にあるフェンスに、ちらっと目をやる。発射場を取り囲むフェンスの外側にたむろする群衆を、サーチライトが照らし出している。明日の〈さいはて〉の出発を見物に来た人たちだ。すでに何百人もいて、テントや傘《かさ》で雨を凌《しの》いでいる。

フェンスの内側には、数十メートル間隔で武器を持った警備員が立っていた。見物の群衆に混じって、発射を阻止《そし》しようとする過激な環境保護論者や、プルトニウムを奪おうとするテロリストが乱入するかもしれない。念のため、明日の朝の発射まで、フェンス周辺の警戒は普段よりきびしくなっている。

ボクは行く手に視線を戻した。ヘッドライトに照らされ、宿舎が近づいてくる。雨粒がフロントガラスにびっしり付着していた。ワイパーが一往復するたびに雨が拭《ぬぐ》い取られるが、その扇形《おうぎがた》の空間に、また前方から雨粒がぱらぱらとぶつかってくる。

ボクは運転しながらぼんやり考えていた。雨は前方からフロントガラスめがけて吹きつけてくる。もちろん、そう見えるのは単なる錯覚《さっかく》で……。

宿舎まで十数メートルのところで、ボクはあることに気づき、ぎょっとしてブレーキを踏んだ。

しばらく呆然として、ワイパーの往復運動を見つめていた。雨はさっきまでほど強くはぶつかってきていない。今夜は風はなく、雨はほぼ垂直に降っている。前から雨が当たっているように思えたのは、車が走っていたからだ。

これまでの人生で数えきれないほど目にしてきたが、一度も気にしたことのなかった現象——それが意味するものに、僕はようやく思い当たった。

ボクは自問した。こんな簡単なことに、なぜ気がつかなかった？　いや、凡人《ぼんじん》であるボクや他のみんなが注目しなかったのはしかたがない。でも、天才であるぴあのが気づいていないとは信じ難《がた》い。彼女なら一八世紀イギリスの天文学者ジェームズ・ブラッドリーの名ぐらい知っているはずだ。

恐ろしい予感がした。彼女がすでにこのことに気づいているとしたら？　いや、最初からそれが狙《ねら》いだったとしたら？

ボクはさっきの電話での会話を思い出した。ぴあのの反応が変だったのは、もしかしたら……。

もう一度、ぴあののスマホに電話をかけた。

『すばるさんですか？』

アバターがぴあのの声で言った。さっきと同じ口調だった。

「起こしてごめん。どうしても確認しときたいことがあって」

『何ですか？』

「ほら、前にガレージで事故があっただろ？」

『ええ、ありましたね』

「ガスボンベが破裂して、君が脚《あし》に怪我《けが》をした……」

『ええ、そうでしたね』

違う。

破裂したのは真空《しんくう》容器だし、彼女も腕に軽い火傷《やけど》を負っただけだ。ぴあの本人がそれを間違えるはずがない。

これはコンパニオンだ。ぴあのは初歩的な人工知能を持つコンパニオンに自分の声を与えて、自分のふりをさせている。相手の会話に適当に調子を合わせて返答するように——自分が部屋にいるかのように思わせるために。

衛星の打ち上げが進んだおかげで、GPSはずいぶん前から復旧している。スマホの現在位置は、マネージャーの大畑《おおはた》ならすぐに確認できる。おそらくぴあのは、現在位置を知られないために、スマホを部屋に置いて外に出たに違いない。

それなら今、彼女はどこにいる？

悪い予感がした。ボクはコンパニオンとの会話を中断し、車を再スタートさせると、ハンドルを切った——出発を明日に控えている〈さいはて〉の方に。

雨雲に覆われた真っ暗な夜空の下、〈さいはて〉は鋼鉄の櫓《やぐら》のようなガントリーに片側から支えられ、四方からライトに照らされてそびえ立っていた。すでに液体窒素《ちっそ》の注入は完了しており、下の方から白い霧が漂い出している。表面は冷えており、雨が付着して薄い氷の層に覆われていた。発進時には上下に軽く振動させ、氷を振るい落とすことになっている。船体側面には、氷の膜《まく》を通して、〈SAIHATE〉の文字が薄く透《す》けて見えていた。

思えば、ぴあのが宇宙船にこの名をつけた時、意図を疑うべきだった。その由来となった〈サイハテ〉という歌、彼女がいちばん好きだという歌から、連想すべきだった。でも、ボクは——いや、ボクらはみんな、彼女を疑わなかった。

「結城ぴあのは嘘《うそ》をつけない」と信じこまされていたから。

ガントリーの周囲に動いている人影はなかった。今夜はフェンスの警備に人員の大半を割いているとはいえ、ここにも最低限の見張りはいるはずなのだが。

近くに警備員の詰め所があった。覗《のぞ》いてみると、三人の警備員がテーブルに突っ伏《ぷ》して居眠りをしていた。揺すってみたが起きない。テーブルの上には空っぽの紙皿がある。黒っぽい粉が落ちていた。チョコレートケーキだろうか。そう言えばぴあのは最近、お菓子作りに凝《こ》っていた。

それまでずっと、自分の妄想《もうそう》であればいいと願っていた。でも、もう決定的だ。数分前にここで起きたことが、容易に想像できた。「パーティのごちそうのおすそわけです」と言って、薬入りのケーキを差し入れするぴあの。断れる者はいまい。

雨はやみかけていた。ボクは詰め所を飛び出すと、ガントリーに駆け寄った。エレベーターの電源は切られている。やむなく非常階段を駆け上がった。

途中の踊り場には監視カメラがあった。ちらっと疑問に思う。司令センターで、誰かカメラの映像を見張っていないのか？　――いや、ぴあののことだ、警備システムにハッキングして、CGで作った偽《にせ》の映像を見せるぐらいはできるだろう。こういうシステムは外部からの攻撃には強いが、内部からの細工《さいく》に対しては脆弱《ぜいじゃく》なものだ。

一〇階分の高さを昇り終えた時には、すっかり息が切れていた。よろめきながらブリッジを渡り、〈さいはて〉の船体に近づく。〈むげん〉〈ゆうきゅう〉では先端部分に乗降ハッチがあったが、〈さいはて〉では船首に着陸船を収納する関係で、側面のエアロックから搭《とう》乗《じょう》できるように改良されていた。

ドアの表面付近だけ、氷が剥《は》がれ落ちていた。誰かがついさっき、ドアを開けた証拠だ。幸い、外に出た宇宙飛行士が閉め出されることがないよう、ドアは内側からロックできる構造にはなっていない。ボクはドアの側面のパネルを開き、開閉レバーを引いた。

厚いドアがゆっくりとせり出してくる。アルミニウム合金《ごうきん》とセラミックの外層、Y場コイルの厚さ五〇センチの層、それに断熱材の層が重なり、ショートケーキの断面を見るようだった。

中に飛びこみ、エアロックの内側のドアも開ける。そこはコクピットだった。計器類やモニターがぎっしりと並ぶ小部屋で、旅客機のコクピットを思わせる。すでにすべての機器に電源が入っていた。

「ぴあの――」

ボクはエアロックから半身を出した状態で凍《こお》りついた。ぴあのはまだ火星の乙女のコスプレのままで、おもちゃの光線銃をこちらに向けていた。

いや、おもちゃじゃない——ボクは直感した。前に彼女は五〇段のコッククロフト・ウォルトン回路を作ったじゃないか。おもちゃに見せかけた本物のレールガンぐらい作れるだろう。一発しか撃てないだろうが、おそらくボクの行動の自由を奪う程度の威力はあるはずだ。

「ああ、困っちゃいましたね」ぴあのは愛らしい顔で、本当に困っている様子だった。「他に誰か気づいてる人は？」

「……いや、ボクだけだ」

そう言ってしまってから、ぞっとした。それを知ったとたん、彼女がボクを撃《う》ち殺すのではないかと思ったのだ。ボクが喋《しゃべ》らなければ秘密は洩《も》れないから。

自分の軽率《けいそつ》さを呪《のろ》った。誰かに報《しら》せるべきだったんだ。ぴあのの決意をまだ甘く見ていた。今ならばボク一人でことを収めて、彼女の企《たくら》みの一部始終を闇《やみ》に葬《ほうむ》れると思っていた……。

彼女は銃口《じゅうこう》をボクに向け、トリガーに指をかけたまま、動かなかった。

「お願いです。すぐに出ていって、何も見なかったふりをしていただけませんか？」

拒否したら、今度こそ撃ち殺されかねない。ボクはストレートな返答を避けた。

「……君は光行差《こうこうさ》を利用する気なんだ」緊張《きんちょう》のあまり、咽喉《のど》がからからになっていた。「この宇宙船はこっちが前じゃない。後ろなんだ——そうだろ？」

ぴあのは答えなかった。ボクはそれを肯定《こうてい》と受け取った。

雨の中で車を走らせると、真上から降ってくる雨でも正面から叩《たた》きつけてくるように見える。光でも同じことが起きる。物体の運動が光の速度に近づくにつれ、側面からの光も前方から来るようになる。そのせいで星の位置が実際とずれて見える。これが光行差だ。一七二八年、ブラッドリーは地球の公転運動による光行差を初めて観測した。

宇宙船の速度が光速に九九・九九九九……パーセントまで近づいた場合、光はほぼ前方だけから当たるようになる。宇宙船の側からだと、すべての星が前方に密集して見えることになる。光だけでなく、放射線も同じだ。

ピアノ・ドライブは逆方向にも同じ推力で加速できる。ぴあのは〈さいはて〉の船尾《せんび》を前方に向けて加速する気なのだ。そうすれば放射線はほぼ進行方向だけから来ることになり、全長四二メートルの船体の後部の三分の二、約二八メートルの無人の区画が、そっくり遮蔽《しゃへい》材《ざい》の役割を果たす。被曝量はゼロに近づくはずだ。

理論上、彼女は死ぬことなく、太陽系外の星に到達できる。

「……君は嘘がつけるんだな？」

ボクがそう言うと、ぴあのはあっさり「はい」と認めた。

「ずっと『嘘がつけません』と言い続けてきました。実際、嘘はつかないようにしていましたから、みんな信じてくれました」小さくため息をついて、「……あなたも最後まで騙《だま》されていてくれればよかったんですけど」

「どうしてそんな嘘を……」

「いつかこんな時が来るだろうと思ってたんです。一人で宇宙船に乗って太陽系外に飛び出すなんて、そんなこと誰も認めてくれるはずがない。きっと最後の瞬間に、みんなを欺《あざむ》かなくちゃならなくなる――そう予感してたから、嘘がつけないふりをしていました」

「いつから？」

「一一年前、スターマイン・プロのオーディションを受けた時からです」

何という執念《しゅうねん》。

ボクは圧倒された。彼女は自分の人生のすべてを、この瞬間のために捧《ささ》げてきたのだ。宇宙船で太陽系外に飛び出す、ただその目的のためだけに。アイドルになり、新しい物理理論を構築し、宇宙船を設計し、「嘘をつけない」という嘘をつき続けた……。

セブの海岸で夜空を見上げた時の敗北感がよみがえった。勝てる気がしない――彼女が宇宙を愛する気持ちは、きっと他のどんな女性が男性を愛する気持ちよりも熱烈で、強固で、奥が深いに違いない。

「こんな風に、後足で砂をかけて行こうっていうのか？」ボクは無理と思いつつも、説得できないかと試みた。「世話になった人や、信じてくれた人を、みんな裏切って……」

ぴあのの表情が少し曇《くも》った。「それは確かに悪いことだと思います」

「だったら――」

「でも、私はこの時のために生きてきたんです」彼女はささやくように、しかし強い決意を秘めた口調で言った。「モラルとか、人情とか、法律とか、そういうものが大切であることは分かります。でも、それ以上に私には大切なものがあるんです。この世のどんなものとも引き換えられないものが。ここでやめたら、私はこれまで、いったい何のためにがんばってきたんですか？　だから、今さら引き返せません」

「でも、君が死んだら、みんな悲しむ……」

「死にませんよ」彼女は微笑んだ。「前に言ったでしょ？　私は死にに行くんじゃありません。必ず地球に帰ってきます」

ボクは疑った。「ほんとに？」

「この船でも永遠に飛び続けられるわけじゃありませんから。食糧の一部は船内で生産できますけど、消耗《しょうもう》する物資はありますし、メンテナンスも必要です。帰ってくるしかないんです」

そう言って、自分の設計したコクピットを愛《いと》しげに見回す。

「この船は六人の人間が一〇週間生活できるよう設計されています。一人なら六〇週間、四二〇日です。四〇Gで一〇〇日加速、それから一〇〇日かけて減速して停止。向こうに二〇日ぐらい滞在して、帰りにもやっぱり二〇〇日。計算上は、合計四二〇日で地球に帰還することになります」

科学にうとい人間なら、その説明で騙されたかもしれない。でも、ボクは騙されなかった。

「それは船内時間だろ」

宇宙船が光速に近づけば、相対論的効果によって、船内の時間の流れはゆっくりになる。

船内では一年とちょっとしか経たなくても、地球ではもっと長い時間が経過する。

ぴあのはうなずいた。「私の計算では、一〇〇日の加速と一〇〇日の減速で、最大二〇〇〇光年先まで到達できます」

「二〇〇〇光年！」

「とりあえずオリオン大星雲を近くで見てこようと思ってます。お気に入りの天体ですし、あそこは一六〇〇光年ぐらいですから。その場合、加速期間は少し短くて済みます。地球に帰ってくるのは、およそ三二〇〇年後ですね」

こともなげに、彼女は言ってのけた。エジプト新王国の時代から現代までの時間を、ちょっと長い旅に出る程度の感覚で口にしたのだ。彼女の頭の中は、人間のスケールでは計れない。

ボクはその数字にひるんだが、それでも反論を試みた。

「そんなの……うまくいくもんか」

「どうしてです？」

「そもそもどうやって離陸する気なんだ？　外からガントリーで固定されてるのに」

「ガントリーはこの船からリモコンで操作できるように改造してあります」

ボクは歯噛《はが》みした。そう、彼女がそれぐらいのこと、考えていないわけがない。

「途中でどこかが故障するかもしれない」

「もちろん、それぐらいのリスクは考慮してます。でも、何事もリスクはつきものですから」

「放射線は防げても、宇宙塵にぶつかるかもしれない」

「ええ、その可能性がいちばん大きいですね。小さな塵でも、亜光速《あこうそく》で衝突したら核爆発並みのエネルギーが解放されますから、この船も一瞬で蒸発します」

「だったら……」

「でも、その場合、私は痛みも恐怖も感じないでしょう。何かに気づく暇《ひま》もなく蒸発してるでしょうから」ぴあのは平然としていた。「だからそんなに恐れることはないです」

ボクは絶望を覚えた。彼女はもうずいぶん前から、あらゆる可能性を考慮に入れて計画を練ってきたに違いない。ボクが即座に思いつく反論など、どれもとっくに検討済みだろう。

それでもボクは悪あがきした。

「無事に地球に帰れたとしても、三二〇〇年後だぞ？　人類なんてもう存在してないかもしれないじゃないか」

「かもしれませんね。それこそ賭《か》けです。でも、地球の文明はもう一万年近く続いてきたんだし、あと三二〇〇年ぐらい続いてもおかしくはないでしょう？　もしかしたら、アンドロイドや機械知性にバトンタッチしてるかもしれませんけど」

彼女は宇宙船の壁越しに遠いどこかを見つめ、夢見るような笑《え》みを浮かべた。

「きっと科学はすごく進歩してるでしょうね。不老不死どころか、肉体を完全に機械に置き換えることも可能になってるかも。できれば機械の身体になりたいですね。食べる必要も呼吸する必要もなくて、決して歳《とし》を取らない身体。排泄の必要もない。生理に悩まされることもない——そうなったらもう、宇宙服なんか必要ありません。私は宇宙空間で何万年でも生きることができます」

マッドだ。

ボクは彼女の狂気を——魂の内に秘めた非人間性の深さを見誤っていた。いつぞや聞いた「機械の身体になりたい」という話を、冗談か夢物語だと受け止めていた。まさかすべて本気だったとは。

ボクは自分を張り倒したくなった。なぜ夢物語だなどと思ってしまったんだろう？　ぴあのはいつだって、全力で本気だったのに。

手札《てふだ》はもう残り少ない。ボクはかすかな希望をこめて言った。

「だったらボクも行く。いっしょに乗せていってくれ」

しかし、ぴあのは悲しげに苦笑した。

「だめですよ。乗員が二人になったら、生活できる時間が半分になっちゃうじゃないですか。加速期間が一〇〇日から五〇日になった場合——」

彼女は数秒間、沈黙した。双曲線《そうきょくせん》関数を含む公式を頭の中で解いているのだ。じきに答えが出た。

「到達可能な距離はたった六・八光年です。シリウスにさえ行けないじゃないですか。せいぜいバーナード星までですよ。あんな暗い星、見てどうしようっていうんですか？」笑ってかぶりを振る。「お話になりませんね」

「君を愛してるんだ」

思い切って言った。それはボクにとって最後の切り札、最終兵器のつもりだった。この言葉で彼女が動揺してくれればと、わずかな望みをかけた。

だが彼女は、「ええ、知ってます」と軽くあしらった。

「あなたは好きですよ、すばるさん。秋穂さんも理梨さんも、社長さんも大畑さんも、メリディアンさんやスタッフの方々も、みんな好きです。でも、愛してはいません。いえ、人類は誰一人として、愛していません。私には人を愛することはできないんです。私の愛の対象は宇宙、ただそれだけです。それ以外のものは愛せません」

その決定的な宣言を聞きながら、ボクは既視感《きしかん》にも似た感覚を味わっていた。実際に耳にする前から、ぴあのが何を言うか分かっていた気がしたのだ。彼女ならきっとそう言うだろうなという、あきらめにも似た感情。

言葉はすべて使い果たした。ボクに残された方法は、あとひとつしかなかった。

ボクは飛びかかった。銃を持った彼女の右手首を左手でつかんで封じ、右の腕を彼女の背中に回して抱き寄せた。一瞬、彼女は驚いた様子で、身をよじった。ボクはかまわず、彼女の唇《くちびる》に自分の唇を重ねた。

ボクは何を期待していたのだろう。おとぎ話のヒロインのように、キスひとつで彼女が夢から覚めるとでも思ったのか。あるいは、よくあるマンガやアニメのように、感情を持たないロボットのようなキャラクターが愛に接し、人間らしい感情が芽生えるという御都合主義的展開か。

だが、これはおとぎ話でもマンガでもない。現実は非情だ。

唇を離すと、彼女は悲しげな笑みを浮かべ、罪悪感と憐憫《れんびん》に満ちた眼でボクを見つめた。

「……ごめんなさい。何も感じません」

ボクは彼女を突き放した。深い脱力感と敗北感、そして自己嫌悪《けんお》で、緊張が一気に解けた。

そして思い出した。ボクが愛した女性は、人を愛したりしない女性だということを。ボクは彼女がとびきりユニークで、とびきりマッドで、人間離れしているところを愛したのだということを。もし彼女がキスひとつで心変わりするような女性だったら、好きになどならなかったということを。

この恋は最初から失恋に終わる運命だった。

「いいよ……行っちまえ」

ボクは彼女から顔をそむけると、よろめくようにしてコクピットからエアロックに入った。内側のドアを閉める直前、背後でぴあのの声がした。

「本当にごめんなさい」

ボクは振り返りもせず、外に出た。

雨はほとんどやんでいた。階段を降りる途中、ガントリーが重々しい音を立てはじめた。

〈さいはて〉を抱きかかえるように支えていたアームが、ゆっくりと開いてゆく。おそらくすでにピアノ・ドライブが作動していて、その推力で船体を支えているはずだ。

船体表面から、薄い氷がばらばらと剝がれ落ちてきた。ボクは階段のステップの下に避難し、氷の直撃を避けた。

氷の層がすっかり剝がれ落ちると、脱皮を終えたばかりの蝶《ちょう》のように身軽になった美しい宇宙船は、上昇を開始した。見守るボクの目の前を、〈SAIHATE〉の文字が下から上へ通り過ぎてゆく。

轟音《ごうおん》も炎も煙もなく、宇宙船はエレベーターのようにスムーズに上昇してゆく。航行用のランプは点《とも》しておらず、地上のライトが届かない高さに昇ると、全体が暗く影に沈んだ。どんどん小さくなってゆく。やがてその影は、雲に覆われた暗い夜空にまぎれ、見えなくなった。

それがボクと彼女の永遠の別れだった。

翌朝、空はすっかり晴れ渡った。

抜けるような青空の下、空っぽになったガントリーの周囲では、大勢の人が集まって騒いでいた。真下は怒ってヒステリックにわめき散らしていた。メリディアンは何がおかしいのか、しきりに笑っていた。呆然となっている者、何か議論を戦わせている者、誰かをなじっている者、説明を求めている者——ボクにとっては、みんなどうでもいいことだ。

ボクはそれらの騒ぎから少し離れたところに突っ立ち、ぼんやりと青空を見上げていた。

いったん自室に戻り、すでに男の格好に戻っていた。

もう「男の娘《こ》」になることはないだろう、と思った。あの趣味はとても楽しかったし、後悔《こうかい》もしていない。でも、それは青春時代の思い出として、ぴあのとの楽しかった一〇年間の思い出といっしょに、タイムカプセルのように封印すべきだろう。

楽しかった？——ボクは自分に問いかけ、即座に自分に返答した。そう、楽しかったとも。こんな結末になったけど、ぴあのとの一〇年間はとびきり楽しかったじゃないか。その思い出を心の糧《かて》に、これからも生きていける。

彼女はついにボクを愛してくれなかったけど、ボクは彼女を愛したことを後悔はしていない。そしてこれからも、死ぬまで愛し続けるだろう。

晴れた夜にはオリオン座を眺めて思い出すだろう。あの方向に結城ぴあのがいる。今も飛び続けている。人類史上最高の知性と最高の狂気を秘めたキャラクター。数々の困難を克服し、物理法則をねじ伏せ、ついには時間や空間さえも征服して、子供の頃からの夢を叶《かな》えた女性。

三二〇〇年後、彼女は帰ってくるのだろうか。確率はそんなに高いとは思えないが、ゼロじゃない。その時に備えて、子孫にメッセージを託《たく》しておくべきかもしれない——「お帰りなさい」と。

雲ひとつない青空を見上げる僕の頭の中では、ぴあのの歌う〈サイハテ〉がいつまでもリフレインしていた。

サイハテ

作詞・作曲：小林オニキス
歌：初音ミク

むこうはどんな所なんだろうね？
無事に着いたら　便りでも欲しいよ
扉を開いて　彼方へと向かうあなたへ
この歌声と祈りが　届けばいいなぁ

雲ひとつないような　抜けるほど晴天の今日は
悲しいくらいに　お別れ日和で
ありふれた人生を　紅く色付ける様な

たおやかな恋でした　たおやかな恋でした
さよなら

またいつの日にか　出会えると信じられたら
これからの日々も　変わらずやり過ごせるね

扉が閉まれば　このまま離ればなれだ
あなたの煙は　雲となり雨になるよ

ありふれた人生を　紅く色付ける様な
たおやかな恋でした　たおやかな恋でした
さよなら

〈参考資料〉

この小説を執筆するにあたり、次のような資料を参考にさせていただきました。

【天文学】
ジョン・エディ『太陽活動と地球』（丸善出版）
久城育夫、武田弘、水谷仁編『月の科学』（岩波書店）
柴田一成『太陽大異変　スーパーフレアが地球を襲う日』（朝日新聞出版）
柴田一成、大山真満、浅井歩、磯部洋明『最新画像で見る　太陽』（ナノオプトニクス・エナジー出版局）
藤井旭『星座と宇宙』（成美堂出版）
E・N・パーカー「星間旅行者を宇宙線から守る」（『日経サイエンス』二〇〇六年六月号）
中島林彦「スーパーフレアの脅威」（『日経サイエンス』二〇一二年一一月号）
WIRED／巨大太陽嵐：10年以内に起こる確率は「12％」（http://wired.jp/2012/03/02/massive-solar-flare/）
三宅芙沙、永冶健太朗、増田公明、中村俊夫「日本産樹木年輪中の西暦774－775年における宇宙線増加の痕跡」（http://www.stelab.nagoya-u.ac.jp/jpn/topics/files/2012/06/NaturePress2a.pdf）

【宇宙開発】

メアリー・ローチ『わたしを宇宙に連れてって』（ＮＨＫ出版）
石原藤夫『銀河旅行ＰＡＲＴⅡ』（講談社）
宇宙開発事業団編『新版　宇宙飛行士になるための本』（同文書院）
洋泉社ＭＯＯＫ『国際宇宙ステーションのすべて』（洋泉社）
JAXA（http://www.jaxa.jp/）
Space Adventures（http://www.spaceadventures.com/）
Virgin Galactic（http://www.virgingalactic.com/）

【数学・物理学】

E・T・ベル『数学をつくった人びと』（早川書房）
スティーヴン・W・ホーキング『ホーキング、宇宙を語る』（早川書房）
スティーヴン・ホーキング『ホーキング、未来を語る』（アーティストハウス／角川書店）
齊藤英治、村上修一『スピン流とトポロジカル絶縁体』（共立出版）
佐藤文隆、松田卓也『相対論的宇宙論』（講談社）
霜田光一著／パリティ編集委員会編『歴史をかえた物理実験』（丸善出版）

谷井義彰『超重力理論』（サイエンス社）
辻元『複素多様体論講義』（サイエンス社）
都筑卓司『タイムマシンの話』（講談社）
都筑卓司『不確定性原理』（講談社）
本間三郎『超光速粒子タキオン』（講談社）
松田卓也、木下篤哉著／パリティ編集委員会編『相対論の正しい間違え方』（丸善出版）
中島林彦「余剰次元を探る」（『日経サイエンス』二〇一三年一月号）
Z・バーン、L・J・ディクソン、D・A・コソワー「ファインマンを越えて」（『日経サイエンス』二〇一二年七月号）
C・H・ベネット、B・シューマッカー「マクスウェルの悪魔現る」（『日経サイエンス』二〇一一年八月号）
Tossy's homepage（http://sciencetips.web.fc2.com/）

【科学実験・電子工作・テクノロジー】

Theodore Gray『Mad Science 炎と煙と轟音の科学実験54』（オライリー・ジャパン）
ジュディ・ダットン『理系の子　高校生科学オリンピックの青春』（文藝春秋）
佐藤淳一『図解入門　よくわかる最新半導体リソグラフィの基本と仕組み』（秀和システム）
ドクターオギノ『図解　エクストリーム工作ノ教科書』（三才ブックス）
未踏科学技術協会 超伝導科学技術研究会『これ1冊でわかる超伝導実用技術』（日刊工業新聞社）

薬理凶室文・監修『図解　アリエナイ理科ノ教科書』（三才ブックス）
POKA文／薬理凶室監修『図解　アリエナイ理科ノ工作』（三才ブックス）
トランジスタ技術SPECIAL編集部編『はじめての電源回路設計Q&A集』（CQ出版社）
WIRED／AR専門家が指摘する『Google Glass』の難点
（http://wired.jp/2012/04/09/augmented-reality-experts-say-google-glasses-face-serious-hurdles/）
NIMS／お酒が誘発する鉄系超伝導（http://www.nims.go.jp/news/press/2010/07/p201007270.html）
ニコニコ動画／プラズマ実験とスパッタリング（http://www.nicovideo.jp/watch/sm12842794）
ニコニコ動画／初音ミクとデートしてみた（http://www.nicovideo.jp/watch/sm18255743）

【異端科学】

アーサー・オードヒューム『永久運動の夢』（朝日新聞社）
D・A・ケリー編『フリーエネルギー技術開発の動向』（技術出版）
ロバート・L・パーク『わたしたちはなぜ「科学」にだまされるのか』（主婦の友社）
ニック・ハーバート『タイムマシンの作り方』（講談社）
阿久津淳『マージナル・サイエンティスト　異能科学者列伝』（西田書店）
稲森謙太郎『知られざる特殊特許の世界』（太田出版）
井村宏次『スーパーサイエンス』（新人物往来社）
多湖敬彦『フリーエネルギー［研究序説］』（徳間書店）

多湖敬彦訳編『未知のエネルギーフィールド』（世論時報社）
深野一幸『宇宙エネルギーの超革命』（廣済堂出版）
横屋正朗『ＵＦＯはこうして製造されている！』（徳間書店）
横山信雄、加藤整弘監修『フリーエネルギーの挑戦』（たま出版）
オライリー・ジャパン編『Make: Technology On Your Time Volume 03』（オライリー・ジャパン）
ＶＯＩＣＥ／反重力研究の第一人者、早坂秀雄先生に聞く
（http://www.voice-inc.co.jp/content/goods/1010）
稲森謙太郎公式ホームページ（http://www.inapon.com）

【小説】
クリス・ネヴィル『ベティアンよ帰れ』（ハヤカワ文庫ＳＦ）
ブラッドベリ、スタージョン他著／中村融編『地球の静止する日』（創元ＳＦ文庫）

【その他】
石川憲二『ミドリムシ大活躍！』（日刊工業新聞社）
大槻ケンヂ『偶像《アイドル》列伝』（学習研究社）
おんなのこデータベース制作委員会編著『クリエイターのためのおんなのこデータベース２００８』（ジャイブ）

三葉著／ポストメディア編集部編『オンナノコになりたい！』（一迅社）
国立天文台編『理科年表』（丸善出版）
国土交通省航空局／自作航空機に関する試験飛行等の許可について
(http://www.mlit.go.jp/koku/04_outline/02_anzen/03_keiryo/02_anzen/smp.pdf)
航空法施行規則
(https://elaws.e-gov.go.jp/search/elawsSearch/elaws_search/lsg0500/detail?lawId=327M50000800056)
特許庁 (https://www.jpo.go.jp/)

あとがき

これは２０１４年にＰＨＰ研究所から出版された作品の文庫化です。

多くの方がすでにご存じでしょうが、僕は二年前に脳梗塞を患いました。本当に突然の発病でした。現在、いくらかは回復してはいますが、依然として計算能力や論理的思考力は低いままです。

今の僕の状態をＳＦの登場人物に例えるなら、ダニエル・キイス『アルジャーノンに花束を』の主人公チャーリイ・ゴードンでしょうか。それもラスト近く、知能が本来の自分に戻ったチャーリイに。

本当に単純な二桁の足し算すらできないんです。

でも、記憶だけは元のまんまなんですよ。たとえばこの『プロジェクトぴあの』を書いた日のことは鮮明に覚えています。特に丸の内のインターメディアテクに出かけて、マルチン・シリング社の幾何関数実体模型コレクションや、ミンククジラの骨格標本を目にした時の興奮は、今でもまだ記憶しています。「そうだ、ぴあのはこれを見て、光双曲面物理学を思いついたことにしよう」と考えました。（みなさんも行ってみてください。面白いです）

僕は小説の中で架空理論を考えるのが好きです。この光双曲面物理学もそうした例のひとつ。ちなみにこれまでに思いついた中で最強の架空理論は、『チャリス・イン・ハザード2脅威の少女核爆弾』（同人出版物）に出したミューオン・アバランチ理論じゃないかと思います。ミューオンを利用して、少女の子宮に詰めた二八〇グラムの重水をキロトン級の核爆弾に変えるというもの。思い切り成人向けですが（笑）。

＊

僕は昔からマレイ・ラインスターの大ファンなもので、天才発明家が発明した技術のおかげで世界に大規模な変化が起きるという話にしたかったんです。もちろん嘘八百の架空の技術ですよ。ラインスターという人、こういう架空の技術を思いつくのがすごく上手い。特にお気に入りは中篇「宇宙震」で、時間の流れをコントロールする〈拡時界装置〉が、反動無しで宇宙船を推進するなんてくだりにはしびれました。『第五惑星から来た四人』では、タイムマシンが不可能である理由が「質量保存則を破っているからだ」と説明したうえで、予想外の方法で質量保存をクリャーしてタイムトラベルを可能にしてみせました。もちろん『青い世界の怪物』の〈泡攻撃〉のすごさは印象的でしたし、五〇年代という時点に現代のインターネットを正確に予見してみせたユーモア短篇「ジョーという名のロジック」も忘れ難い作品です。

僕がラインスターを好きなのは、ものすごい屁理屈をきかせた架空理論で読者を煙にまき、不可能を可能にしてしまうところです。それは科学的正確にこだわる現代のSFが忘れてしまったものではないでしょうか。

＊

でも、今の僕はこういうものを書けません。

リハビリを受けてもいっこうに良くなる気配はなく、二桁の足し算すらろくにできない。『プロジェクトぴあの』のような高度な数学を駆使する作品は二度と書けないのです。

だからこれは「ハードSF作家・山本弘」の遺書だと考えてください。これからも小説を書くことはあるかもしれませんが、ハードSFを書くことは永遠に不可能なのです。
でも、僕は結城ぴあのというキャラクターを深く愛しています。こんな素敵で魅力のあるキャラクターを書けたことを、誇りに思います。

山本弘

解説　ファインマン・ラチェットよ、まわれ！

SF作家
野尻抱介

物語はすてきなボーイ・ミーツ・ガールで始まる。場所は秋葉原、総武線ガード下のジャンク屋。女子高生が電子部品を探しているのだが、その部品がなにやらとてもデンジャラスなのだ。

薬局で硫黄と硝酸を買おうとする人がいたら、店員は警戒するだろう。彼女が作ろうとしている電子回路もそんなふうで、相当な高エネルギー装置を作ろうとしているのが、わかる人にはわかる。

一般にパーツショップにいる客は、黙々と部品をそろえながら、ほかの客が何を作ろうとしているのか、目を光らせ、耳を澄ませているものだ。そのわかる人というのが本書の語り手、貴尾根すばるという〝男の娘〟だ。本物の女性が悔しがるほど高レベルな女装男子のことをこう呼ぶ。

女子高生のほうは、本書のヒロイン、結城ぴあの。すっぴんではわからないが、メイクを決めればアキバ系アイドルグループの一員である。こちらは偽りなく女性ではあるが、考えることがかなり人間離れしている。それが証拠に彼女は地球を出ていこうとしている。そのための実験装置を作ろうとしているのだった。

エキセントリックな女子高生といえば涼宮ハルヒを思い出す人も多いだろう。ご存じかと思うが、彼女の開口一番はこうだ。

「ただの人間には興味ありません。この中に宇宙人、未来人、異世界人、超能力者がいたら、あたしのところに来なさい」

そのくだりを読んでまず思ったのは、「山本弘みたいな女子高生だな」だった。『涼宮ハルヒ』シリーズがベストセラーになったからには、この台詞に共感した人も大勢いるだろう。だが私の信じるところ、山本弘は別格だ。この人ほどUFOや宇宙人や超常現象を愛している人はいない。空を見上げれば雲の向こうに巨大な宇宙船を描き、銀座に来れば和光時計台の向こうにゴジラを心眼で見る。コップが倒れたら、こぼれたミルクが自分で熱を集めてコップに戻らないかと考える。

彼が疑似科学批判の急先鋒に立つのも、そうしたものを熱愛するがゆえのことだ。マニアどうしが些細なことで喧嘩するように、愛あるゆえに譲れない部分が浮かび上がる。当人にとってそれは決して些細ではない。偏狭に見えるとしたら、それは彼が対象に抱く愛のしくみがわかっていないせいだろう。

山本弘は心ときめく事件や理論に出会っても決して鵜呑みにせず、自分で確かめようとする。「人は信じたいことしか信じない」という警句があるが、山本弘は自分が信じたいことほど疑ってかかる。なにしろ脳内はいつもトンデモない空想が渦巻いているのだから、彼が信じたいこともトンデモないことばかりだ。そのまま信じていたらただのお花畑になってしまう。愛ゆえに厳しく、厳しいゆえに正気、妄想力ゆえの批判力――これが山本弘という作家の精神構造であり、現実との向き合いかただ。たぶん。

ではSFに対してはどうだろう。SFの対義語は現実である。山本弘は現実に対して厳しく向き合っているぶん、SFには甘いかというと、そんなことはまったくない。SFを読んで「こんなことがあったらいいな!」と思ったらただちにツッコミエンジンが始動して、やはりフルスロットルで検証にとりかかる。

SFには嘘がつきものだ。つきものというより、嘘こそSFの本質である。嘘にツッコミを入れても詮無いではないか、と思うかもしれない。だが、どんな物語にも一定のリアリティが必要で、嘘にもクオリティの高低、上手下手がある。サイエンス・フィクションを名乗る以上、物理法則を味方につけた嘘こそ王道だ。

そんな山本弘の書くSFは、やはり嘘が混じっているのだが、生半可な知識では突っ込めない。どこが嘘かさえわからないだろう。だが、わからなくても途方に暮れることはない。それはとても幸福なことで、無限に噛めるチューインガムをもらったようなものだ。科学にうとい人こそ、この物語はずっと心に居座り続けるだろう。実は私も本書から無限チューインガムをいくつかもらった。

私が理解できた範囲で、興を削がないように、ひとつだけ解説しよう。本書のヒロイン、結城ぴあのには途方もない目標があって、そのための準備を進めている。

手始めに――ほんの序の口に、熱力学第二法則をひっくり返してみせる。

「それ序の口じゃないだろ」とツッコミを入れた人は物理学に通じた人だ。

熱力学第二法則をざっくり説明すると「こぼれたミルクは還らない」を科学の言葉で示したものだ。科学者作家アイザック・アシモフは「これは非常に悲観的な法則といえる」と述べている。ミルクがコップの中にあるうちは、その落差を利用して水力発電のようにエネルギーを取り出せる。ミルクがこぼれてしまうと、もう自分では元にもどれない。ポンプで汲み上げるなどしてミルクを元に戻すにはもっと多くのエネルギーが必要で、そのエネルギーはよそから調達しなくてはならない。そうやってエネルギーを奪ってまわるうち、宇宙は熱的死に向かって消耗していく。すべての星が燃え尽き、位置エネルギーや運動エネルギーを使い果たすと、宇宙は活動を止める――まあ何億兆年も先のことだが。

ひとつの物理法則が、人生観から宇宙観にまで影を落としている。このことを心に刻めば、ヒロインの境地にほんの少し近づける。

結城ぴあのが、まずこの法則をくつがえすのは、これが立ちはだかっていると、宇宙が楽しくならないからだ。些細なことに思えても、物理法則は宇宙全体、遠く離れた惑星の砂粒ひとつにまで浸透しているから、とても大きな障壁になる。

ぴあのはその成果を〈みらじぇね〉という簡単な実験キットにしてコンサートで配布する。本文にこの言葉は出てこないが、仕組みはどう見てもファインマン・ラチェット（ブラウン・ラチェット）だ。これはノーベル物理学賞に輝く物理学者リチャード・ファインマンが考案した引っかけ問題、思考実験である。

ファインマンという人はいたずら好きで有名だ。『ご冗談でしょう、ファインマンさん』（岩波現代文庫）というユーモラスな著書が訳出されているので、強くおすすめしておく。彼は「もし一方にしか回らない微小な水車を液体中に置いたら、ブラウン運動で水車は回るだろうか？」と生徒や研究仲間に問いかけた。

ファインマンは巧みな論理と話術で、ある時は水車は回転すると信じさせ、別のある時には回転しないと信じさせた。物理学の専門家でも首をかしげ、間違える人もいるというから、これは特上クラスの「いい問題」である。

〈みらじぇね〉に組み込まれたファインマン・ラチェットは回る。結城ぴあのによる「物理法則ひっくり返し」の事始めだ。ひっくり返すというより抜け道であって、ニュートン物理と相対論のように、上位互換の仕組みがあることを示している。これは本当か嘘か？　わからなければ、あなたも無限チューインガムをもらったことになる。

さて、物理法則の壁を取り払い、基礎実験をすませると、結城ぴあのはいよいよ宇宙船の建造に取りかかる。既存の宇宙計画より格段に安価だが、それでも億単位の金と高い技術が必要になる。

二十一世紀になって、現実の宇宙開発シーンでも民間企業が最前線に立つようになった。その背景にはグローバル・プラットホーム企業が巨万の富と人材を集めたこと、電子機器が安く小さく高性能になったこと、3Dプリンタなど加工技術が革新したことなどがある。それでも一介の若いアマチュアが宇宙開発を進めるのは容易ではないが、結城ぴあのには特別な力があった。アイドルの動員力だ。

動員力はこの時代を語るキーワードだ。インターネットで結ばれたことで個人の力が集めやすくなり、それが——良かれ悪しかれ——大きな力を持つようになった。

本書で描かれている風俗、文化には、二〇〇七年秋に爆発的に開闢したボカロ文化、ニコニコ文化、グループアイドル文化、Makerムーブメントなどが色濃く反映されている。私もこれらの文化にどっぷり浸ってきたので、作中にちりばめられた細かいネタまで読み取れる。山本作品に登場するヒロインは、ぶっちゃけ作者自身であることが多いのだが、ぴあのとすばるを見ていると「お前らは俺か」と思うほどだ。

本書に登場する中国人のボーンクラッシャーPは、プロ並の高い技術で結城ぴあののプロモーション動画を作り、動画サイトで無償公開している。オフィシャルが作品を依頼しても頑として金を受け取らない。これは当時、ニコニコ動画でよく見かけた光景だ。誰かが曲を